瑠璃の雫

角川文庫
16923

目次

第一部

夜遅くなって帰ってきた父が、わたしの寝床のそばに座った。

「美緒《みお》。もう、寝たか」

酒の匂いがした。半分眠りかけていたわたしは、指先で目をこすりながら上半身だけ起こした。父が夜遅くに声をかけるのは、土産を買ってきたときに限られていた。

「ほら」

あぐらをかいた父がぶっきらぼうに紙袋を突き出した。その半年前に悲しい事故が起きて以来、久しぶりの土産だった。わたしは受け取った袋を破かないよう丁寧に開けた。中から出てきたのは、どこにでも売っていそうな真っ赤な毛糸の手袋だった。

「あ、てぶくろだ！」

「穴が空いてちゃ、冷たいだろう」

ぼそっと言い残して、父は部屋を出ていった。

二、三日前に、わたしが使っている穴のあいた手袋を見た父が「穴からツキが逃げちまうぞ」と笑っていた。

デパートや名の知れたスーパーの包み紙ではなく、小さな洋品店が使う地味な包装紙だった。

わたしは、手袋をはめたまま寝た。翌朝起きてみると、めずらしく父がテーブルでコーヒーを飲んでいた。母はまだ寝床にいるようだった。

「おはよう。会社は？」

寝癖をおさえつけながら聞いた。

「ああ、きょうはゆっくりなんだ。それより外は寒いぞ。手袋持てよ」

父の特徴でもある大きな口をまげて笑った。

「ほら」

わたしは真っ赤な両手をひろげて見せた。

「なんだ、もうはめてるのか」

「うん」

わたしは質素な朝食を済ませ、ランドセルをしょった。

「いってきます」

「元気でな」

それがわたしの「父」と交わした最後の会話になった。わたしは小学三年生だった。

とても寒い冬のその日、彼は家族を捨てて消えた。

1

雨雲の切れ間から差したひと束の光が、図書館のぶ厚いガラス窓越しに足もとまでのびている。

はめ殺しになった大きなガラスの、わずかな歪《ゆが》みが誇張されて、ベージュ色の床に不気味な濃淡をつくっている。わたしはその日、いつもの日曜日とおなじように、大人の読書コーナーに席を借り、活字を追っていた。

六年生になってから、この席に座ることが多くなった。最初のうちは「あなた何年生？」「なるべく児童コーナーで読んでね」と声をかけた職員も、最近では何も言わない。

向かいの席に座る初老の男が、さっきからときおりせき込んでいる。男の前には雑誌コーナーから持ち出し禁止のはずの週刊誌が広げられている。

《世紀末！　男と女のドロドロ事件簿　第二弾！》

どぎつい見出しが読める。

「あ、いたいた」

突然、静かな館内に女性の声が響いた。わたしの耳にもその声は届いたが、顔は本から上げずにいた。

「美緒ちゃん」

女の声がわたしの名を呼んだ。声のする方角を見る。肩までも届かない短い髪、カーキ色のタンクトップ、膝《ひざ》丈で切りそろえたジーンズ。こちらに向かって手を振っているのは母の従妹《いとこ》にあたる吉岡薫《よしおかかおる》さんだった。

「薫さん」

「いてよかった。ここに来ることが多いって聞いてたから」あたりをさっと見まわす。「充《みつる》くんはどこ？」

ハンカチで額を拭《ぬぐ》いながら、わたしのとなりに腰を降ろした。汗と一緒に発散された化粧品の匂いが漂う。向かいの男がちらりと薫さんをにらんでから週刊誌に視線を戻した。

《二十一世紀まであと半年！　まだ遅くない投資銘柄》

「充は児童コーナーだと思います」

小声で答える。

「そう」

薫さんがわたしの耳もとに口を寄せた。

「あのね、お母さんが大変なの」

「大変？」

向かいの男が咳《せき》払いをした。わたしは薫さんをうながしてロビーのほうへ歩いた。

「さっき、救急車で運ばれたんだって」

「救急車」

「うん。だから早く行かないと。充くんも呼んできて」

「怪我ですか？」

「怪我は大丈夫」

「じゃあ、やっぱり……」

薫さんが腰を折って、わたしの顔の高さに合わせた。

「そうみたいなの」

「だったら行きません」

「どうして」

不思議そうにわたしの顔をのぞき込む。わたしはすぐには答えなかった。薫さんのソバカスが浮いた肩越しに、外の明るい景色が見える。わたしは、さっきまで降っていた雨の雫《しずく》で光る葉を見ていた。

「それじゃあせめて、気分が落ち着くまであたしのところで休んでいきなさいよ。病院に行ってようす聞いてくるから」

「気分なら落ち着いています」

「そんなこと言わないで。それに、救急車が来たなら、家のまわりはまだご近所さんがいるかもしれないし……」

突風が桜の葉を揺らした。ところどころわずかに残っていた雨の名残が、ガラスの向こうで陽光を乱反射しながら降り注ぐ。

「あら、綺麗《きれい》ね。ダイヤモンドみたい」

薫さんが目を細めた。

わたしは児童書のコーナーへ行き、クワガタの本を読んでいた弟の充をつかまえた。三年生になるが、五、六歳の子供に混じって畳に座っている。

「充、もう帰るよ」

名を呼ばれた弟はさっと顔を上げ、すぐに本を棚に戻した。

「ごはん？」

目が輝く。

「まだ四時でしょ」

「じゃあ、なんでかえるの。ママは？」

「今日はもう帰ってこない」

「どうして」

「お母さんね、病院行ったの。充くんはお見舞いに行く？」

脇から薫さんが聞いた。弟は、わたしの顔色をうかがってから首を横に振った。

「ぼく、いかない」

薫さんのため息が聞こえる。

「充くんはお姉ちゃん子だからね……。それじゃ、あたしひとりで行ってくるね」

もう一度、さっきよりも長いため息をついた。

図書館を出てすぐ、薫さんが鍵《かぎ》を手渡した。

「これ、マンションのスペアキー。中からちゃんと締めておいてよ。家に帰らないであたしのところで待っててね」

短く「はい」と答えて背を向けた。

「あ、おねえちゃんまって」弟があわててあとを追ってくる。

「ねえクイズだよ。オオクワガタはとうみんするか。いちばん、する。にばん、……ええと」

「一番」

「ピンポン。……ねえ、いえにかえるの？」

「聞いてたでしょ。薫さんのマンションで待つの」

「ママ、びょうき？」

「みたいね」

「カオルおばさんのところにとまるの？」

立ち止まり、充をにらむ。

「うるさいな。なんでもかんでもわたしに聞かないで。少しは自分の頭で考えなさいよ」

「だって、わかんないよ」

図書館から歩いて十分ほどの距離にある、薫さんのマンションに着くまで、わたしは二度と弟に口をきかなかった。

弟に聞こえない程度につぶやいた。

「これで五回目」

二時間ほどして薫さんが帰ってきた。

「ただいまぁ」

わたしが本を読んでいたダイニングテーブルに、買い物袋をがさがさと置いた。弟はテレビの前に座ったまま、ちらちらとテーブルの袋に視線を向けている。何が入っているのか気にしている。

「今日はなんだか蒸すわね」

薫さんはタンクトップの上に羽織っていた薄手のカーディガンをハンガーに吊《つ》るした。

「この前とおなじ西桜丘《にしさくらがおか》病院だった。地方とかに行くとお母さんの病気は受け入れてくれるところが少ないらしいけど、わりと近くにあってよかったね」

——どうしてもお酒がやめられないのは、病気だからなのよ。

薫さんが何度もそう説明してくれた。

「入院するんですか」

「うん、たぶん一カ月くらい入院することになるだろうって。面会できなかったけど、とりあえず二日ぶんくらいの下着は置いてきた。心配しなくて大丈夫だから。それより……」両手をあわせて拝むような恰好《かっこう》をした。「ごめんね、あたしそろそろお店開けないとならないから、晩ご飯これで我慢してね」

袋の中からポリ容器に入った弁当を三つ取り出した。テレビと袋を交互に見ていた充が、食べ物の匂いを嗅《か》ぎつけてテーブルにやってきて座った。

「あ、ハンバーグだ」

身を乗り出して透明な蓋《ふた》の上から指先でつついている。

「充、やめな」

つついている充の指先をはじいた。

冷蔵庫の扉を開けながら、薫さんが声をかける。

「由佳《ゆか》ちゃん、このところ調子いいのかと思ってた」

母の名は由佳里《ゆかり》といった。薫さんは母よりも五歳年下だったが、母を由佳ちゃんと呼んだ。薫さんがグラスに麦茶を注いで、わたしたちの前に置いてくれた。

「二週間前くらいから、朝も飲んでました。一昨日《おととい》は仕事を休んで、昨日は遅刻したと思います。わたしが学校に行くとき、まだ寝てたから」

「危なそうだったら、あたしに言ってくれればいいのに。近くに越してきた意味がないじゃない」

軽いため息が聞こえた。

「まあ、美緒ちゃんを責めてもしかたないね。まだ六年生だもんね。あんまりしっかりしてるから、つい大人相手みたいなこと言っちゃうんだ。……今ね、帰りがけにちょっと寄ってみたんだけど、部屋の中にコンビニの袋があって、お酒の瓶や缶が転がってた。レシートの打刻が十四時七分だった。きっと早退して二時間くらいで一気に飲んだんだね。で、買い足しに出ようとして、そのまま階段の踊り場で倒れたみたい。大怪我しなくてラッキーだったよ」

「ねえ、ハンバーグたべてもいい?」

充がとなりの椅子に膝《ひざ》立ちになり、身体をゆすっている。

「うるさいよ」

「あ、いいわよ」

薫さんが弁当のパックを充の前に押し出した。

「どうぞめしあがれ。冷めないうちに食べて」

「わーい」

弟が身体をゆすりながらハンバーグ弁当の蓋をとった。惣菜《そうざい》の匂いが立ち上る。

「さ、美緒ちゃんもどうぞ。これ好きでしょ」

薫さんがオムライス弁当をわたしに寄越す。

「まだ、おなか空いてないから」

「そう……。じゃ、あとで温めて食べて。……それでね、今後のことなんだけど」

薫さんは充が投げ捨てた割《わ》り箸《ばし》の袋を指先でもてあそんだ。

「あなたたち二人のこと考えないと。もうすぐ夏休みでしょ。そのあいだショートステイっていって、一時的に施設にあずかってもらうこともできるんだけど……」

「行きません」

薫さんの話が全部終わる前にわたしは首を振った。ハンバーグでほおをふくらませたまま、充がまねをした。

「心配ないよ。きちんと面倒みてくれるし、ああ、お金のことなら大丈夫。美緒ちゃんはそんなこと気にしなくていいから」

「施設には行きません。充も」

「みつるも」

薫さんの指先にきつく巻きついた、割り箸の袋がするするとほどけた。

「そう」

薫さんは丸まった袋を放り出し、むき出しの二の腕をこすりはじめた。

「施設が嫌なら、去年あずかってもらった、栃木のおじさんの家にもう一度お願いしてみる？」

「それも嫌です」

「それもやだ」

「こまったわね。あとは……」

「自分の家で、充と二人で暮らせます」

「くらせます」

「それは無理」

薫さんが腕組みをほどいて、身を乗り出した。

「あのね、普段から何も問題を起こしていない家庭だったら、もしかしたらあたしがときどき面倒を見に行くとか、そういうことでごまかせるかもしれない。でもね、美緒ちゃんのところは問題が……つまり、目立ってるでしょ。お母さんの入院もこの一年で二度目だし。児童相談所や教育委員会でも、要注意対象になってると思うよ。たぶん放っておいてくれない。六年生と三年生の姉弟《きょうだい》が二人だけで暮らすなんて、世間では認めてくれない。強制的に施設に入れられるわよ。それと……」

薫さんはちらりと充の顔を見て、わたしに視線を戻した。

「充くんのこともあるし」

「充の頭のことですか」

「あたまですか」

「はあ」薫さんが大きなため息をついて、背もたれに寄りかかった。

「美緒ちゃん、相変わらずね。……まあ、続きはあとでゆっくり話しましょ。とりあえず今日はここに泊まりなさい。鍵《かぎ》はちゃんと締めて待っててね」

薫さんはテーブルの隅に立てた鏡をのぞいた。

「やっぱり、短いと便利だわ」

手ぐしでさっと髪を整えただけで、おなじマンションの一階にある、彼女が経営するハンバーグ弁当は三分の二ほどがなくなっていた。

「だって、おなかすいたんだもん」

ドアが閉まるなり、弟をにらんだ。

「みっともないから、がっつかないでよ」

『ローズ』という店に降りていった。

預かったスペアキーは、郵便受けからドアの内側に落とし込んだ。テーブルに載っていたグラスの下に《家に帰ります》とメモを挟んで出てきた。わたしが手をつけなかったオムライス弁当の入ったビニール袋を、充がぶらさげていた。

「いえにかえるの？　とまらないの？　まってなさいってカオルおばさんがいってたよ」

靴の先をトントン鳴らしながら、充がついてくる。履き終えるまで待ってやる。口の両はしに茶色のハンバーグソースがついている。

「薫さんは夜が仕事だから、泊まったら悪いでしょ」

「ふうん」

既に日は落ち、街灯が歩道を照らしていた。

充は歩きながら自分の影を踏んで遊んでいる。薫さんのマンションは、駅前商店街の一角にある。私鉄の線路がそれほど大きくない商店街を二分している。

わたしはマンションのすぐ近くにある地下道を通らずに、五十メートルほど離れた踏切を目指した。

「ねえ、ちかどう、をとおりなさいって、ママがいってたよ。ふみきりはあぶないからって」

「踏切を渡るほうが近いでしょ」

早足で歩くわたしのあとを、充が小走りについてくる。踏切まであと数メートルのところで警報機が鳴り出した。黒と黄色まだらの棒が降りてくる。遠くに見えた電車が近づいてくるにつれ、足もとに振動が伝わる。だだんだだんと皮膚を震わす轟音《ごうおん》が近づく。反対側の遮断機の前に立つ人影。車のスモールライト。騒々しいアナウンスが外まで漏れてくるパチンコ店のネオンサインで、充のつむじが淡く光る。

「ねえ、充」

耳元で叫ぶ。

「なに」

声を張り上げて充がふりむく。

「この下くぐり抜けられる?」

遮断機の棒をあごで指す。

「やだよ。でんしゃくるよ」

充はだだをこねるように、顔を激しく左右に振る。手にさげた弁当の袋ががさがさと鳴る。

「あとでチョコ買ってあげる」

「ほんとう？」

一瞬考え、また首を振る。

「だけどやだよ」

「意気地なし」

「いくじなし、って？」

「弱虫」

「ぼく、よわむしじゃないよ」

「だったら行ってみな」

「やだやだ」

充が叫び返したとき、目の前を銀色の車両が地響きをたてて通り抜けた。


母がいつも買い物をするコンビニエンスストアの前で、高校生くらいの男女が駐車スペースに座ってしゃべっていた。煙草の煙が漂っている。

「バーカ、二十一世紀ってのは来年なの」

「え、マジ？　だって今年二千年だろ」

「だからそれは二十世紀なの」

「なんでだよ、キリストが生まれたのがゼロゼロ年のゼロ世紀だろ」

「こいつ、マジにバカだね」

くわえ煙草のまま、殴ったり蹴《け》ったりしてふざけあっている。

わたしは彼らのすぐ脇に立ち止まって、ガラス越しに店内を見た。客の数は五人か六人。勤め帰りらしい大人が、無表情に買い物をしている。脇で充が一緒にのぞいている。

「ねえ、なんかかうの？」

わたしは答えずに、店のドアを開けた。

「ねえってば。なんかかうの？」

充が鼻を鳴らしながらついてくる。

「あー、すずしい」

エアコンが効いた店の涼しさに、充の機嫌が直った。

「いらっしゃいませ」

男女の店員が声を張り上げる。

わたしは充にかまわずそのまま奥へ進み、入り口から一番遠い『お酒』と書かれたコーナーの前に立った。未成年者には売りません。と赤く太く大きな文字で書いてあった。充は何かの歌を口ずさみながら、店内を一周してきた。

「ねえ、まあだ？　なに見てるの。お酒買うの？」

天井の角から見下ろしているミラーに歪《ゆが》んだ自分が映っている。数時間前にこの場所に立った母の姿を想像する。ねえねえと鼻を鳴らしながら、充がわたしの服を引く。

「買うわけないでしょ」

「じゃあ、なんではいったのさ」

充は頬をふくらませ、手にした弁当の袋を振りまわしながら、先に出て行った。

カウンターを見る。制服を着た男女ひとりずつが立っている。わたしは、そのまま店を出た。

「ありがとうございましたあ」

ふたたび二人の店員が声を揃えて張り上げた。扉を出ると、生臭い空気が身体を包む。ドア横のダストボックスからゴミがあふれ出している。店の駐車場に立ちすくんでいる充が見えた。

「どうしたの」

充のうしろには、コンビニの制服を着た中年の男が立っていた。浅黒い顔色をして顎《あご》ががっしりしている。

「きみ、この子のお姉さん?」

問いには答えず、男をにらみ返す。

「ちょっと一緒に事務所まで来てもらおうか。小学生でも万引きは警察に通報すると書いてあっただろう」

窓の貼り紙を指さす。

さっきまで大声で騒いでた高校生が、急にだまってこちらを見ていた。

2

「さ。こっちだ。一緒に来い」

コンビニの制服を着た中年の男が、わたしの腕と弟の襟をきつく握って、店内に引きずり込んだ。

わたしは振りほどこうとしたが、さらに強い力で手首を摑《つか》まれた。

「いらっしゃいませ……」

機械的に声をあげた店員が、わたしたちを見て言葉につまった。

「オーナー、どうしたんですか」

「万引きだよ。ちゃんと見てないとダメだよ」

「あっ、すみません」

男の店員がぺこぺこと頭を下げた。女の店員と他の客は、ただ不思議そうにこちらを見ていた。わたしたちは『オーナー』と呼ばれた男に、通路の奥にある事務所に連れて行かれ、長テーブルの前に座らされた。

オーナーが、充の持っていた袋の中身をテーブルにあけた。ひっくり返ったオムライス弁当の脇に、アニメキャラクターの絵が描かれたお菓子が転がり出た。

「これは、金を払ってないよな」

菓子の箱を振る。

「ウチの店ではな、袋に入れないときは必ずシールを貼ることになってる。それに、あいつを見りゃすぐわかる」

事務机に置かれたモニターをボールペンで差した。店内のようすが四分割になって映っている。

「ちょっと待ってろ」

オーナーは、テレビのリモコンのようなものをラックに設置された機械に向けた。画面が一旦《いったん》暗くなってから、映っている人たちが早回しで逆に動きはじめた。オーナーに連れられたわたしたちが、うしろ向きに出て行く。すぐにわたしと充がうしろ向きに戻ってきた。充が文具コーナーにしゃがんでいるところで画面を止めた。

「いいか、よく見てろ」

動きが正常になった。棚に置かれた商品を、充がビニール袋に落とし込むようすがはっきり映っていた。

充もわたしも言いわけをしなかった。

最初に名前と住所を聞かれた。充はすぐに泣きはじめた。ごめんなさい、もうしませんと何度も謝った。わたしはだまってうつむいていた。

「ずいぶん小さな男の子がひとりで大胆なことするなと思ったら、お姉さんがやらせてたとはね」

充のしゃくりあげる声だけが聞こえる。

「やらせてません」

「一緒にいれば、お姉さんの責任だろうが。だいたいお前だってなんにも買ってないじゃないか。初めから盗みが目的で入ったんだろう」

わたしは返事を返さなかった。

「なんだ、こんどは黙秘か。おまえら、常習犯だな。だまってたってかまわないぞ。そのまま警察に引き渡すだけだからな。もう、一一〇番したからな。はやいとこ、親の連絡先を言いな」

短い沈黙に、充の洟《はな》をすする音だけが響いた。

「おまえだって、名前と住所くらい言えるだろう？」

こんどは充に聞いている。わたしは充のつま先を踏んだ。充はしゃくりあげるだけで、何もしゃべらない。オーナーは「勝手にしろ」と吐き捨てて、机に向き直った。

殺風景な室内に、不機嫌そうに伝票のチェックをはじめたオーナーと、泣きじゃくる充、無言のままのわたしがいた。壁にかかったカレンダーの中で、このチェーン店の制服を着た有名なアイドルが微笑んでいた。

充がわたしの袖《そで》を引いて「もうかえりたいよ」とささやいたとき、乱暴にドアをノックする音がして制服姿の警官が入ってきた。

「ああ、お忙しいところどうも」

オーナーは事務仕事を中断して、立ち上がった。

警官は、オーナーといくつか言葉を交わしてから椅子に腰かけた。身につけた器具が、かちゃかちゃと鳴った。

「きみら」

わたしの顔をのぞき込んだ。

「強情を張ってるらしいが、名前と住所を言いなさい。言わないかぎり帰れないよ。家でお父さんとお母さんも心配してるだろう。うん？」

やさしい口調で問いかける。制服からかすかに煙草の匂いが漂ってくる。

「ママ」

充がまた泣きだした。踏切のカンカン鳴る音が耳の奥から聞こえてくる。

「こいつら、ガキのくせにいい度胸してんな。今までいったいいくらかっぱらったんだ」

オーナーが丸めたノートでわたしの頭をはたこうとして、警官に止められた。

「まあ、手荒なことはよしましょうよ」

事務所のドアが勢いよく開いて、制服姿の少女が飛び込んできた。来年、わたしが行く中学校の制服だった。

「ねえ、パパ。これ賞味期限切れだから、食べても……」

「こらなんだ。あっちに行ってなさい」

オーナーが眉《まゆ》をしかめた。少女は警官のすがたを見て肩をすくめた。

「あ、ごめん。だってこれ賞味期限……」

手に持ったプリンを突き出す。

「食べていいから、早く行きなさい。事務所には来ちゃだめだと……」

少女がわたしの顔をじっと見ていた。わたしも見返した。

「なんだ、どうした、彩香《あやか》。知ってるのか」

「この子なんかしたの？」

「万引きだ」

「ふうん」

プリンをもてあそんでいる。

「だから、知ってるのか？」

「知ってるよ。小学校のとき、いっこ下だったけど、有名だから知ってる。たしか……杉、杉原《すぎはら》とかいう名前」

「有名なのか」

「この子じゃなくてどっちかっていうと、有名なのはオフクロさん……。なんだよおまえ、なににらんでんだよ」

「いいからこんなやつの相手しないで、知ってることを話してみろ」

「だから杉原なんとかって名前。ばばあがアル中で……」

飛びかかったわたしを警官とオーナーが両側から止めた。突き出したわたしの指先をかすめて、彩香が飛び退《の》いた。わたしは右手に触れた誰かの皮膚を引っ掻《か》いた。怒声が聞こえた。誰かが頭を締め付けた。何も見えなくなった。そのまま何本もの腕がわたしをテーブルに押しつけた。充の泣き声が事務所中に響き渡った。

「ママ、ママ」

「きみ、もうやめなさい」

わたしのふくらはぎのあたりを何度も蹴《け》りつけていた彩香が、警官に注意されてようやくやめた。

「とにかく、苗字《みょうじ》がわかったんだから学校に問い合わせてみましょう。宿直はいるでしょうから。……子供だと思って甘く見たな」

警官は血を流している手の甲にハンカチを押し当てた。


連絡を受けた薫さんがかけつけた。薄いブルーのワンピースに着替えている。驚いたようにわたしと充を見てから、オーナーと警官の双方に何度も謝った。

「たとえ小学生でも法に触れる行為をしたら、補導して事情は聞かせてもらうことになります。その上で児童相談所へ連絡します。黙秘なんかしてると家裁で話すことになるよ。どうする」

警官はしだいにいらついた口調になった。薫さんは事情を説明しますと答えた。

警官は五十メートルほどしか離れていない交番まで、わたしたちを連れて行った。同行を求められたオーナーは、忙しくてそれどころじゃないと怒った。交番にはもうひとり若い警官が待っていて、狭い交番の中で二人の警官相手に二時間近くいろいろ聞かれ、書類作成につきあわされた。最後に薫さんが署名をして拇印《ぼいん》を押した。

「なるほど、お父さんはいなくてお母さんは入院か。誰かきちんと見てやらないとね」

薫さんを見る。

「さっきも言いましたが、わたしが面倒みてますので」

警官の視線が、ノースリーブの肩口からのびた薫さんの腕に貼りついている。わたしが見ていることに気づいて、あわてて書類に目を落とした。

「ま、とにかく、さっき問い合わせたので、学校には伝わってるよ。明日《あした》は誰か大人が同行したほうがいいでしょう。児童相談所からも連絡がいくはずだ」

薫さんは、ほんとうはそんな子じゃないんです、という意味のことを何度も訴えた。

「今さらわたしに言われてもね」

警官はしばらく顎《あご》のあたりを掻いていたが、うんと短く唸《うな》った。

「万引きしたのは事実だし、学校に連絡したのだって、いつまでも黙秘してるからでしょ。こう言っちゃなんだけど、自分で蒔《ま》いた種でしょ」

椅子の背にそりかえっていた身を起こした。

「ま、せめて、本官の手を引っ搔いたことは記録しない」

コンビニでもらった絆創膏《ばんそうこう》を貼った手の甲を、わたしの顔の前に立てた。

「大人だったら公務執行妨害で逮捕だぞ」

交番を出てから、薫さんはわたしたちを一度も怒らなかった。充に「もう二度とだまって持ってきちゃだめよ」と言い渡しただけだ。

薫さんはマンションに戻るなり、わたしたちのために寝床をセットしはじめた。ふだん薫さんが使っている寝室のベッドをわたしに明け渡し、すぐとなりの床に予備の布団を敷いた。

「美緒ちゃんはベッド、充くんはお布団でいいよね」

充は「おふとんがいい」と明るい声で答えていた。交番から帰る途中、わたしに何度も頭を叩《たた》かれ、そのたびにぐずぐず泣いた。薫さんにコーラを買ってもらったとたんに、機嫌がよくなった。

「さあ、完成」薫さんがぱんぱんと手を叩いた。「あたしはこっちの特製ベッドに寝ることにしよう」

薫さんがリビングのソファにクッションを放った。

「ああ、ぼくもそこがいい」

充が彼女の脇をすり抜け、ソファの隅に腰かけた。「ここがいい」と言いながら上下に身体をはずませている。「ここでねる」

「わがまま言うんじゃないの」

弟をにらんだ。

「やだ、こっちがいい。こっちがいい」

「わかった、わかった。それなら、ソファで寝てもいいよ。でも充くん、夜中にひとりでトイレ行ける？」

「よなかはトイレいかないもん」

「ソファだと狭くて落っこちるよ」

「だいじょうぶだもん。ほら、あしがとどくよ」

座ったまま、床をどんどんと踏み鳴らしている。薫さんは笑いながらわたしを見た。

「しかたがない、下に毛布を一枚敷いておけばいいか」

わたしは笑い返さなかった。

薫さんは、一度『ローズ』に顔を出してから、わたしたちのようすを見に戻ってきた。十時を少しまわっていた。

髪の毛と服からかすかに煙草の匂いがした。

明日は学校があるから早く寝なさいね、とテレビを見続けている充に注意した。充は素直にソファと夏掛けの間にもぐり込んだ。

「おやすみ、充くん」

薫さんがリビングのライトを最小に落とした。

「おやすみなさい」

充が足をばたつかせながら答えた。わたしも寝室に入った。すぐあとを追うように薫さんが入ってきて、うしろ手にドアを閉めた。

「美緒ちゃん」

さっきまで充に向けていた笑顔が消えている。

「明日、学校には一緒に行くけど、あたしはあくまでつき添いだからね。美緒ちゃんはお姉さんなんだからきちんと謝らないとだめよ」

「わたしは盗《と》らせてません」

「わかってる」

右手の指で髪を耳のうしろに梳《す》いた。ピアスが光る。わたしの肩を摑《つか》んだ。

「そんなことわかってる。でも、大人はね、形を大切にするから、まずきちんと謝らないと、話も聞いてもらえない。あたしなんて、身に覚えのないことで、何百回謝ったかわからないよ」

「あんなやつ死んじゃえばいいんだ」

「あんなやつ？」

「充」

「こら。そんなこと言っちゃだめ」

レース越しに夜景が見えることに気づいて、薫さんが厚手のカーテンを引いた。

「まあ、過ぎたことはぐずぐず言ってもしょうがない。こんな日は早く寝るに限る。わたしも、お店は早めに切り上げるから。ほんとは今すぐ閉めたい気分だけど、常連さんは大切にしとかないとね」

ようやく笑顔になって、部屋を出て行こうとする彼女に声をかけた。

「薫さん」

「なあに」

「ひとつ聞いていいですか」

「いいわよ。体脂肪とウエストに関すること以外なら」

わたしは一度つばを飲み込んでから、ゆっくり言葉を選んだ。

「お母さんはどうしてあんなにお酒を飲むんですか」

口を開きかけた薫さんが答える前に続けた。

「充が穣《みのる》を殺したからですか」

彼女の目は限度まで開き、赤い唇が半分ほど開いた。

「なにを……」

わたしはもう一度くりかえした。

「充が弟を殺したっていうのは本当ですか。だからお母さんはお酒を飲むんですか」

「美緒ちゃん。誰がそんなこと」

薫さんの瞳《ひとみ》は、黒目が完全に瞼《まぶた》から離れてしまうほど見開かれていた。

「母です」

「由佳ちゃんが？　まさか……」

口に手をあてたまま、先の言葉が出てこない。

「酔うとたまに言います。充に向かって言います。『おまえが穣の頭を押しつけて窒息させたんだ』『お父さんはおまえの顔が見たくなくて出て行ったんだ』って」

薫さんは頭を振りながら、ベッドに腰を落とした。

「わたしもあの日のことは覚えています。学校から帰ってきたら、ちょうど穣が救急車で運ばれていくところだったから。そのあと警察が来て、充から話を聞いているところも見たから。充がまだ五歳だったから、乳幼児突然死症候群ていうことにしたけど、ほんとはあいつが……。あいつは泥棒だけじゃなくて人殺し」

「ばかっ」

薫さんの右手がわたしの左ほおを打った。彼女は息を荒くして自分の手をみつめている。

「ごめんね。暴力はよくないよね。……美緒ちゃん、さすがにいつも本を読んでるから難しい言葉も知ってるのね……でも、そのことは二度と言わないで」

薫さんは目のあたりまで垂れていた前髪を、無造作にかき上げて背を向けた。肩胛骨《けんこうこつ》のあたりまで、背中の肌が見えた。ドアに手をかけたところで、思いついたようにふりかえった。

「たとえそうだとしても……、いくら充くんを責めても、今さら穣ちゃんが生きかえるわけじゃないんだから。これからの充くんの人生のほうが大切でしょ」

薫さんはわたしが答える前にドアを出て行った。わたしは閉じたドアをにらんだ。いつのまにか指先を噛《か》んでいた。


わたしがうなされる夢はいくつかに限られている。

その夜はもっとも古い記憶が蘇《よみがえ》った。

赤ん坊のわたしが床を這《は》っている。出かけようとした母を玄関まで追っていったらしい。一度ドアの向こうに消えた母は忘れ物をして戻ってきた。床に這ったわたしをまたいで、靴を履いたまま上がろうとした。ハイヒールのかかとが運悪くわたしの指先を踏んだ。一度目は皮を削《そ》いだ。二度目に爪の先を踏みつぶした。事情はあとから知ったのだが、痛みとともにその光景は記憶に焼きついた。

砂まじりの玄関の床と黒光りしているパンプスのかかとが、わたしの持っているもっとも古い記憶だ。

わたしの右手の人差し指は、外側の皮膚がひきつったように光り、先端は不自然な恰好《かっこう》で丸くなっている。わたしはいつからか、この指の背を噛む癖がついた。噛みはじめる瞬間の意識はない。ほとんどの場合、痛みで我にかえり初めて噛んでいたことに気づく。


「ママ、どこ」

朝食の支度をはじめた音で目覚めた充が、床の上で上半身だけ起き上がった。レースのカーテン越しに朝日が差し込んでいる。部屋は九階にある。往来のざわめきは聞こえない。わたしは充の質問を無視した。代わりに鍋《なべ》に味噌《みそ》を溶いていた薫さんがふりかえった。

「やだ、忘れたの？　お母さんは病院よ」

寝癖のついた髪を直す間もなく朝食をつくっている。

「あ、しまった、味噌が多すぎた。やっぱ、慣れないことはしないほうがいいなあ。普段ならまだ寝てる時間だもんなあ。濃いと感じる人はお湯でうすめてね」

独り言を言いながら、くすくす笑っている。

充が床の上で毛布にくるまったまま、転がって遊んでいる。

「ふうん。まだ、かえってこないんだ。……ねえ、おねしょ、しなかったよ」

「でも、ソファから落ちたみたいじゃない」

「ちがうよ。せまいからじぶんでおりたんだよ」

充は、ひさしぶりに食べるつくりたての朝食を、うれしそうにほおばった。

学校までの距離は自宅から通うのとほとんど差がないが、通学路から外れていたため薫さんと三人だけで登校する形になった。

充は薫さんと手をつなぎ、楽しそうに歩いている。わたしは十メートルほどうしろからついていった。

学校では校門のすぐ内側に担任が待ちかまえていて、ホームルームがはじまる前に校長室に連れて行かれた。教頭、学年主任、担任が並ぶ前で事情聴取を受けた。母の状況や薫さんとの関係を、飽きるほどくりかえし説明させられた。そのあとで、もう一度こんなことがあったら充は別なところへ行ってもらうと言われた。わたしは充の話題が出たときだけ「すみません」とあやまった。

薫さんが帰ってしまったあとも、残りの授業を受けた。クラスの誰も話しかけてこなかったし、こちらからも口を開かなかった。

薫さんが経営している『ローズ』という店は、午後の二時半から三時ごろにオープンする。まだ日のあるあいだは喫茶店、日没あたりからアルコールを飲ませる場所に変わる店だった。わたしたちは何度か薫さんのマンションを訪れた経験はあったが、店の中にまで入ったことはなかった。

学校から帰ると、ドアにメモが貼ってあった。

《充君とお店にいます》

ふたたび一階まで降り、『Rose』と彫られたプレートの貼りついたドアを引く。小さくドアベルが鳴った。

「おねえちゃん。これ、いいでしょ」

カウンターに腰かけた充の前には、褐色の液体が半分ほど入ったグラスが置いてある。

「コーラだよ。おねえちゃんももらえば」

「今日は蒸し暑いわね」

薫さんが冷房の風量を強めた。冷たい空気が勢いよく流れ出す。

「あー、すずしい。おうちよりすずしい」

充がエアコンに向かってシャツの胸元をぱたとあおいだ。

「美緒ちゃんは、たしか氷が嫌いだったよね」

わたしのために冷やしておいてくれた、氷抜きのアイスティーをグラスにそそぐ。氷が嫌いなのではなく、氷のたてる音が嫌いだと説明したことはあった。薫さんはあまり細かいことは気にしない。

「じゃあ、お母さんのようすを見に病院へ行ってくる。一時間くらいで戻るから、いい子にしててね」

薫さんはレジ脇の壁にかかった鏡で、簡単に化粧を直して出て行った。ドアを開けたところでわたしに向かって「充くんの面倒もきちんと見るのよ」とつけ加えた。

「はあい」と充が答えた。

わたしは店内をゆっくりながめた。

細長い店内を仕切るように、右手に木製のカウンターがあって、ビロード生地のクッションが縫いつけられた丸い椅子が、十個ほどならんでいる。カウンターの奥には、コーヒー豆や酒の瓶が整然と並んでいる。反対側の壁には窓がつくりつけられており、四人がけのテーブル席が二組あった。

ローズとは薔薇《ばら》のことだと知っていたが、薔薇を連想させる装飾は何もなかった。ほとんどの備品が木製で、奥の壁にはクォーツ式でない柱時計が時を刻んでいる。窓にはレースのカーテンがかかり、中から外はうっすらと見えるが、外からは目隠しの役目を果たしていた。

ずずっと音をたてて、充がグラスの底に残ったコーラを吸い上げた。

「おねえちゃん、コーラおかわり」

「冷蔵庫にあるって言われたでしょ。自分で注ぎなよ」

「ちぇ。けち」

入り口近くにレジスターがあった。コンビニで見かけるようなバーコード方式ではなく、旧式の自分でキーを打つタイプだ。わたしは本体から突き出たレバーを、いくつか押したり引いたりした。

突然、チンと鳴って引き出しのような物が飛び出した。

「あ、おかねだ」

充が脇からのぞきこんでいる。

「うるさい。あっち行って」

トレーの中にはむき出しの現金が入っていた。札と小銭が仕分けされている。一万円札だけで五、六枚あった。

突然カランカランとドアベルが鳴り、扉が半分ほど開いた。

わたしは急いでレジの引き出しを押し込んだ。ガシャンという大きな音をたてて一度は引っ込んだが、反動でふたたび飛び出てきた。もう一度チンというやけに大きな音が響いた。

「おや、まだ開店前だったか」

男の声だった。年をとっているようにも聞こえた。半分開きかけたドアの向こう側に立っている。逆光を背にしているので、店内から人相はわからない。

「薫さんは、留守です」

「るすです」

わたしはレジの引き出しを腹のあたりで押し込みながら影に向かって答えた。大きな音をたてて、トレーはようやく閉まった。男はしばらくだまっていた。

「そうか、予約はしていなかったのだが、通りかかったらOPENの札を見たものでね」

「コーラならあるよ」

充が自分のグラスを掲げて見せた。男の頭が充を見下ろすように傾いた。

「なるほど……。だが、また来よう」

すっと背を向けた。わたしはその背中をにらんだ。男が手を離すと、ひとりでにドアが閉じた。わたしはすばやく閉じかけたドアに近づき、そっと押さえてすき間からのぞいた。

商店街の通行人をよけながら、ゆっくり男が去って行く。

ほんの少しベージュの色がついたジャケットを着て、下はもう少し濃い色をしたズボンをはいていた。頭には帽子が載っている。右手に杖《つえ》をつき、左足をわずかに引きずるようにして歩いていた。姿が見えなくなるまで観察していたが、一度もふりかえることはなかった。

男の姿が見えなくなると、閉じたドアの内側に背をあずけた。

「いまのだれ?」

二杯目のコーラもすでに半分ほど飲んでしまった充が聞く。

「知らない」

「あ、またゆびかんでる」

充に言われて気がついた。いつのまにか人差し指の背を噛《か》んでいた。引っ張られた皮から、ぴりぴりと刺激が流れる。

「うるさい」

「おねえちゃん、ゆびかむとママにおこられるよ」

「うるさい。余計なお世話」

「ねえ、おかねもらうの?」

レジを見ている。

「うるさいんだよ。自分が泥棒のくせに」

わたしはアイスティーのグラスを持ち上げ、充の頭上にかかげた。

「やだよ、やめて。かけないで。ママもおねえちゃんもきらい」

わたしはグラスを充の頭上からどけ、ほとんどひと息で飲みほした。

赤黒く歯形のついた人差し指の背が、天井のライトを受けて鈍く光った。

3

わたしにとって二人目の弟として生まれた穣は、わずか十カ月で死んだ。

小学三年生だったわたしが学校から帰ってみると、自宅がある棟の前に救急車が停まっていた。足のついた担架のような物に乗せられた穣と、それにつきそった母が救急車に乗り込むところだった。

「穣が大変だから、留守番しててね」

母はそう言い残して、救急車で去っていった。母の息からかすかにアルコールの匂いがした。まもなく帰宅した父は、警察官とずいぶん長く話していた。スーツ姿の男が充から何かを聞いていた。その夜わたしが父から受けた説明は、穣は赤ん坊にありがちな原因不明の病気で突然死んでしまったというものだった。

その後、両親の夫婦喧嘩《げんか》を聞いているうちに、穣の死に充がかかわっているかもしれない可能性について知った。

父が出て行く前から、母はいつも酒の匂いをさせていた。

当時、母のパートは夕方に終わっていた。帰宅するなり酒を飲みはじめ、父が帰るころにはすでに酔っている。決まったように口論がはじまる。夜、明かりを消した子供部屋で、わたしたちは毎晩夫婦の諍《いさか》いを聞いていた。父が出て行って、母は仕事を変えた。今までより長く働いて、多く給料をもらうためだと聞かされた。を持って、近所のスーパーで惣菜《そうざい》を買う。一品か二品のおかずで夕飯を済ませたころ、母が帰ってくる。いつしか、帰宅したときには母はすでに酒の匂いをさせているようになった。そのまま、わたしたちが寝つくまで、ぶつぶつと独り言をつぶやきながら酒を飲み続ける。

半年後に父が出て行くと、母はおおっぴらに充を責めるようになった。

「あんたが頭を押しつけて、窒息させたんだから」

五年生になるころには、近所の親切な主婦たちのおかげで、事実関係をほぼ把握していた。

あの日、父親は朝からパチンコに出かけていた。土曜日だったが、わたしは社会科見学で登校していた。母はどうしても買い物に出かける用事があって、充と穣の二人きりにして家を空けた。その間、時間にして二十分もなかった。帰ってみたら充が穣の頭を押さえつけているところだった。あわてて穣を抱き上げたが、すでに息をしていなかった。

母はそれを警察に告白したが、五歳児の行為であるし立証もむずかしいからといって、突然死としての処理をすすめられた。

「子供の将来のためにもね」

母も父もそれに従った。マスコミにも知られることなく、事件は終わった。

初めて会った事情を知らない人は、充を見るときまってこう言う。

「目がきらきらしてて、お利口そうね」

父が出て行ってからちょうど一年ほど経ったある日、学校から帰ると、母がキッチンの床に倒れて荒い呼吸をしていた。強烈に酒の匂いがした。となりに住む主婦に頼んで救急車を呼んでもらった。

「お酒の飲み過ぎなんだって」

それが母が救急車で運ばれて行くのを見た最初だった。


万引き事件のあと、大人たちが話しあって決めた中身は知らされなかった。

ひとつだけはっきり宣告されたのは、わたしたち姉弟《きょうだい》は母が退院してくるまで、薫さんのマンションに居候するということだった。ほかにわたしたちを引き取ってくれるような親戚《しんせき》はいなかったし、もと父だった人物からの接触もなかった。彼のもとに連絡はいったのか、それでも面倒をみることを拒絶したのか、誰も教えてくれなかった。誰にも聞かなかった。

「少しの辛抱だから、がんばろうね。ま、気楽に行こう。あたしもね、子供のころ、二週間くらい親戚にあずけられたよ。そこの家でコロッケばっかり食べてたから、こんなに背がのびた」

薫さんが笑ってわたしたちの肩をたたいた。

わたしと充は、着替えと勉強道具、そのほか生活に必要なわずかな品を薫さんの車に積んで、簡単な引っ越しを済ませた。

夏休みまでの三日間、わたしはクラスの誰ともほとんど口をきかなかった。いじめるクラスメイトもいなかったが、遊びにさそわれることもなかった。わたしはそこに存在しないものとして扱われた。ひとりで登校し授業中だけ発言しひとりで下校した。すでに梅雨が明け、息苦しいほどの熱波が立ち上る道を黙々と歩いた。下を通りかかると急に鳴き止んで飛び立っていく蟬は、わたしの存在を認めていた。

万引き事件の二日後に、学校から帰った充の服が汚れていた。左手の内側に引っ掻《か》いたような傷もあった。

「誰にやられたか言いな」

わたしの視線をさけるように、充は顔を伏せた。

「だれにもやられてないよ。くどうくんたちとかえってきただけだよ」

充と同学年の工藤裕二《くどうゆうじ》の家は知っていた。その日のうちに彼の自宅近くで裕二をつかまえた。ひとつ先の十字路で友人と別れて、自転車を漕《こ》いでくるところだった。

「ちょっと」

電柱の陰から呼び止めた。彼の笑顔が消えた。子供用のマウンテンバイクにまたがったまま、上目づかいでわたしを見ている。

「こんど充に何かしたら、倍にしてしかえしするよ」

返事はない。

「わたしが脅したって親に言いつけてもいいよ。その代わり、あんたたちが充から金を巻き上げたことを、学校と警察に連絡するからね。何千円もとっただろう」

裕二は最低限の幅で首をこくりと振った。

充が万引きをした理由について、ずっと考えていた。裕二とその仲間が、わたしが通りかかると逃げるように散っていくのを、何度か目撃したことがあった。そんなとき彼らが取り囲んでいるのは充だった。残された充は必ずべそをかいていた。

裕二を脅して薫さんのマンションに帰る途中、公民館脇のベンチに腰を下ろした。胃のあたりの違和感が収まるまで座っていた。

裕二を脅した以外、何ごともないまま夏休みになった。充の服も二度と汚れなかった。

薫さんは母を見舞いに行くときは必ず声をかけてくれたが、わたしは拒んだ。充はわたしのまねをして首を横に振った。

夏休みの初日。わたしは充をさそってベランダに出た。地表よりも強く吹く風が暑さを多少和らげる。

「充。ここはながめがいいね」

視界の先にあまり高いビルはない。低い建物の向こうに公園の緑が広がる。

「ねえ、おうちみえる？」

「あそこの団地だよ」

「えー、よくみえない」

手すりよりも背の低い充はしきりに背のびしている。

「ほらＣ棟って書いてある白っぽい建物。ここに乗ればよく見えるよ」

エアコンの室外機を指した。

「うん」

充は喜んで白い金属製の箱によじ登った。手すりに両手をつく。前かがみの不安定な姿勢でのぞいている。身体をゆすって喜んでいる。

「わあ、すげー。よくみえる。あ、アキタやだ。かっちゃんいるかなあ」

乗り出している充の身体に手をかけた。数日前にも、充にせがまれて、抱きかかえたことがあった。わたしの力で充の身体を持ち上げられることはわかっていた。わたしは用意しておいた木箱を室外機の近くにおいた。自分の背中を充の身体の下にもぐりこませ、踏み台にした木箱に足をかける。両手で手すりを握った。背中に充の胸と腹が当たる。

「おねえちゃん、なにしてるの？」

「もっとよく見えるようにしてあげる」

「ほんとう？　やった」

やったやった、と言いながらテレビアニメの主題歌を歌いはじめた。わたしは両足を踏み台に乗せ、力をこめ膝《ひざ》をのばした。充の身体が少し浮いた。

「やった。すげー」

深く息を吸って、さらに膝をのばす。充のつま先が両方とも浮き、腰から上はほとんど水平になった。充の歌が止まった。

「おねえちゃん、もうやめて」

「もう少しだから」

「こわいよ、もうやめて」

右手でわたしの肩にしがみつく。充の身体は左の手のひら以外、もう建物のどこにも触れていない。もう少し持ち上げて、手すりの向こう側へ押し出せばぜんぶ終わる。

「じっとしてな。もうちょっとだから」

「やだ、こわいよ、こわいよ」

泣きはじめた。

「ごめんなさい。ごめんなさい」としきりに詫《わ》びている。

泣き声を聞くうち、膝に力が入らなくなった。

「こわいよ、こわいよ。おねえちゃん、やめて」

わたしは長い息を吐いて、膝を折った。ふたたび足が室外機につくなり、充はしゃがみ込んだ。

「どうして謝ったのよ」

荒い息をおさえながら充をにらむ。

「ぼく、もうベランダからみない」

充は涙ぐんだ目を袖《そで》でぬぐい、部屋の奥に逃げていった。


薫さんは毎日のように母を見舞ったが、わたしと充は一度も同行しなかった。わたしは朝七時前に起きて簡単な朝食を用意し、充を起こす。充は起き抜けに必ず「ママはどこ」と聞く。「お酒を飲み過ぎて病院だよ」と教えてやる。眠いうちだけぐずるが、母に関する思い出が楽しいものばかりでないことを思い出し、母の不在には触れなくなる。

弟の面倒もひととおり終わったあと、わたしはダイニングテーブルの空いたスペースで借りためた本を順に読んでいく。充はソファに座って一日のほとんどの時間、テレビを観て過ごす。

薫さんは毎朝十時近くまで寝ている。『ローズ』の閉店時刻は真夜中。それから後片づけをして寝床に入るのが二時。わたしたちの長期滞在が決まってから、納戸代わりに使っていた部屋で寝るようになった。

「おはよう。美緒ちゃん。充くん」

必ず大きなあくびをしながら、ドアを開けて出てくる。

「やっぱり三十近いと、なかなか疲れがとれないわ」

ぼさぼさの髪を手のひらでなでつけながら、ときおり腹や腿《もも》のあたりを掻いている。充が起き抜けの薫さんをめずらしそうにみつめた。母は酒を飲むとき以外、だらしない姿を見せない。

「あ、ごめん。つい、いつもの癖でサバ読んじゃった。今年三十三のぞろ目でーす」

頭を掻きながら、テーブルに並んだ目玉焼きと簡単な野菜サラダを見る。軽く焼いて薄くバターを塗ったトーストもある。テーブルをぼうっとみつめていた薫さんが、ぽつりと言った。

「この匂い……。もしかして、コーヒー？」

無言のままうなずいて、ドリッパーに視線を向ける。

「感激」

ドリッパーからカップに注ぎ、ひと口つける。カップを持ったままわたしを見る。

「ありがとう。とっても美味《おい》しい」

わたしは、本の続きに目を落とす。充は相変わらずテレビにかじりついている。

おなじ場面の夢を何度も見る。聞いたことと想像が混じりあい、ひとつの映像として融合する。

外出から戻る母、ベビーベッドの脇に五歳の充が立っている。うつぶせになった赤ん坊の頭を、少し背のびした充がコツコツと叩《たた》いている。母は怒って、いつもそうするように充の頭をこぶしで叩いた。充は泣き出したが、穣は動かない。母はグラスに氷を入れてウイスキーを注ぐ。氷が音をたてる。前の晩おねしょしたことについて、充を叱りはじめる。怒るたびにカランカランと氷が鳴る。穣が息をしていないことを伝えようとする。口の中がねばついて声が出ない。無理矢理声を出そうとする。胸が焼けそうに痛くなる。

自分の声に目が覚めた。

いつのまにかうつ伏せになり、枕が口と鼻を塞《ふさ》いでいた。身体を反転させる。うす暗い天井が見える。どこにいるのか思い出す。うなされて何を口走ったかは覚えていない。耳をすますが、誰かが起きている気配はない。枕元の時計を見る。あと五分で夜中の三時だった。いつも枕のとなりに用意しておくタオルで、首や胸のあたりの汗を拭《ふ》く。スモールライトの黄色い灯りに浮かび上がった部屋を、三十分ほどながめる。心臓の鼓動が平常になったところで、ふたたび枕に頭をあずける。

「ねえ、今日はちょっとお店でお昼しない？」

夏休み三日目の十一時近くだった。薫さんがわたしと弟を『ローズ』に誘った。

「今日ね、お店にお客さんが来るから、美味しいサンドイッチつくるの。一緒に食べよう」

「ぼく、サンドイッチすき」

充が飛び跳ねる。手に黒っぽい動く物を持っている。

「充くん、何持ってるの？」

「セミ」

「蝉？　ねえ、見せてくれる」

充が手にしていたそれを突き出す。

「さっきベランダで、うらがえってたのつかまえたんだ。まだいきてるよ」

「きゃあっ」

薫さんが叫んで、顔をそむけた。わたしは本から顔を上げて充のそばに寄った。充は薫さんの悲鳴に驚いて、手にしていた蝉をうしろにかくしてしまった。

「充。見せてみな」

充は少し迷ってから、手にしているものを差し出した。まだ生きている黒くて大きな蝉だった。ときおり羽をふるわせて、六本の足をもぞもぞと動かしている。蝉には腹から下がなかった。頭と胸と羽しかない蝉がゆっくり足を動かしている。

「それ、充がやったの」

「やったって？」

「お腹ちぎったの」

「だって、かるくなったらとべるかなってかんがえたんだ」

「誰かが教えたの？」

「ちがうよ。じぶんでかんがえたの」

充はもう一度蝉をわたしのほうに突き出した。わたしはそれを奪い取って窓から捨てた。ベランダの上にかさりと小さな音をたてて落ちた。

薫さんはこの日、めずらしく十二時前に店を開けた。昼のあいだはほとんど素顔に近いことが多いが、きちんと化粧も済ませていた。

「さ、準備完了。あたしのサンドイッチは美味しいんだぞ」

カウンターの向こう側にしつらえた簡易キッチンで、薫さんが手をぱんぱんと叩いた。

「たべていい？」

店の本棚に置いてある漫画をめくっていた充が顔を上げた。

「もうちょっと待ってね。お客さんが来るから、そしたら一緒に食べようね」

きちんと襟のあるブラウスを着ている。

「なあんだ。……じゃあ、アリつかまえにいっていい？」

「蟻？」

「いっぱいあつめてすをつくらせるんだ。そして……」

充の視線が、カウンターの上に置いてあった置物に止まった。わたしもおなじ物を見た。

それは紙でつくったビルだった。

「ああ、それ気がついた？　すごいでしょ。そのビルの名前知ってる？」

「しらなあい」

「エンパイアステートビルっていうんだよ。アメリカのニューヨークっていう街に、本当にあるの。凄《すご》く高いんだ。あたし本物見たことあるんだから」

充はビルのミニチュアをもち上げて、底をのぞいた。

「それね、買ったんじゃないんだよ。いらないハガキでつくってあるの」

「ほんとに」充の目が輝いた。「ぼくもつくる」

充が足をばたばたと振った。

「つくりたい」

ドアが開いて誰かの入ってくる気配があった。

「あ、先生。お待ちしてました」

わたしは視線だけをそちらに向けた。ひとりの男が立っていた。

「こんにちは」

低く響く男の声に聞き覚えがあった。

わたしはカウンターに顔を伏せた。目の前に置いてあったメニューを開いて、顔を近づけた。横目で盗み見る。あのときの逆光の人物だった。杖《つえ》をついている。彼は足をひきずるようにゆっくり進み、わたしからひとつ置いた席に座った。

薫さんは、さっきまで何度も磨いていたテーブルをもう一度拭く。

「お身体大丈夫ですか」

「ここまで歩いてこられる程度にはね」

男の腰から下が見える。きちんと折り目のついた、白っぽいズボンをはいている。

「何にします？　コロンビアからいいのが入ってきましたけど」

「いつものキリマンジャロを」

数日前に、わたしがレジの引き出しをあけたときに聞いた声だった。

「濃さもいつものくらいで？」

「そうだね」

「はい」

それきり会話はしばらく止まった。ジャージャーとプラスチック玉を混ぜあわせるような音がして、やがてコーヒーの香りが漂ってきた。

充は漫画を読みながら、ずるずる音をたててコーラをすすっている。

「そうそう、先生、紹介しますね」薫さんがわたしたちに手を向けた。「美緒ちゃんと充くん。こういう字です」

カウンターのメモ用紙に書きつけて男に見せる。

「なるほど」

「わたしの従姉《いとこ》の子供なの」

「なるほど」

「ふたりとも挨拶《あいさつ》して」

わたしは顔を半分だけ向けて、軽く頭を下げた。

「こんにちは」

「こんにちは」

男も短い挨拶を返し、それで会話が終わった。

「先生、相変わらずお洒落《しやれ》ですね」

「なに、妻の見立てをそのまま着てるだけだよ」

あはん、うふん、と薫さんが咳《せき》払いをした。

「お身体、いかがです。用があったら、いつでも言ってくださいよ」

「さっきもおなじことを聞かれた気がするが。春先あたりまでは少し痛んだけれど、このごろはだいぶ楽になった」

ひきずっていたほうの足をさすっている。

「あのう、実は先生にお願いがあるんです。充くんに、あの紙でつくった模型を見せてあげてください。ぺーぱー……なんでしたっけ」

先生と呼ばれる男が充を見た。

「ペーパークラフトのことかな」

「さっきもエンパイアステートビルに感心してたみたいですよ。ね、充くん」

「うん。ぼくもつくる」

　また足をばたつかせた。

　男は充を見て薫さんの顔を見た。ほんのわずか右の眉《まゆ》が上がった。

「つくりたいんですって」

「しかしきみ、つくるといったって。そんな簡単にはいかないがね」

　充に視線を向けてからコーヒーをする。

「ね、先生お願い。毎日ちょこっとでいいんです。クラフト教えてあげてください。充くんを送るついでに家のお掃除もしますから。なんなら、晩ご飯も……」

「しかし、こんな子供では」

「それなら、コーヒー一カ月飲み放題」両手をあわせて拝んだ。「ほんと簡単な物でいいんです」

「なるほど」

「え？」

　薫さんが首をかしげる。

「珍しく誘ってくれたと思えば、そういう裏があったのか」

「いやですわ先生。裏なんて。偶然ですわ」

　ほほほ、という変わった笑い声をたてた。

「薫さんにはかなわん」

　男の顔にわずかに笑みが浮かんだ。

「これで決まり。美緒ちゃんも一緒に行こうね」

　薫さんは笑顔だ。右の人差し指がうずきはじめた。

「そうだ、二人に先生のこと紹介してなかった。名前は永瀬丈太郎《ながせじょうたろう》さん。……こういう字。もとケンジさん」

「ケイジ？」

　充が大きな声で聞く。

「刑事じゃないの。ケ、ン、ジ。裁判官と弁護士と検事。検事っていうのはええと……美緒ちゃんあとで辞書で調べてね」

　薫さんの説明を聞いて、指のうずきが増した。薫さんは充を見ている。

「まあ、簡単に言うと、悪いことした人を裁判にかけさせる人なのよ」

　鼓動が速くなったのが自分でわかった。指の痛みに気づいた。いつのまにか指の背を噛《か》んでいた。次第に息が荒くなってきたわたしに、薫さんが気づいた。

「美緒ちゃんやめて」

　すぐに腕がのびてきた。

「やめて」わたしの肩をゆする。「お願いだからやめて」

　ケンジと呼ばれた男も、こちらを見ているのがわかった。

「やめなさい」

　薫さんの叫び声が響いた。わたしは噛むのをやめた。頭にのぼっていた血が退《ひ》いていく。

充の泣き声が聞こえた。

嚙んでいた部分を見る。今回は赤黒い痕《あと》がついているだけで、皮は破れていなかった。すでに永久に消えない傷痕《きずあと》が二ヵ所ある指をさすって、ポケットにつっこんだ。

「違うの。この前のコンビニのこととはぜんぜん関係ない」

カウンターの中にある丸椅子に腰を落とした薫さんが、額にたれた髪をかき上げた。

薫さんが音楽を静かに流した。ジャズという音楽だと教えてもらった。低い管楽器の音が静かに流れた。

出されたサンドイッチを、充は大喜びで食べた。サーモンサンドと特製サラダのサンドをだまって食べ終えた元検事は「ごちそうさま。美味《おい》しかった」とわずかに微笑んだ。財布を出そうとするのを薫さんが止めた。

「それじゃあ、お言葉に甘えることにしよう」

礼を言って出て行こうとする男に、薫さんが声をかけた。

「あの、ほんとに遊びに行きますから」

元検事は半身だけふりかえって、目顔で応じるとドアを出て行った。薫さんは完全にドアが閉まったあと、わたしの顔を見た。

「もうね、ずっと昔からの古い知り合いなの。ただのお客さんとして来ただけだから、余計な心配しなくていいから」

わたしはレジスターを見てから薫さんの顔に視線を戻す。薫さんの表情に変化はなかった。

「ねえ、美緒ちゃん。学校から宿題出されてたよね」

『宿題』というのは算数や国語のドリルではない。わたしだけに与えられた課題だった。誰かの手助けをする。困っている人なら尚《なお》いい。手助けした証拠として、相手に手紙を書いてもらう。

「永瀬さんのお世話してあげてよ」

顔を上げた。

「ねえ、そんな目で見ないで、白状するから。先生が言ってたとおり、顔合わせしたのは偶然じゃないの。永瀬さんね、去年の秋に大怪我して身体が少し不自由なのに、ひとり暮らししてるのよ。あたしも手伝うからお掃除してあげようよ。宿題にちょうどいいでしょ」

わたしは指先をみつめていた。

「それにさ、何か物をつくるのって、充くんにいいような気がするんだ。……永瀬さん、ずっと昔に娘さんが誘拐されていまだに見つかってないのよ」

わたしは人差し指をさすりながら続きを待った。

「生きてるか死んでるかもわからないの。残酷な話でしょ」

わたしはまた呼吸がすこしずつ速くなった。

「とても広い家にひとりぼっちで住んでるのよ」

4

駅から南北にのびたそれぞれひと筋の商店街。

南側の駅前には、会社事務所の入った雑居ビルや、酒を飲ませる店の看板を多く見かける。薫さんの店と住居の入った混合マンションもこの一角にある。

北側は、車がすれ違えないほどの狭い通り沿いに、老夫婦が営む靴屋と二十四時間営業のラーメンチェーン店がとなりあうような、無秩序な店並みが続く。この細いメイン通りを五百メートルほど進み、小さな稲荷《いなり》のある角を左に折れさらに五分ほど進めば、わたしたちの住む都営団地が見えてくる。築年数は古いが、贅沢《ぜいたく》な土地の使いかたをして植栽も多い。団地の周囲には、世田谷《せたがや》区といっても古い家並みや畑が残る。

左に折れる少し手前を右に曲がり数分歩くと、高い塀や針葉樹の生け垣だらけの住宅街に出る。

元検事の永瀬丈太郎が住む屋敷はこの一角にあった。数百メートル四方のこの地区は、近隣の町並みと雰囲気が異なっている。住宅地として開発されたのは田園調布《でんえんちょうふ》とおなじころだと薫さんが言ったことがある。

ほとんどの家が、近隣の建て売り住宅の数倍はある広い敷地に、瀟洒《しょうしゃ》な造りの建物が載っている。広い駐車スペースには、ほとんど例外なく外車が少なくとも一台は停まっている。

「ここよ」

薫さんが立ち止まった家は、敷地の広さでは周囲に負けていなかった。

「さあ、支度しましょ」

「しましょう」

薫さんが紙袋から、用意してきた物を取り出した。蔦《つた》の這《は》う煉瓦《れんが》の塀につながる、さびの浮いた鉄門。その前で薫さんは赤いバンダナを頭に巻いた。

薫さんの恰好《かっこう》は、袖《そで》が短めの青いTシャツに下はカーゴパンツ、素足にサンダル。わたしと充も、薫さんが買った似たような服を着せられた。わたしは薫さんに渡されたバンダナを、すぐにポケットにしまった。

「あたしたちってさ、おそろいの制服着て、お掃除請負人みたいでカッコイイね」

「かっこいいね」

バンダナを結んでもらった充が飛び跳ねる。

かすかにきしむ音をさせて、薫さんが鉄の門を押した。ほかの家に比べて、かなり年数を経た建物に見える。

玄関先まで、背の高い植木に挟まれた小道を通り抜ける。バッグから鍵《かぎ》の束を取り出した薫さんが、慣れた手つきで玄関の扉を開いた。ひんやりとした空気が身体を包む。右側が一畳ほど引っ込んでいて、そこに家具ではなく学校の下駄箱のような棚が、つくりつけになっている。厚手のガラス窓から淡い光が差している。黒光りのする木をはめ込んだ、小さな部屋ほどもあるホールの正面にドアが見えた。

「こんにちは」

玄関に立ち、薫さんがホールの奥に向かって挨拶《あいさつ》をした。木の床と真っ白なしっくいの壁に声が吸い込まれていく。

「こんにちは」

充が甲高い声でまねをした。

正面のドアを開けて出てきたのは、見覚えのある元検事だった。永瀬丈太郎。真っ白なシャツにきちんと折り目のついたズボンをはいている。彼は、二メートルほどはなれたあたりに立ち、わたしたち三人の顔を順に見た。

「まあ、どうぞ」

笑みも浮かべずにそれだけを言って、背を向けた。左足を引きずるように歩いて、今出てきた扉の向こうに消えた。薫さんが充の顔を見て鼻に皺《しわ》を寄せてくすりと笑った。

「おじゃまします」

一枚の幅が二十センチほどある床板を踏みしめて、薫さんが奥に進んだ。

「おじゃましまあす」

充が、そしてわたしが続いた。

ひんやりとした感触の床に足を置くたび、みしりと小さな音が静かな空間に響く。床とほとんど同色に近い黒っぽい柱。右手は白いしっくいの壁に真鍮《しんちゅう》のパイプでつくった手すりが渡してある。壁のはしに重厚な木製のドアがあり、閉まっている。すぐ左手に階段があった。おなじように真鍮の手すりが二階まで続いている。

元検事が入っていった、すりガラスがはめ込んであるドアの向こうは、広い洋風のリビングだった。廊下とおなじように幅の広い板張りになっていて、真ん中あたりに横長の絨《じゅう》毯《たん》が敷いてある。左手がキッチン、右手には大きな窓があり、その向こうに広い庭が見えている。

リビングのほぼ中央のあたりに、重厚なダイニングテーブルがあり、元検事はその脇に立っていた。

「まあどうぞ、適当にお座りください」

ダイニングテーブルの椅子に、今入ってきたドアを背にして腰かけた。

薫さんが飲み物の支度をしているあいだ、わたしは男の顔を見ないようにして部屋の観察を続けた。テーブルと窓の中間くらいに小さな布張りのソファ。壁際の台に載った小さなテレビ。壁にはめ込みになったサイドボード。キッチン手前の壁際にアップライトピアノ。正面にはドアが二つ見える。まだ奥に部屋があるようだった。

斜め正面に座った元検事と視線があった。わたしはとっさに顔をふせてテーブルをみつめた。無数の傷がついている。無垢《むく》材でできており、天板の厚みは五センチほどもある。

「ぼく、コーラがいい」

充が身体をゆすった。椅子がかすかにきしみの音をたてた。

三人の前にそれぞれ好きな飲み物が並んだ。

薫さんが持参した洋菓子の包みをあけ、充がまっ先にチョコのエクレアに手をのばした。のこりの三人が続き、しばらくあたりさわりのない会話が続いた。

「じゃあ、充くん。そろそろ見せてもらおうか。ラジオじゃない、なんでしたっけ」

永瀬丈太郎は薫さんにちらりと視線を向けた。

「今まで三度聞いて覚えられないんだ。これ以上何度聞いてもしかたないだろう」

口元をゆがめて、熱いコーヒーをすすった。

「いじわるだなあ先生。あたしが『ローズ』でそうやって聞くとおじさまたちはみんな親切に教えてくれますわよ」

「なるほど」

「なるほど」

充が元検事の口まねもはじめた。

「いいよ、行こう充くん。勝手に見せてもらおう。美緒ちゃんもおいで」

薫さんはわたしの返事は待たず、充の手を引いて階段を上っていく。わたしはティーカップに落としていた視線を上げた。丈太郎もわたしを見ていた。わたしは立ち上がり二人のあとを追った。

踏みしめるたびにきしきしと鳴る階段だった。

階段を上がりきったところがやはり板張りの廊下になっている。廊下に面して部屋の入り口が右側に三つ並んでいる。まん中のドアから薫さんと充が部屋に入っていくのが見えた。

あとを追って入ったわたしは、入り口すぐのところで立ち止まっている二人にぶつかりそうになった。

「すごーい」充の声だ。

「ねえ。すごいでしょ」

薫さんの脇にたって、二人が感心している物を見た。

そこには街があった。

八畳ほどの洋室にはほとんど何もない。家具らしい物は、窓の近くに置かれた作業台のような机と、その脇に立っている書棚だけだった。部屋のほとんどを占めるのは、広い台の上に置かれた模型の街だった。畳二枚分ほどのスペースに、ミニチュアサイズの街が広がっていた。何本かの道路が交叉《こうさ》しいろいろな建築物が立っている。駅もあった。ホームからのびた線路を電車が走っている。川が流れる先には海もあった。顔を近づけて見る。すべて紙でできているように思えた。うっすらと埃《ほこり》をかぶっている。

「これね、全部紙でできているんだって。ええとね、ペーパークラフト、それは覚えた。

ひとつひとつ手づくりなんだよ、永瀬さんの。全体のことなんていったかなあ、ラジオじゃなくて……」

充は感心してのぞき込んでいる。ビルのひとつに手をのばした。

「充、さわるんじゃないよ」

わたしの声に充の指先がぴくりと反応した。

「いや、かまわんよ」

背中から永瀬丈太郎の声がした。薫さんがふりむく。

「あら、先生。大丈夫なんですか、階段上ったりして」

「まあ、時間をかければなんとかなる。それより、何度も言うがその先生というのは、やめてもらうわけにはいかないものかね」

薫さんはウインクのような表情を浮かべた。

「だって、いろんな意味で先生だし」

「せんせいなの？」

わたしは、ふたたび紙の街に顔を近づけた。

「ジオラマというのだよ、縮尺は適当だ」

「どこかの街ですか？」

「それも適当。架空の街だ。見てみなさい。法隆寺《ほうりゅうじ》五重塔の向かいに金色堂《こんじきどう》がある」

「だめなんですか？」

薫さんが脇から口を挟む。

元検事は笑って頭を振った。

「ねえ、これ、えき？」

充が指を差した先の、赤煉瓦《れんが》でできた建物から線路がのびている。

「東京駅だ」

「ぼくしってるよ。ほんでみたよ」

「すごいわね」

充の声に張りがある。薫さんも笑っている。

「ねえ、充くん。つくってみたいよね？」

「つくるつくる」

足をばたばた踏み鳴らす。

「先生お願い……」薫さんが拝む真似をした。「……します」

「おねがいします」

「しかし、電話でも言ったが、わたしもいろいろと」

「教えていただいているあいだの洗濯、全部面倒みますから。ええと、二日に一度。ワイシャツはアイロンつき」

「それは頼んでいる人がいる」

「襟の汚れがよく落ちてないって、こぼしてたじゃないですか。それと毎日は無理だけど、たまに晩ご飯。あ、お店に寄ってくれれば、コーヒーなら毎日でもＯＫ」

「まいにちおーけー」

「しかし」

「あとは、あとは……まあいいや。ね、充くん。下にも別なのがあるんだよ。川が流れてるんだ」

「みたいみたい」足を踏み鳴らした。「川にザリガニいる？」

「いるかどうか探しに行こう」

「しかし」

薫さんは充の手を引き、大きな足音をたてて階段を降りて行ってしまった。部屋にはふたたび永瀬丈太郎とわたしの二人になった。

わたしは街のミニチュアをみつめていた。ほとんど日本の有名な建物ばかりを集めたということはわかった。一軒だけ、普通の民家があった。しばらくながめて気づいた。この永瀬邸だった。

「まだ、屋根が塗ってない。作成途中のまま、もう半年も放ったままだ。気力が萎《な》えてね」

ポケットに手を入れたまま元検事が言った。わたしはうずきはじめた人差し指の先を、親指の爪で押しながら部屋を出た。

冷めた紅茶を飲み干した。となりの部屋から充と薫さんの歓声が聞こえてくる。

「だめよー、乱暴にさわっちゃ」

薫さんののんびりした声が響く。わたしはリビングのドアを開けた。二人の声はさっき玄関から入るときに見た、木製のドアから漏れてくる。軽くノックしてドアを開けた。

初めに両側の壁一面に並んだ本が見えた。学校の図書室のように棚にびっしりとすき間なく詰めこまれている。正面に庭に面した窓があり、その脇に机があった。薫さんと充は入って右手にある一メートル四方ほどの何かをのぞき込んでいた。

「おねえちゃんみて。川があるよ。ぼくもきょねんいったよね」

飛びはねながら指を差している。

こんどは渓谷のジオラマだった。二階の街とは対照的に人工物はほとんどない。緑の樹木が生い茂る山あいを、川が流れている。川にそって一本の細い道が走っている。下流ぎりぎりのところに赤い吊《つ》り橋が立っている。充は街のジオラマ以上に夢中になっていたが、わたしは壁に並んだ本の背表紙をさっとながめて部屋を出た。リビングに戻る途中、手すりにつかまりながら階段を一歩ずつ降りてくる元検事を見た。

「先生、この箱のことですか。めちゃ重いなこりゃ」

永瀬丈太郎に頼まれて、薫さんが二階の作業台から木製の道具箱を運んできた。袖《そで》からのびたたくましくない腕に、細い筋肉がもり上がっている。渓谷のミニチュアを机の上に移動し、何もなくなった作業台の上に薫さんは道具箱を置いた。元検事がそのふたを開けながら言った。

「二つ約束してくれ」

「するする」

充が足を振りながら答える。

「刃物類の使いかたは、これから教えるとおりにするんだ。守れないなら取り上げる」

「する」

「最初のうち、工作は思うようにいかない。だからといって、すぐに泣いたり腹を立てたりしてはいけない」

「なかないよ」

「それなら結構」

丈太郎が、カッターナイフの持ちかたから説明をはじめた。

「先生、最初はハサミのほうが……」

「そんなことが気になるなら、初めからやらないほうがいい」

「やらないほうがいいよ」

「すみません。もう口出ししません」

薫さんは肩をすくめ、わたしにむかって舌を出した。

充が紙工作を教わっているあいだ、わたしは薫さんと二階に上って掃除をすることになった。

最初に入ったのは、一番手前の西側にある納戸のように使われている部屋だった。使わない小さな家具の前や上に、段ボール箱が積まれている。中身のわからない紙袋もいくつか寄せてある。そこらじゅうに埃《ほこり》が積もっている。

「どう？　ちょっとやりがいがありそうでしょ」

薫さんが腰に手をあてて笑った。まず窓を全開にしてから、マスクをはめ、高いところの埃を拭《ふ》き取り、箱を積み直し、袋の中身を整理し、ゴミをまとめ、掃除機をかけ、床を拭いた。

このひと部屋終わるのに二時間かかった。

「ねえ、美緒ちゃん。もっと楽しそうな顔してよ。楽しいでしょ」

薫さんは鼻歌を歌いながら仕上げに窓を拭いている。わたしは首を横に振った。

「そうかなあ。だって、部屋がだんだん綺麗《きれい》になっていくのって楽しいけどね……。さて、今日は初日だし、ここまでにしておくか」

雑巾《ぞうきん》をバケツに落とした。

「あした二階の残り二部屋やるからね」

「お店は？」

「あら、心配してくれるの」

肩をつき出してわたしの肩にぶつける。

「だいじょうぶ。どうせ昼間は客なんて入らないし。じい様が二人ばかり来て、コーヒー一杯で二時間も粘られてたんじゃ、クーラー代にもならないから、いいのよ」

家の設計図を書いたと自慢している充をつれて永瀬邸を出た。

「ぼくがしめる。ぼくがしめる」

充が鉄門を摑《つか》んだ薫さんの手をほどいた。

「こら、充」

「いいわよ。指をはさまないように気をつけてね」

薫さんが閂《かんぬき》のかけかたを教えているとき、少し離れた塀のそばに、女が二人立っているのに気づいた。二人とも商店街ではあまり見かけない趣味の服を着て、サングラスをかけていた。わたしが見ていることに気づくと、二人はあいまいにうなずきあって、背を向けた。わたしの母よりも年上に見えた。二人とも派手な服が似合うスタイルをしていた。薫さんと充は設計図について楽しそうに話しながら歩いていく。わたしはあとを追いながらしばらくしてふりかえった。エンジンの音がして、死角になっていた塀の陰から車が走り去った。種類はわからないが、あまり大きな車ではなかった。ハンドルが左にあるように見え、乗っていたのはさっきの女二人のように思えた。

わたしは井戸のある庭に立っている。突き刺さるような日差しの中、充が帽子もかぶらずに枯れ枝で蟻をつつき殺している。わたしはすぐに自分がどこにいるのかを理解する。

去年預けられた、栃木県にある薫さんの兄夫婦の家だ。この家の主人が母の従兄《いとこ》にあたる。「あと五百匹ころさないとアイスやらない」。この家の子供たち――わたしより一歳年上と一歳年下の兄弟が充の頭をこづいている。「セミならごひゃっぴきころしたよ」充のすぐ脇に、腹のない蟬が山になっている。「今夜のごはんは蟬だよ」いつのまにか兄弟の母親が立っている。「それか、井戸水だよ」わたしを指差す。わたしは、広い庭の真ん中で全裸のまま、井戸水をかぶっている。右手にだけ壁があって、その一番高いところに窓がある。わたしはいつのまにかシャワーを浴びている。くすくす笑う声に顔を上げると、窓に四つの黄色い目が見える。兄弟がいつのまにか壁によじ登ってのぞいている。わたしは叫ぶが、声が出ない。裸のまま庭に飛び出す。充が蟻をつぶしている。わたしは井戸水をかぶる。窓からのぞいていた兄弟が追いかけてきて、わたしを指差して笑う。わたしがかぶっている液体がコールタールのようにねばねばしたものに変化する。指についたそれを鼻に近づける。アルコールの匂いがする。

いつもとおなじように、うなされて起きたときには全身が汗で濡《ぬ》れていた。

「どうしてあの子はお風呂《ふろ》に入らないのかしら。少し匂うのよね。お父さんから言ってよ」

去年、かび臭い部屋のかび臭い布団の中で聞いた、あの家の女の声が耳の奥に蘇《よみがえ》る。

掃除二日目。薫さんはいつもより少し早めに起きて、母の見舞いを済ませてきた。

「だいぶよくなったよ。生活リズムが戻ってきたら、帰れるかもね」

汗を拭《ぬぐ》いながら簡単に報告してくれる。わたしが茹《ゆ》でておいた、刻んだネギを添えただけのそうめんを美味《おい》しそうにつるつるとすする。

「助かるなあ、子供が欲しくなるね」

わたしが注いだ麦茶を、うれしそうに飲み干す。

「ごちそうさま。さて、ひと息ついたら、お掃除隊、出動しますか？」

ほとんど休む間もなく、着替えをはじめる。わたしの視線に気づいた薫さんが、わずかに照れた表情を浮かべる。

「なになに。もしかしてあたしの美貌《びぼう》に見とれてる？　それでもってやっぱりあたしの子供になる？」


午後、二時間ほどかかって二階にある残りの二部屋を掃除し終えた。

わたしたちが掃除をしているあいだに、充は小さな家をひとつつくった。厚紙を四角に折り曲げてのりづけしただけの壁。水色の絵の具で壁を塗り、木枠の窓と緑のドアも描いた。紙を一枚くの字に折り曲げただけの真っ赤な屋根を載せた。ただ、それだけの工作物に充は喜んだ。薫さんとわたし、交互に見せている。丈太郎は脇で微笑んでいるだけで、講評はしない。

「あら、いい雰囲気が出てるじゃない。おとぎ話に出てきそうなおうちね」

「できそうだね」

手にとった薫さんが目を輝かせて誉めた。わたしは触らなかった。充は家を高く差し上げ、何度も飛び跳ねてくるくると回った。

夜、マンションに戻って食事をするときもリビングのソファで寝るときも、充は赤い屋根の小さな家を身体から離さなかった。弟が完全に寝ついてしまってから、薫さんは押しつぶされそうになっている紙の家を、そっとテレビの脇に置いた。


三日目、薫さんはどうしても用事があるので自分は手伝えないと言った。

「お掃除のしかたはだいたいわかったでしょ。充くんが工作を習っているあいだに、リビングを掃除してあげて。今日はあそこだけでいいから」

薫さんは車でわたしと充を玄関先まで運んでくれた。「それじゃ、いい子にしててね」ウィンドウを下げて手を振ると、車を運転して去った。

「ねえ、こんどでんじゃがいい。でんしゃつくって」

リビングでわたしと丈太郎が会話もなく座っていると、充が丈太郎の手を引いた。反対の手には昨日の家も持っている。

「しかし、電車は難しいぞ。昨日の家のように簡単にはいかない」

「だいじょうぶだよ。ぼく、まいにちみてるから」

「なるほど。それなら挑戦するか」わたしを見る。「君はどうする？」

「この部屋で、掃除をしています」

「そうか」

「そうか」

丈太郎は強引に手を引く充と一緒に、書斎へ向かった。

わたしは薫さんに教わった手順で掃除をはじめた。一時間ほどで掃除機かけと床拭きが終わり、残りは窓ガラスを磨くだけになった。バケツの水を取り替え、窓のところへ行く途中、奥にある部屋の扉がわずかに開いていることに気づいた。南東の角にあるこの部屋には、まだ足を踏み入れたことがない。丈太郎の亡くなった妻だった、初恵《はつえ》という人が使っていた書斎だと聞いた。あの部屋に入るのは先生の了解をもらってからね、と初日に薫さんが言った。

ドアを閉めようと近づいた。十五センチほどのすき間から部屋の中が半分ほど見えた。この部屋にも本がたくさん並んでいた。背表紙に意識を集中した。見覚えのある本があった。丈太郎の書斎に並んでいた本と、あきらかに種類が違う。わたしは顔をドアにつけ、わずかにすき間を広げた。部屋のようすがかなり見渡せるようになった。花柄のカーテン、ライティングデスク、そして本棚。南と東に窓がありカーテン越しに日が差している。部屋全体が明るい雰囲気を放っていた。

好奇心が勝った。わたしはバケツを床に置き、ドアを完全に開けて中に入った。

本棚に近寄ってみる。たしかにタイトルを知っている本が数冊あった。それ以外もほとんどは児童書だった。わたしはそのうちの一冊を抜き出した。埃が舞う。手のひらで口と鼻を覆いながら二、三歩さがったところで、ライティングデスクの角に腰をぶつけた。

「痛い」

思わず声に出して、机をながめる。開けば作業台になる収納式の天板が閉まっている。ぶつかったときに中で何かが転がる音がした。わたしは天板を手前に倒した。

「あ」

ふたたび声が漏れた。

机の空きスペースをほとんど覆うほどにびっしりと青い石が置いてあった。顔を近づけて見る。石は単色ではなく、深い紺色から薄い水色まで濃淡が混じりあっていた。ところどころ金色の粉を吹きつけたような模様もある。表面はすべすべしている。初めて見る石だった。

わたしはウズラの卵ほどある石を指でつまんだ。

「綺麗《きれい》だと思うかね」

突然背中で声がした。わたしは素早く石を戻し、ふりかえった。丈太郎が入り口のところに立っていた。杖《つえ》をついていない。いつものかちゃりかちゃりという音がしなかった。

「盗《と》ってません」

「別に触ってもかまわない。ラピスラズリという名の石だそうだ」

「盗もうとしてません」

「そんなふうには思っていない」

丈太郎を押しのけるようにして部屋を飛び出した。足がバケツにあたって水が少しこぼれた。わたしはかまわずリビングを横切って丈太郎の書斎をのぞいた。充は熱心に何かをつくっていた。

「充、帰るよ」

手を握る。

「だって、まだのりがかわいてないよ」

「いいから早くしな」

「だめだよ。やだやだ」

「じゃあ、先に帰るから、ひとりで帰ってきなよ」

「やだよ、やだやだ」

足をばたばたさせて泣きはじめた。

「ばか」

頭を手のひらで叩《たた》いた。充はさらに大きな声で泣き出した。

「なにも叩くことはない」

背中から丈太郎の静かな声が聞こえる。

「それに、きみも逃げることはない。家の中ではあまり杖をつかない。こっそりようすをうかがいに行ったわけではない」

わたしは丈太郎を押しのけた。杖をついていない丈太郎がよろめいた。わたしはふりかえらずに、靴を両手に持ったまま玄関を飛び出し、門のところまで走ってから靴を履いた。

「だめじゃない、充くんのこと置いてきちゃ」

ダイニングテーブルの前で、うつむいて座るわたしに薫さんが声をかけた。わたしは充の顔を見る。目のまわりがまだほんのり赤く腫《は》れている。

「一時間くらい泣いてたらしいわよ」

充はときおり洟《はな》をすすりあげては、つくりかけの電車を目の高さで回転させている。

薫さんがため息をついた。

「美緒ちゃんて、わたし以外の人には絶対に謝らないのね」

「ねえ、テレビつけてもいい？」

洟をすすりながら充が割り込んだ。

「それじゃ、寝室のテレビにしてくれる」

「ええ、だってあれちいさいんだもん」

「お願い。あした、ドーナッツ買ってあげる」

「チョコの？」

「うん」

「ぼくちいさいテレビみる」

つくりかけの電車を持ったまま、充は寝室のドアに入っていった。

「先生が言ってたわよ。『部屋の掃除をしてもらっているときに、急にうしろから声をかけた。まるで忍び寄ったように思えたかもしれない。謝ってくれ』って。それと『もう掃除は充分だと伝えて欲しい。お礼の手紙は書く』だって」

薫さんはだまってわたしの返事を待った。

わたしの人差し指がうずきはじめた。親指の爪をたてた。むずがゆさは治まらない。

「あ、美緒ちゃんやめて」

わたしはいつのまにか背の皮を噛《か》んでいた。薫さんが気づいて、腰を浮かせた。薫さんの細い指が、わたしの手を口から引き離そうとする。

「ごめんね、わたしがいけなかった。二人きりにして、わたしがいけなかった。ごめんね。もう行かなくていいから。掃除もしなくていいから」

わたしは指をくわえたまま息を整えていた。しだいに歯の力が抜けた。背中に歯形がついた指をみつめる。赤黒く窪《くぼ》んでいる。

「行きます」

「え？」

「あしたも掃除に行きます」

「いいのよ。無理しないで」

首を横に振った。

「わたし、ほんとに盗ろうとしてない」

「あたしが美緒ちゃんを疑ったことある？」

薫さんが強い調子で言った。

ドアの向こうから、テレビの観客が笑う声が漏れてきた。ははは、ははは、としばらく充の笑いは続いた。

「ねえ、覚えてる。永瀬さん、昔、娘さんが誘拐されたって言ったでしょ」

薫さんがテーブルに肘《ひじ》をついた。のんびりとした口調に変わった。

「その子、瑠璃《るり》ちゃんていう名前だったの。素敵な名前でしょ。瑠璃ちゃんはその名前にぴったりの、とっても可愛い女の子だった。彼女がいなくなってから永瀬さんたちに子供はできなくて、ずっと奥さんと二人きりで暮らしてきたの。その奥さんもね、一年少し前に癌でなくなって、永瀬さんひとりぼっちになったのよ」

薫さんが言葉を切るたびに、ドアの向こうからはははと笑い声が漏れてくる。

「永瀬さんて、いつもむすってしてるけど、本当はやさしい人なんだよ。美緒ちゃんと一緒で愛想笑いが得意じゃないの」

わたしは何も答えない。薫さんは天井を見上げてため息をついた。

「たぶんひとりぼっちで寂しかったんじゃないかな。去年の秋、ずっと昔にほんの少しだけ家族で一緒に暮らした町に行ったらしいの。長野県の松本《まつもと》っていうんだけど、そこは瑠璃ちゃんがいなくなった土地でもあるのよ。その近くの渓谷まで行って、永瀬さんは谷に転落したの。飛び降りたんじゃないかって言う人もいた。あたしは絶対ありえないと思うけど。それでね、命はとりとめたんだけど、そのとき複雑骨折した左手と左足が今でも不自由なの。だからお掃除もなかなかできないし、そもそもめったに二階にも上がったことがないから、埃《ほこり》だらけだったでしょ」

指先をみつめた。

「それとね、先生あんな顔してるけど、ほんとうは美緒ちゃんと充くんが来てうれしいんだと思う。だって、あんなに断ったくせに、ナイフの持ちかたとか熱心に教えてるもの」

薫さんが立ち上がった。

「あのね」

唐突に鼻声に変わった。薫さんを見ると泣いていた。真っ赤な目から涙がぽろぽろと落ちていた。

「あたし、子供のころ松本に住んでたの。それで……隠していたわけじゃないんだけど……、苦しくて言えなかったんだけど。瑠璃ちゃんとあたしは友達だったの。幼稚園のときに、あたしの目の前で瑠璃ちゃんはさらわれたの。あたしはそれを見ていたのに止められなかった。そして、瑠璃ちゃんはそれっきり帰ってこなかった」

5

万引き事件の直後、なるべく子供だけで外出はしないほうがいい、と取り決めたのは薫さんだった。

薫さんは、自分で決めたルールを忘れてしまうことがよくあった。掃除隊が結成されるとすぐに、わたしひとりで使いを頼まれるようになった。丈太郎の家で足りない日用品に気づくと、「スーパーで買ってきてくれる？」と両手をあわせる。わたしは、自転車をこいでゴミ袋や洗剤などを買い出しに行く。同時に、わたしひとりででかけることも、いつのまにか黙認された。

掃除四日目のその日は、買い出しの依頼はなく時間が空いていた。

わたしは午前十時少し前にマンションを出た。借りた本をすべて読み終えてしまったため、借り替えに行かなければならない。

薫さんのマンションから区立図書館まで、自転車で二、三分だ。

斜めにかけた古いショルダーバッグにはわたしの財産のほとんどが入っている。数百円の小銭が入った財布、図書利用カード、ノート、筆記具、そのほかの小物。図書館で借りた本はトートバッグに詰め、前のカゴに入れた。

図書館に向かう途中、充をいじめた工藤裕二とすれちがった。相変わらず子供用のマウンテンバイクを漕《こ》いでいた。裕二はわたしをちらと見たが、なんの反応も見せずに去って行った。

図書館で、借りていた五冊を返し新しく五冊借りた。二カ月順番待ちした人気の本を借りることができた。わたしは本でふくらんだ安物のトートバッグをさげてドアを出た。自転車置き場へ向かうため建物の裏に回った。生暖かい風が建物に沿って吹き抜けた。

中学生くらいの若い男が目の前に立っていた。赤いポロシャツを着てガムを嚙《か》んでいる。甘いフルーツの香りが強く漂っている。わたしは半回転してうしろを向いた。そこには別な二人の少年が立っていた。ひとりは髪を短く刈り上げ、丸い顔をしている。もうひとりは、黒地に白くピストルの絵がかかれたＴシャツを着て青いキャップをかぶっていた。赤いポロシャツがうしろからわたしの右腕を摑《つか》んだ。続いて正面の丸顔が左手を摑んだ。わたしは三人に囲まれて、敷地のはしにある「震災用物資入れ」と書かれたコンテナ倉庫の裏に連れ込まれた。青いキャップの少年に背中を押され、何かにつまずいたわたしは、両手をついて地面に転がった。

放り出されたトートバッグから、借りた本が飛び出た。丸顔がわたしのショルダーバッグを奪おうと引っ張る。

「やめてよ」

わたしはバッグの紐《ひも》を摑んで抵抗した。

赤いポロシャツがわたしの髪をわし摑みにした。むりやり顔を上げさせられた。

「おめえ、弟を脅かしたのかよ」

わたしの顔をのぞき込んでいる、赤いポロシャツが裕二の兄だとわかった。わたしは答えない。

「なんか言えよ。きいてんだろうがよ」

髪を摑んだ手に力をこめ、がくがくとゆさぶられた。相変わらず嚙んでいるガムからフルーツの匂いが漂った。わたしはひと言もしゃべらなかった。とうとう金具が壊れて、ショルダーバッグを奪い取られた。

「やめて」

「コイツ、なめてんな」

青いキャップがわたしの向こうずねを蹴《け》った。顔を見た。顔中にニキビが浮いていた。身長がわたしとおなじくらいしかなかった。靴の先が正面から骨に当たった。「うん」うめき声が漏れた。

「ばーか、痛がってやんの」

裕二の兄がおなじように蹴った。中心を外れて皮をこすった。もっと大きなうめき声がもれた。

丸顔がバッグを逆さにして、中身をあたりにまき散らしているのが見えた。

「あやまれよ、コラ」

裕二の兄に髪の毛を引っ張られて、ますます首ががくがくとゆれた。

「二度と弟を脅かしたりしませんて、言えよおら」

バッグを放り出した丸顔も加わって、何度もくりかえし足を蹴られた。膝《ひざ》が折れそうになると、髪の毛を摑んでいる腕がぐいとねじり上げる。

「なんとか言えよ」

「こいつさ、服脱がせねえ?」

青キャップがへらへら笑った。

「裸でさ、家まで帰らせてみようぜ。めちゃ反省するって」

「おめえバカか」

裕二の兄がガムを吐き捨てた。

「めちゃ反省とかいう前に、えらい騒ぎになっちまうだろうがよ。ガッコにチクられたらどうすんだよ」

吐き出されたガムは、わたしの膝のあたりに当たって落ちた。丸顔が青キャップを蹴るしぐさをした。

「言えてる。ケイタのサッカー部もこれで大会ジシュクだな。先輩すんげえおこんぞー」

唾《つば》をはいてげらげら笑っている。

「でもさ、でもさ」顔中真っ赤になるほどニキビだらけの、青キャップが口をとがらせる。

「裸にすんのは面白くねえ?」

「それも言えてる」

丸顔がひっひっと笑った。

髪を掴んでいた手がわたしを引き倒した。わたしは仰向《あおむ》けに転がった。青キャップののばした指が、わたしのTシャツの襟元にかかった。

「やめろ」

叫びながら足を蹴り上げたが、空を切った。

「やめろ。やめろ。やめろ」

寝ころんだまま、両足を猛烈に蹴り上げる。

「うるせえんだよ」

三人がわたしの足を避けながら、逆にわたしのことを蹴りはじめた。

頭や腹を蹴られ、身体が丸くなった。わたしはやめろと叫び続けた。

「やめろ。やめろ。やめろ」

「こら。何をやってる」

大人の男の怒鳴り声がした。三人の足が止まる。

「やべ、逃げろ」

青キャップが叫ぶ。三人はほとんど同時に走り出した。

「こら、待ちなさい」

「うるせえ。くそじじい」

三人は近くにとめてあった自分たちの自転車にまたがって、あっというまに去った。

「死ね、くそじじい」「はげ」「ぶっ殺す」

だいぶ離れてからも口々に叫んでいた。

「きみ、大丈夫か」

制服姿の大人が、のぞき込んでいる。図書館の警備員だった。

「怪我してそうだな。事務所に来なさい。警察に連絡しよう」

「大丈夫です」

「大丈夫ったって、きみ」

「ちょっと喧嘩《けんか》しただけです。なんでもありません」

借りた本や自分のノート、ペンケースなどが散乱している。あわててかきあつめ、トートバッグとショルダーバッグに詰め直す。ショルダーバッグは金具が壊れて、肩から吊《つ》ることができなくなった。

「とにかく、事務所に来なさい。泥だらけじゃないか」

警備員が背を向けて先に歩きだした。わたしは大急ぎで自転車をひっぱり出し、全力で走り出した。カゴに放り込んだ荷物がガタガタとはね上がる。蹴られたところが痛み、膝から力が抜けそうになった。わたしはただ、ふりかえらずにペダルを漕いだ。

顔は殴られずに済んだ。手足と髪についた泥を落とし、着ていた物を洗濯すると襲われた痕跡《こんせき》は消えた。膝から下は何度も蹴られて、すりむけたりあざになったりしていた。スカートさえはかなければ誰にも見られない。

「あら、美緒ちゃん、用事は済んだの？」

買い物から帰ってきた薫さんも気づかなかった。

午後、薫さんの車で丈太郎のところへ顔を出すことになった。窓の外を流れる通行人をすべて観察した。襲った三人は見かけなかった。

丈太郎は昨日とおなじ表情で、わたしたちを迎え入れた。昨日、突きとばして逃げたわたしを見て、笑いもしなかったが怒りの表情も浮かべなかった。

「ケンジ、でんしゃ」

充が昨日からほとんど離そうとしない、つくりかけの電車を高く掲げた。いつのまにか丈太郎のことを、ケンジと呼ぶようになった。

「ずいぶん熱心な生徒をつれてきたね」

丈太郎はリビングのドアを開けたところで立ち止まり、少し笑った。薫さんが舌を出した。

「たぶん好きそうだなあとは思ったんですけど、これほどとは……」

「まあ、熱心なのはいいことだ。それじゃはじめようか」

丈太郎が充を誘い、二人で丈太郎の書斎に消えた。

「男の人って何かつくるの好きよね。それもほとんどは役に立たない物」

首をすくめて舌を出した。

「さて、それじゃあはじめようか」

今日の予定は、わたしが途中でほうり出したリビングの窓と、奥の二部屋だった。ひとつは初恵さんの元書斎、もうひとつは最近あまり使っていない寝室。どちらも片づいているから、掃除機をかける程度だと薫さんが言った。

「あ」

窓を拭《ふ》くためにかがんだわたしは、痛みの走った腰に手をあてる。

「どうかした？　まさかぎっくり腰なんて」

薫さんが笑う。わたしは蹴られたところを押さえてなんでもないと答える。

真剣に窓を拭いていく。冷房の効いた部屋で、すぐに汗がしたたり落ちる。無言のまま、さんにこびりついた埃《ほこり》をこすり取る。

「おじゃまするよ」

丈太郎がリビングに顔を出した。サイドボードから書類ケースを引き出してがさがさと探し物をしている。わたしはそちらを見なかった。物音は消えたが、丈太郎の立ち去る気配がなく咳《せき》払いが聞こえた。丈太郎が小さな定規を左手に持って、わたしたちを見ている。

「気を悪くしないで聞いて欲しい。昨日も薫さんに言ったが、掃除はもう充分だ。ずいぶんこの屋敷も綺麗《きれい》になった。学校の宿題だと聞いたが、証明というのかな——お礼の手紙はきちんと書かせてもらう。窓の残りはもう自分で拭ける」

薫さんが雑巾《ぞうきん》をバケツに放って腰をのばした。

「先生、そんな水くさいこと言わないでくださいよ」

ねえ、とわたしに同意を求める。

「ここまでやったのに、途中で帰れなんて。それとも迷惑ですか？　まさか、通い妻がいるんじゃ……」

薫さんが自分の言葉に驚いた表情をつくる。丈太郎の口が開きかけて、半分ほどで止まった。

「それで、そのかたにヤキモチをやかれるとか。『センセ、窓がやけに綺麗ですけど、どなたがお掃除なさったの？』とか」

「ば、ばかなことを」

「あ、見て、見て。照れてる。やだなあ先生、別に照れなくたって」

薫さんが肘《ひじ》でわたしの脇腹をつついた。丈太郎の顔は真っ赤になっていた。

「勝手にしてくれ」

定規を脇に挟み、杖《つえ》を床に突き刺すような音をたてて、丈太郎が出ていった。

「掃除、最後までやるよね」

真剣な顔で薫さんがわたしに聞く。わたしはだまってうなずいた。こっそり雑巾のあいだから人差し指を見る。そのまま雑巾を握って固く絞った。

わずか四日間の掃除日程が終了した。

薫さんが帰り支度をはじめると、充がどうしても今日中に電車を完成させると言って、だだをこねた。

「でもあたし、お店の準備があるからなあ。今日は買い出しもしないとならないし」

「わたしが残ります。遅くならないうちに帰ります」

「大丈夫？」

薫さんがまず最初に、わたしの顔をのぞきこむように聞いた。昨日薫さんは「もう二人だけにしない」と約束した。薫さんは決めたことをよく忘れる。わたしは大丈夫だと答えた。

「じゃあ、買い物が終わったら迎えに来る」

薫さんは時計を見ながら、それでいいねと自分の言葉にうなずいた。

「六時ごろ、一度電話してから寄るからね」

わたしたちだけが居残り、充は工作の続きをすることになった。充と書斎にこもる前、丈太郎はわたしを呼んだ。

「来なさい」

招かれたのは初恵さんの書斎だった。

「薫さんが変に気を回したようだ。べつに入ってもらってかまわない。手も触れずにおいて博物館にするつもりもない。本でも文房具でも好きに触って使ってくれ」

「はい」

返事をしたが、両手は下げたままだった。

丈太郎は用があれば呼んでくれと言って、充のところへ向かった。

二時間ほど丈太郎と充は熱心に書斎で工作をしていた。その間、わたしは初恵さんの本をそっと引き出し、丁寧にめくった。十冊ほどチェックしたあとでメモ用紙にリストをつくり、自分でつけた番号順に読みはじめた。

「ねえ、みてみてみて」

完成した電車を持って飛び跳ねている充を従えて、丈太郎が部屋に入ってきた。

「薫さんに連絡をした。夕飯をここで食べて行きなさい」

「わかりました」

「ごはん、ここでたべるの」

充の機嫌はますますよくなった。

丈太郎は毎日、ケータリングサービスを利用していた。リビングで休んでいるとき、薫さんがパンフレットを見せてくれた。一食あたり数百円で手料理のようなセットが毎食届くサービスだった。

「きみはハンバーグとシチューが好きだと言っていたな」

充の顔を見る。

「うん。どっちも好き。チョコも好きだよ」

「わたしは年寄り向きのコースにしてるんだが、今夜はハンバーグシチューを追加で頼んだ」

「やったー」

充が両手を上げて大喜びしている。

「美緒さんにはオムライスを注文しておいた」

完成した電車とハンバーグシチューのために、充の興奮は最高潮だった。

「しばらく、ひとりにさせてもらう。少しばかり疲れた」

充の頭に手を置いてから、丈太郎は寝室兼用にしている書斎に引きあげた。あとを追いかけようとした充を止めた。

「充、静かにしてあげな」

「ちぇ」

「ねえ、充」

「なに」

さっそくリビングでテレビを観はじめた充に話しかける。

「穣くんのこと覚えてる？」

「ううんおぼえてないけど、しってるよ」

アニメに気をとられたまま、首を横に振る。

「充が五歳だったときに天国に行ったんだよ」

「しってる。ぼくが、かおをおしたからだよ」

表情になんの変化もない。画面から視線をはずさない。

「充が押したの？」

こくりとうなずく。

「覚えてるの？」

「なんとなく。いつもぼくがみのるちゃんのあたまをたたいていじめてたってママがいった」

　わたしは充の顔をしばらくみつめていた。

「ねえ、充、天国行かない？」

「てんごく？　しぬんでしょ」

「死ななくても行けるよ。すごくながめがいいんだって。毎日テレビ観ても誰も怒らないんだって」

「ほんと。アイスとコーラもある？」

「毎日ハンバーグシチュー食べてもいいんだって」

「チョコは」

「机も椅子も全部チョコでできてる」

　ようやく画面から視線をはがしてわたしを見た。

「いくいく、てんごくいく」

「ほんとに行く？」

「いく、いく」

「約束したからね」

「いついくの」

「すぐだよ。誰にも言っちゃだめだからね」

「いわない」

「薫さんにも内緒だよ」

「いわないよ」


翌朝もおなじ時刻に起きて朝食の準備をはじめた。

充はいまだに朝起きるとまず「ママは」と聞く。まだ入院だよと告げる。そのあとしばらくぐずぐずとふくれている。

「泣くとお母さん帰ってこないよ。天国も行けないよ」

耳元でささやく。

「やだやだやだ」

足をばたばたさせて泣く。わたしはそれ以上かまわず目玉焼きの面倒をみる。充の泣き声に我慢できず薫さんが起きてくる。

「美緒ちゃん、お姉さんなんだから、もう少しやさしくしてあげなよ。充くんはまだ小さいんだし……」

「ほかの三年生はそんなにすぐ泣きません」

「そんなこと言わないで。お母さん退院するまで、あと二十日くらいかかるらしいんだから。それも順調にいっての話」

「退院したら、また一緒に暮らすんですか」

「もちろんよ。親子なんだから」

「薫さん」

「なに？」

じぶじぶ鳴っていたフライパンの音が乾いてきた。わたしはすぐに火を止めて、目玉焼きを皿に移した。裏側が少し焦げてしまったことが匂いでわかった。

「お父さんはどこですか」

薫さんはしばらく意味を考えていた。

「お父さんって、美緒ちゃんたちのお父さん？」

うなずく。薫さんは半分口を開いたまま、わたしの顔をぼうっと見ていた。

「さあ、知らない」

「本当ですか」

「本当に知らないの。どこでなにをしているか」

「わかりました」

わたしはフライパンを洗いはじめた。

充が丈太郎に甘えることを覚えて、しきりに行きたがる。

「ケンジのところ、いく？」

「もう行かないよ」

薫さんよりも先にわたしが答える。

「まだでんしゃしかつくってないもん。せんろもつくる」

「あんまり毎日だとご迷惑かもね」

薫さんも説得する。

「だって、『またおいで』っていってたもん。いくいく」

「わかった、先生に聞いてみる。でも忙しいって言われたらだめだからね」

薫さんが電話をいれた。

「先生、来てもいいですって」

「いくいく」

三十分後に二人は丈太郎の家に向かった。わたしは用事があるからと告げて残った。

6

《夕方までには戻ります》
冷蔵庫に掛かった小さなホワイトボードにメモを貼った。
ショルダーバッグに持ち物を詰めていく。壊された金具は、丈太郎の道具を借りて自分で直した。少し曲がっているが、よく見なければわからない。古くて布も傷んでいる。金具のよじれには誰も気づかない。財布の中には、隠しておいた非常用の千円札二枚を加えた、全財産の二千数百円を入れた。ペットボトルの空き容器に冷蔵庫の麦茶を詰めた。

母が永年使っている住所録がある。電話が載ったワゴンの引き出しに、無造作に入っているのをわたしは知っていた。ほとんどすべて漢字で名前が書いてあるが、ひとりだけイニシャルしか書いてない項目がある。《T・K》

父の名は友昭《ともあき》。わたしは小学三年生まで川崎《かわさき》美緒という名前だった。穣が死んで半年後の冬の朝、父はわたしに赤い手袋だけを残して家からいなくなった。四年生に進級したとき、わたしの名字は母の旧姓である杉原に変わっていた。

父の居所を薫さんは教えてくれなかった。わたしは住所録の《T・K》をたずねてみることにした。すでに図書館の地図をつかって場所は調べてあった。京王《けいおう》線で八王子《はちおうじ》駅まで出て、駅前からバスで五つ目の停留所。バスに乗らなくても早足なら二十分もあれば着くと計算した。

自分で描いてきた地図と照らし合わせながら、バス通りを歩いた。予測どおり約二十分後には停留所を見つけた。さらに十分ほど探し回って、目印の郵便局を見つけた。裏のブロックを一軒ずつ見てゆく。目的のコーポラスアオヤギと書かれた三階建てのマンション風アパートを見つけた。

汗を拭《ぬぐ》いながら集合ポストを見る。三〇三号のところに『川崎』の名を見つけた。首筋がむずがゆくなった。ポケットに手を入れる。もさっとした物に指が触れる。毛糸くずのようになった赤いそれを取り出す。鼻にあてて息を吸う。わたしはその場に五分ほどたたずみ、結局階段を上った。

三〇一、三〇二、と数えて川崎というプレートのかかったドアの前に立った。

川崎友昭。一字ずつゆっくり確かめる。ポケットの中で毛糸を握りしめる。

――なんだ、こんなになるまで持ってたのか？

父が毛糸の塊を見て笑う。

――嗅《か》ぐと、お父さんの匂いがするんだ。

父の名の下にも名前があることに気づいた。家族全員の名を記入するタイプのプレートだった。口の中で読み上げる。川崎雅美《まさみ》、美嘉《みか》、洋平《ようへい》。洋平の文字はまだ新しかった。

世界が夜になった。

貧血を起こしたのは二度目だった。二年前、母の機嫌がわるく朝食を食べさせてもらえなかった夏の日に、校庭で倒れて以来だ。尻餅《しりもち》をつき深呼吸していると、真っ暗だった視界に日が差してきた。埃《ほこり》っぽいコンクリートの床が見える。わたしは膝《ひざ》をたて、あいだに頭を入れて息を整えた。ハンカチを出して顔中に浮いた汗をぬぐう。道路から子供たちの遊ぶ声が流れてくる。

「あら、どうかした？」

声のほうに顔を向ける。三〇三のドアがあいて、女の人が顔を出していた。どこかに出かけるような支度をしている。彼女の右手は小さな手につながっていた。おそらく洋平という名の幼児が、不思議そうにわたしを見上げていた。人差し指がかきむしりたいほどにうずいた。

「なんでもありません」

親指の爪で、指先を押す。

「なんだか顔色が悪いけど……」

「友達の家に遊びにきたんですけど、走ったから疲れただけです」

指先の感覚がなくなってきた。

「そう」

父だった男の妻は、一度笑顔をつくってドアの内側に声をかけた。

「ちゃんと戸締まりしておいてよ。電話が来たら用件聞いておいてね」

中から少女の声で答えが返った。

「さ、いこうか、洋ちゃん」

彼女はよちよち歩く子供の手を引いて去った。わたしは二人の背中をじっと見ていた。

彼女たちはふり向きもせず、階段を降りていった。

ゆっくり三十数えるあいだ川崎家のドアをにらんでいた。数え終えたとき、指の背を嚙《か》んでいることに気づいた。

尻の埃をはらいながら立ち上がる。相変わらず、道路でボールを蹴《け》っているらしい少年たちのやりとりが聞こえる。指先を見る。歯形のついた指で、ブザーを押した。

「はい」

少女の声が流れる。

「回覧板です」

インターフォンに告げる。

どたどたと床を踏みならす音が聞こえた。ドアが開く、わたしより五センチほど背の低い少女が立っていた。

「あ、ごめんなさい。家間違えちゃった」

短く言い残し、父の娘の返事を待たずに走り出す。階段を走り降りてアパートの出口に向かった。足元に空気の抜けかけたボールが転がってくる。

「すみませーん」

年下に見える少年が叫んでいる。わたしは聞こえないふりをする。

「ちぇ、けち……」

わたしの顔を見て少年の言葉が止まる。ボールを拾って去っていった。

さっき来たばかりの道を戻る。背中から強烈な日差しを浴び、自分の影が目の前にのびている。ハンカチを出そうとポケットをさぐる。指にかかった赤い毛糸のくずを排水溝に捨てた。

＊＊＊＊＊

父が出て行った翌年の冬。わたしは小学四年生になっていた。赤い手袋は、毎日はめているためほころびはじめていた。その日、学校から帰ってみると、キッチンの延長と呼んだほうがふさわしい狭いリビングに、母が倒れていた。

七歳の充はお菓子の袋をかかえ、こちらに背を向けてテレビを観ていた。

「お母さん」

呼びかけながら、肩をゆすってみる。母は強烈に臭った。酒の匂いだとすぐにわかった。父がいなくなってから、母が酒の匂いをさせている時間がどんどん長くなっていった。朝食のときから臭うこともめずらしくなかった。

母の口もとから何かつぶやきが漏れたようだったが、意味のある言葉ではなかった。小刻みに痙攣《けいれん》している。

わたしは玄関を出て、となりの菊田《きくた》という家のチャイムを鳴らした。

「はあい」

聞き覚えのある声が聞こえて、がちゃがちゃっとドアが開いた。

「あら、美緒ちゃん。どうしたの。何かあった？」

菊田家の主婦が顔をのぞかせた。

そう口にするのが精一杯だった。

菊田のおばさんはわたしの気配から異常を察して、家に上がっていった。すぐにどたどたと戻ってきた。

「たいへん。救急車呼ばないと」

自分の家に戻っていった。

やがて救急車の音が近づいてきて、外の通路が騒がしくなる。わたしは玄関の内側にいた。ドアの前で近所の何人かが立ち話をしているのが気配でわかった。ドアから一歩も出なかった。

がんがんと強めのノックがして、救急隊が到着したのがわかった。開けたドアのすき間から、近所の住人が何人ものぞき込んでいる。

「病院までいっしょに来られる？」

母の容態を見た救急隊の男が聞く。わたしは首を横に振った。

「近所に親戚《しんせき》は？」

首を振る。薫さんの近くに引っ越す前のことだった。

「あのう」

いつのまにか玄関に入り込んだのは、電話をしてくれた菊田さんだった。

「あたし、つきそいますけど」

菊田さんが救急隊に申し出る。そのあと、きびきびと大人どうしで話しあっていたが、わたしは聞いていなかった。その日はいつもより宿題が多かった。すぐにもとりかかりたかった。

「じゃあ、行ってくるわね」

菊田さんが乗り込むのを、身体をこわばらせたまま見ていた。

「おねえちゃんおなかすいた」

騒ぎが収まったあと、弟の充がぐずり出した。わたしはキッチンの隅からカップ麵《めん》を探し出し、やかんをガスコンロにかけた。

お湯が沸くのを待つあいだ、ランドセルから漢字練習のノートを出そうとして、床に落ちた赤い手袋に気づいた。かがんで手袋を拾い上げ、しばらくみつめていた。顔を押し当てて匂いを嗅いだ。

ぽつりと雫が落ちた。

「おねえちゃん、おゆ」

シューシューと湯気の噴き上がる音が聞こえる。やかんを持って弟の頭の上にかかげた。充はやかんに気づかず、カップ麵の容器をうれしそうに振っている。充の頭の上でやかんを傾ける。じぶじぶいいながらお湯がせり上がってくる。急激に沸騰した勢いで、しぶきが充の頭を飛び越えてテーブルに落ちた。驚いた充が顔を上げた。わたしはやかんをコンロに戻し、その場にうずくまった。

「おねえちゃん。おゆ」

何も気づかない充が鼻を鳴らす。

「うるさい」

赤い手袋を広げてみる。次々に目から落ちた雫が、黒いしみをつくっていくようすをいつまでも見ていた。

7

図書館で襲われて以来、わたしの居場所はますます狭くなった。

掃除が終わったあとも、充が丈太郎に会いたいとねだるので、薫さんが連れて行った。わたしは薫さんのマンションで本を読んで過ごした。充は丈太郎と本格的にジオラマをつくりはじめたと、薫さんが話していた。

「ちゃんとね、設計図から描いて、土台からつくるんだって」

実在するどこかの街ではなく、充の頭の中にある世界の再現。充の想像世界にはいくつかの建物がはっきりと存在し、丈太郎にそれを説明する。丈太郎が聞き取りながら設計図を描く。

丈太郎が描き上げた下絵を、充が真似をして書き写した物を持ち帰ってきた。自慢げに広げて見せる。中央を貫く道路、それと交叉《こうさ》する線路、線路に載った一両の電車、小さな山、トンネル、川、ザリガニ、木、クワガタ、ビルが数棟、自分専用の家。

瞳《ひとみ》を輝かせて充が説明する。

「ねえ、充」

薫さんが席を立ったすきに声をかける。

「なに」

充は熱心に地図に通行人を描いている。

「天国に行く約束、忘れてないよね」

「うん。おぼえてる。だけど、じろらまつくってからにする」

丈太郎が静かに厳しい声で、充に教えている風景を思い出す。手すりにしがみつくように階段を下りる丈太郎。無防備にわたしに突きとばされた丈太郎。オムライスを食べるわたしをじっと見ていた丈太郎。落ちくぼんだ目、皺《しわ》のきざまれた額、オールバックになでつけられた三割ほど白髪がまじる髪。ただ、だまってわたしをみつめるわずかに茶色い瞳。

「薫さん」

戻ってきて電卓を叩《たた》きながら出納帳のチェックをしている薫さんに声をかける。

「よし、今月もぎりぎりでいけそうだ。……なに？」

シャープペンシルを、鼻と上唇のあいだに挟んでわたしを見る。

「充を連れてケンジさんのところに行ってもいいですか」

わたしは、充とおなじく丈太郎のことをケンジさんと呼んだ。薫さんの鼻の下からペンが落ちた。

「痛《い》て、刺さった」

太股《ふともも》をさすっている。

「驚かさないでよ。美しい足が傷物になっちゃうじゃない。どうしたの、急に。行くの嫌がってたのに」

「二人で自転車で行きます」

薫さんがペンを指先で回転させた。

「心境の変化？」

「充がジオラマに熱中してるみたいなので」

ふうん、と言いながらペンをくるくる回している。

「まあ、心変わりの理由は詮索《せんさく》はしないけど、充くんと仲よくするのはいいことね。先生にもよろしく」

三人組のことは頭から離れない。充は運動が得意ではない。自転車をこぐのも遅い。

——裸にしてみようぜ。

深く息を吐く。三回吐いた。

「充」

マンションを出る前に言い聞かせる。

「なに」

「お姉ちゃんとは少し離れてついてきな。そしてお姉ちゃんが友達と話しはじめたら、急いで先に帰るんだよ。恐い友達だから、もしも充がその人たちにつかまると、いじめられるからね。わかった？」

「わかった」

「自分で言ってみな」

「おねえちゃんがともだちとはなしたら、すぐかえる」

充は言いつけを守って、ずっと五メートルほどあとからついてきた。


永瀬邸に着くまで、急に飛び出てきて道をさえぎる少年はいなかった。

門のところに若い男が立っていた。わたしたちが近づくまで、門越しに庭をのぞいていたようすだった。わたしの足が固まり、食道のすぐ下が締めつけられた。男はわたしと充に気づいて、のぞくのをやめた。視線をそらすことができずにみつめ続けるわたしにむかって、にやりと笑った。男の顔に見覚えはなく、中学生や高校生には見えなかった。うすよごれた緑色のTシャツを着て、穴のあいたジーンズをはいている。髪はぼうぼうにのびて無精髭《ひげ》も生えていた。

わたしは身動きできずにいた。

男はポケットから煙草を出すと、すっとくわえて火をつけた。

「ここんちの子供？」

家のほうに顎《あご》をしゃくりながら、煙と一緒にざらざらした言葉を吐いた。わたしは勢いよく首を振った。

「おねえちゃんのともだち？」

充がわたしの脇腹をつついた。

「ちがうよ」

「へっ」

男は道ばたに唾《つば》を吐いてから煙草をくわえ、ゆっくり去っていった。

玄関を入るなり、充は靴を脱ぎ捨てかけ込むようにリビングを目指し、昨夜から書き足した地図を見せた。わたしは男のことを丈太郎に言わなかった。

「これは力作だな」

充が広げた地図を見て、丈太郎がため息をついた。

「これを全部つくるとなると、完成するのに半世紀はかかるかもしれない」

「アンセエキって？」

「五十年のことだ」

口の中でぶつぶつ計算していたが、すぐあきらめた。

「ぼく、なんさい？」

「今が八歳なら、五十八歳だ。……今のわたしより若いな」

「じゃあアンセエキでへいき」

下絵を描いた土台になる厚紙に色を塗ることになった。公園となるべき場所に絵の具で緑色の下地を塗りはじめた。

「乾かしながら重ね塗りしておくんだ。はみ出ないようにな」

「イエッサー」

筆を持ったまま敬礼する充を残して、丈太郎はわたしを初恵さんの書斎につれていった。

「まあ、座ろうか」

丈太郎は椅子に、わたしはひとりがけのソファに腰を下ろした。わたしは意識の半分で、門の外に立っていた男のことを考えていた。

「これをどこかで落としたかな」

最初の日に借りた絵本だった。薄くて小さな猫の絵本だ。

――美緒ちゃん、猫が好きだったよね。

初恵さんが挿し絵を描いた本だった。

――先生に了解もらったからね。しばらく借りてていいってさ。

そう言って帰りがけに薫さんが手渡してくれた。受け取ったわたしは短く礼を言って、すぐにショルダーバッグにしまった。小さな絵本をバッグに入れたままにして、ときおり開いてはながめていた。いつどこで落としたのか心あたりはなかった。

「区立図書館――近くの分館のことだが、あの裏にあったそうだ」

丈太郎が絵本の裏表紙をめくった。

「ここを見てごらん」

この家の住所と、永瀬初恵と名前の入った印が押されていた。

「初恵は蔵書にみなこの印を押していた」

印の上から指先で軽くさする。

「警備員が拾って連絡をくれた。その警備員はこれが落ちていた場所で、ちょっとした諍《いさか》いを目撃したと教えてくれた。もっと有り体に言えば、中学生くらいの少年三人が小学生らしい少女を取り囲んで、殴ったり蹴《け》ったりしていたそうだ。声をかけたのだが、目を離したすきに消えてしまった。この本はその少女が落としたのだと思う。怪我はなかっただろうかと心配していた」

丈太郎は本を閉じてわたしの言葉を待った。わたしは「怪我はありません」と答えた。

「それはよかった」

二度うなずいた。丈太郎はライティングデスクをふりかえり、立てかけてあった本を適当に抜いてパラパラとページをめくった。

「あの」

丈太郎がわたしを見返す。

「薫さんに言いますか」

「なにを？」

「図書館のこと」

本に視線を落としたまま短い時間考えていた。

「実は言おうと思っている。小学生の女の子を袋だたきというのは穏やかじゃない。放っておくと取り返しのつかない怪我につながりかねない」

「言わないでください」

「なぜ」

わたしの目をみつめ返す。

「ねえ、ケンジ。ぬれたよ」

ドアから充が飛び込んできた。

「そうか。それじゃ、道路も塗るか」

「つぎは、おみせつくりたい」

「先に道路を塗ったほうがいい」

充の背中を押しながら、丈太郎は書斎に戻っていった。彼が戻るまでの数分間、ほとんど身動きもせずに待った。

「きみの弟は熱心な生徒で疲れる」

戻った丈太郎がさっきとおなじ椅子にこしかけ、おなじ視線をこちらに向けた。

「問題になったら、たぶんわたしが悪いことになります。そしたら薫さんに迷惑がかかります。充も施設に入れられます」

「そんなことにはならないと思うがね。きみは被害者だ」

「違います」

「どう違う」

わたしは、充が裕二たちに金を巻き上げられていたこと、そのため充が母親の財布から金を抜き取っていたらしいことを説明した。

「それならむしろ全部話すべきだろう。きみは悪くないと思うが」

首を振った。人差し指がうずきはじめた。

「なぜだね。どうしてそうかたくなになる」

指先のうずきが消えた。

「なぜうつむく」

わたしは答えず、深く静かに息をした。何も会話がないまま数分が過ぎた。

「わかった」

丈太郎が言った。

「それほど嫌なら、今回は言わない。ただし、条件がある。日が落ちたら外は出歩かない。人通りの少ない通りは歩かない。ここにはもう来なくていい、しばらくマンションから出歩かないでようすを見るべきだ。……どうだ、守れるか」

「だけど、充が」

「なるほど、先生がいたな」

腕組みをしてしばらく考えていた。

「わかった。薫さんが送り迎えできないときは、わたしが代わろう」

「でも……」

「まあ、いいさ。のんびり歩いても片道十分かそこらだろう。散歩代わりと思えばいい」

「ねえ、ぬったよ。おみせ、まだ？」

充が飛び込んできた。瞳《ひとみ》がきらきらと輝いていた。その表情をじっとみつめた。口から漏れかけた言葉を飲み込んだ。

「これでは」丈太郎が立ち上がりながらわたしを見た。笑みが浮いていた。「止めろとはとても言えない」

わたしは楽しそうに出ていく弟のうしろ姿をじっと見ていた。


午後四時少し前に、薫さんからそろそろ迎えにいくと連絡が入った。支度を終えて待っているあいだに丈太郎がたずねた。

「明日《あした》は何曜日だったかな。最近曜日の感覚がない」

「火曜日です」

「なるほど、たしかに火曜だ」

カレンダーでたしかめている。

「美緒さんが学校から戻るのは何時ごろか」

丈太郎はわたしのことを美緒さんと呼んだ。

「夏休みだから、お休みです」

「なるほど、そうか。そうだった。まだ六十三だというのに既にぼけはじめたか。……まあいい。明日、ちょっと本屋につきあってもらえないだろうか。午前中が忙しいなら、午後でもかまわない。いや、どうしても忙しいなら……」

「朝からでもだいじょうぶです」

丈太郎はうなずいて、本に顔を戻した。

翌日、約束の午前九時三十分に丈太郎の屋敷をたずねた。

丈太郎から事情を聞いた薫さんが「今日は充くんの面倒、わたしが見るから。先生をよろしくね」と笑った。

『ローズ』は定休日だった。わたしを車で送り届けてくれたあと、薫さんは充をどこかのプールに連れて行くことになっていた。

「あたしもやっぱり水着になっちゃおうかな。ひさしぶりに、世の男どもを悩殺するか」

「ノーサツってなに」

「くらくらさせること」

「ぼくもくらくらするよ。回ると」

充はその場でぐるぐる回りはじめた。

「やあ、おはよう」

玄関を開けて丈太郎が現れた。彼は外出するとき、いつもきちんとジャケットを羽織り、頭には帽子を載せている。充が「そのボウシなに」と遠慮なく聞いたとき、「パナマ帽というのだ」と答えていた。

薫さんは丈太郎に挨拶《あいさつ》して、回り続けている充を車に押し込んで去った。二人きりになった。首筋に夏の日差しを感じた。薫さんに買ってもらったレース飾りのついた帽子をかぶりなおした。

「さ、行こうか」

その声に丈太郎を見上げた。抜けるような夏空を背景に、パナマ帽を軽くもち上げ額をあおぐようすがシルエットで見えた。その姿はわたしの網膜に焼きつき、しばらく残像となって灰色のアスファルトにその影を落としていた。


書店に行くと、丈太郎はまっさきに児童書売り場に向かった。

「怪我で入院していたときに、世話になった人の娘さんが誕生日なんだ。美緒さんと同い年だ。本を贈ろうと思うんだが、わたしが選んだのでは年寄り臭くなってしまう。美緒さん、もうしわけないが選んでもらえないだろうか。なるべくなら、美緒さんもまだ読んでないくらい新しいやつがいい。これからぜひ読んでみたいと思っている本はないだろうか」

「その子も本が好きなんですか？」

「好きだ」

わたしは条件に合いそうな本を探した。

児童書の新刊本コーナーのはしからはしまでながめて、やがて一冊の本を選んだ。最近話題になりはじめた本で、図書館の順番待ちもかなりある。装丁が立派で金額も二千円を越えていた。

わたしは選んだ本を丈太郎に見せた。

「なるほど、立派な本だ。これならプレゼントに恥ずかしくないかもしれない。……美緒さんも読んでないのかな」

「はい」

「なるほど」

丈太郎はカウンターに行き、プレゼント用の包装を頼んだ。赤の地にこまかな金の模様が散らばった包装紙に、手際よく包まれていくのを見ていた。やがて本はグリーンのリボンを巻かれて、化粧を終えた。

にぎりしめた指先がうずいた。深呼吸を何度もした。

それから一時間ほど丈太郎が買い物をするあいだ、わたしは自分が好きな本の背表紙ばかりをながめていた。深呼吸を続けるうちに目の前がくらくなり、椅子に座った。

「待たせたね」

いつのまにか脇に丈太郎が立っていた。

「どうした、具合でもわるいか」

「いえ」

「おなかが空いたのかもしれないな。そろそろ昼食にしようか」

わたしは何度か深呼吸をして、あとに従った。道路に出てすぐ、丈太郎はタクシーを停めた。

「さ、乗りなさい」

丈太郎が運転手に何か地名のようなことを告げた。すぐに車は走り出した。十五分ほどで、四方をビルに囲まれた道に停まった。

「さあ、着いた」

たまに都心に出たとき、母と入るデパートの中にある店とは似ていなかった。ウィンドウにメニューのサンプルが並んでいなかった。おすすめメニューのポスターが貼ってなかった。

受付で丈太郎が「予約した……」と話しているのが聞こえた。予約して食べる昼食は生まれて初めてだった。

ガラス細工のように光る髪をした男の店員に、テーブルまで案内された。座ろうとして椅子が動かないのでふりかえると、女の店員が椅子を摑《つか》んでいた。座るときにさっと椅子が出てきた。

大きな一枚の皿に、ハンバーグとポテトサラダとナポリタンが一緒に載っている料理ではなかった。テーブルの上にソースも醬油《しょうゆ》もなかった。その代わり、ナイフとフォークが歳の数よりも多くならんでいた。料理を店員が運んでくるたびに、目の前の皿の中身についていちいち説明した。何を言っていたのかほとんど聞き取れなかった。

「無理しないで、箸《はし》をつかっていいんだぞ」

丈太郎が二度ほど声をかけた。わたしは最後までナイフとフォークを使った。

メイン料理が出てくる直前のテーブルが空いたすきだった。丈太郎が手提げ袋からさっきのプレゼント用の本を取り出してわたしの前に置いた。

「誕生日おめでとう」

「え？」

「間が抜けていてもうしわけない。美緒さんの誕生日が通り過ぎてしまったと、薫さんに聞いたのが二日前だったものでね。十二歳の女の子がどんな物をもらって喜ぶのか、まったく想像すらつかなかった。だから本人に選んでもらった」

怖い顔をして、ワインに口をつけた。

たしかにわたしの誕生日は三日前だった。薫さんが手づくりのケーキでささやかなお祝いをしてくれた。今日、かぶってきた帽子はそのときのプレゼントだ。

「さ、受け取ってくれ」

丈太郎は怒ったような表情のまま、もう一度本を押し出した。

「赤の他人なのに、掃除だの洗濯だの買い物だのとしてもらって、恐縮している。薫さんにはなんども断ったのだけれど」

「充がジオラマを……」

　険しい顔をしていた丈太郎がほころんだ。

「あれはもともとわたしの趣味だ。つきあってもらっているようなものだ。正直に言えばわたしも楽しんでいる。そして薫さんもそれを見抜いている」

　丈太郎が内ポケットから封筒を出した。

「きみが絶対に他人から金品をもらわない性格だと、薫さんに聞いた」

　急に鼻がつまったので、口で呼吸した。いくら深く吸っても息苦しかった。

　――どうせ、あいつだろ。

　――落としたと思ってあきらめなよ。

　――かかわんないほうがいいよ。親もあれだし、弟もね。

「僭越《せんえつ》かもしれないが、きみの家庭環境も聞いた。もし、あとのことが気になるならと思って、事情をこの手紙に書いておいた。これを渡してもらえば、たぶんお母さんも怒らないだろう」

　さ、と言って真っ白な封筒を差し出した。いつも丈太郎が身につけているシャツのようにしみひとつなかった。愛想も飾りもないただの白い封筒だった。

　わたしは礼を言えなかった。

　うつむいたわたしの目から、せっかくしみのない封筒にぽつぽつと雫が落ちた。

「泣くほどのことではない。だが……」

丈太郎が沈黙したが、わたしは顔を上げられずにいた。

「どうすればきみのように強い子が育つのか、興味はある」

言葉は出なかった。わたしは声を押し殺して、頭を横に振り続けた。


丈太郎が「全部は食べられない」と言うので、いくつかの料理を分けてもらった。わたしも最後は飲み込むのがやっとになった。

丈太郎の家で、腹がこなれるのと目の腫《は》れが引くのを待っているところに、薫さんと充が迎えにきた。充は黒く焼け、薫さんは赤くなっていた。

「悩殺できたかね」

丈太郎が薫さんに聞いた。

「もう大変。少なくとも五人は救急車で運ばれました」

「あのね、きもちわるくなった人がいたんだよ」

「なるほど」

「ばかね、あれは熱中症なの」

「なるほど」

初めに薫さんが笑い、丈太郎と充の笑い声も聞こえた。

しばらくして、三人がわたしの顔を見ているのに気づいた。壁にかかった大きな姿見に視線を向けた。わたしが立っていた。そこに映ったわたしの顔は笑っていた。

わたしは、充がつくりかけの電車を持ちかえるときのように、本の包みを抱えていた。包みの中には手紙も一緒にくるんであった。

「おねえちゃん、なんでないてるの」

手紙を見せるべき母はまだ病院にいた。わたしはその夜、手紙を枕の下に置いて寝た。理由のわからない涙が枕を汚した。汚い恰好《かっこう》をした若い男のことはすっかり忘れていた。

8

丈太郎は薫さんと違い、約束や決めたことを忘れない。プレゼントをもらった翌日、薫さんのマンションでおとなしくしていることにした。

充はクラフトの続きに行きたがったが、薫さんも用事がたてこんで、送り迎えができなかった。丈太郎が送り迎えすると申し出たことは伝えた。

「そういうわけにもねえ」

薫さんは明日は行くからと充を説得した。一度は納得した充がわたしのところに来る。

「ねえ、おねえちゃん。きょうもケンジのところにいく？」

「とうぶん、行かないって言ったでしょ」

「どうして？」

「掃除が終わったから」

「やだやだ。いく。くるま、つくる」

「かってにしな」

あまりぐずるので、薫さんが近くの書店で、切り抜いてつくるだけのペーパークラフトを買ってきた。充はほおをふくらませながら、子供向けの恐竜と怪獣とロボットをつくった。

マンションにこもりきりになって三日目の朝、薫さんに日用品の買い物を頼まれた。薫さんには、いまだに裕二兄弟のことも丈太郎との約束のことも話していない。わたしはメモと金を受け取ってショルダーバッグにしまった。

——裸にしてみようぜ。

フルーツのガムの匂い。胃のあたりが重くなる。

家にあった古い通学班の連絡網を探し出して調べた。裕二の兄は翔太《しょうた》という名で、わたしよりひとつ年上だった。

路地ごと十字路ごとにようすをうかがいながら、自転車をこぐ。見覚えのある人影はない。

スーパーで洗剤や調味料などの買い出しを終え、誰にも声をかけられることなくレジで精算を済ませた。ふたたび自転車にまたがり、マンションを目指す。

少しだけ寄り道をすることにした。すぐに丈太郎の家が見えてきた。門から中のようすをさぐる。帽子を被《かぶ》っているが、首筋を夏の日が焼き、ひりひりと痛む。黒光りする鉄の門からしばらく庭の樹木をながめ、汗をぬぐった。なんの変化もなく人の気配もなかった。チャイムを鳴らす理由が見あたらず、わたしは自転車のペダルを踏み込んだ。

屋敷の裏側を通ろうとして、数十メートル先に男のうしろ姿を見つけた。見覚えがあった。少しだけ考えて、あとをつけた。二十メートルほどまでに近づく。左足をひきずりながら歩いているのはやはり永瀬丈太郎だった。勝手口から出たのかもしれない。何度か見かけたことのある、あたりを気にせず悠然と歩く姿と違っていた。不自由な足をせいいっぱい動かして急いでいるように見えた。

あたりを見回す。陽炎《かげろう》のたつアスファルト道路に人の影はない。丈太郎との距離が開いていく。

――裸にして家まで帰らせようぜ。

額に浮いた汗が目に流れ込む。ハンカチで拭《ぬぐ》う。丈太郎がひとつ先の角をまがった。もう一度汗をぬぐってペダルを漕《こ》ぐ。家に帰る道と丈太郎の進んだ道を交互に見た。結局、丈太郎の進んだ道にハンドルを向けた。

数分後、丈太郎は公園に入った。なんども遊びにきたことがあり知っていた。緑《みどり》が丘《おか》公園という名だ。遊具などは少ない。住宅地にしては広めの敷地、中央がゆるやかに盛り上がった芝の広場、樹木の植わった遊歩道がそのまわりを囲んでいる。

脇の下や背中を汗が流れる。自転車を降り、押して歩きながら耳を澄ませる。周囲から中学生らしき話し声は聞こえない。木陰におかれたベンチの背に乗る。犬をつれた女が脇を通るときににらみつけて行った。わたしは背もたれにつま先立ちになり、公園の中を見まわす。時計があった。午前十時二十分。遊んでいる中学生の姿はない。丈太郎が向こうはしの木の陰に消えるのが見えた。わたしは、迂回《うかい》して丈太郎が消えたあたりに近づく。人の背丈の二倍ほどある茂みがあった。息をひそめて葉のすき間からのぞく。

丈太郎がベンチに座っていた。ひとりではなかった。少しあいだをあけて、もうひとり座っている。相手の姿を確認して、わたしは歯をくいしばった。見覚えがあった。数日前に、門から永瀬邸をのぞいていた若い男だった。

わたしは下唇を前歯で噛《か》み、鼻だけで呼吸をした。名も知らない濃い緑色の葉を、自分の鼻息がゆらす。

二人は間隔を空けて何か会話をしていた。声は聞こえない。相手の若い男はにやにやと笑いながら、上目遣いに丈太郎に話しかける。乱れた髪がほとんど目に入りそうに垂れている。ポケットから煙草を取り出し、火をつけた。二人の顔のあたりに白い煙が漂う。丈太郎は煙もよけず相手も見ず、硬い表情のまま短い言葉を返している。

会話は五分ほどで終わった。丈太郎が上着のポケットから封筒のような物を取り出した。すっと相手の男の前に差し出す。男は薄ら笑いを浮かべ手刀を切って封筒を受け取り、中をのぞいた。そのまま指でつまんで引き出した。お札に見えた。男はもう一度笑顔になり、二つ折りにした封筒をジーンズの尻《しり》ポケットにしまった。

丈太郎が立ち上がった。わたしは自転車に乗る準備をした。しかし丈太郎は背を向けて左手の出口に向かった。

そのときようやく相手の男の声が聞こえた。

「また、よろしく」

わずかに舌をまいた、挑発的な口調だった。丈太郎はふりむくことも答えることもしないまま、左足をひきずりながら歩き去った。

わたしは残って若い男を観察した。男はまた煙草に火をつけ、口にくわえたままさっきの封筒から中身を出した。やはり札だった。一万円札に見える。ゆっくり十枚まで数え終えると、二つ折りにしてポケットにしまった。吸いかけの煙草を投げ捨て、丈太郎とは反対の出口に向かった。

翌日、わたしは「図書館に行く」と告げてマンションを出た。

充はついてこなかった。彼には友人ができた。薫さんの話によれば同じマンションに住むひとつ年下の男の子で、名を弘樹《ひろき》というそうだ。やはり、あまり外で活発に遊ぶタイプではなく、クワガタと電車が好きなことで気があったらしい。昨日は向こうの家に呼ばれ、今日はこっちへ来るそうだ。

わたしは自転車を漕いで、丈太郎の家に向かった。翔太のことは、図書館の裏で襲われて以来一度も影すら見かけなかった。路地ごとに彼らの影を捜す頻度は、次第に減っていた。

丈太郎に対するいいわけを思いつく前に着いてしまった。会ってから考えようと、チャイムを鳴らした。

「ああ、美緒さんか。まあ上がりなさい」

丈太郎はたずねた理由も聞かずに、わたしを奥に招いた。

「ひとりで来たのかな」

約束のことをとがめている。

「すみません。ちょっと気になることがあって」

「気になること？」

わたしはうつむいて、しばらくだまっていた。公園で見た男のことを言いださなかった。

丈太郎がかすかに笑ったように感じた。

「まあ、無事ならいい。しかし、せっかくたずねてくれたところを残念なんだが、ちょっと銀行に出かけなければならない。一時間ほどで戻るから、いてくれてもかまわない。帰るなら鍵《かぎ》を締めて、ポストに落としておいてくれ」

丈太郎が留守にするあいだ、初恵さんの書斎を自由に使う許可をもらった。

この部屋はリビングの奥にあり、建物全体から見て東の端に位置している。北側は寝室と接し、南と東にある窓からは庭の樹木がよく見えた。東の出窓に初恵さんが集めた陶製の小さな動物が並び、木枠にはまったガラスを背にしている。動物たちの高さに視線をあわせると、窓のすぐ近くまで迫ったアカシアの葉が視界に広がる。

わたしは一冊の絵本を読みながら、床に寝転がっていた。閉じた本を胸の上に置き、天井を見上げる。何かに反射したゆらゆらゆれる輝きをみつめていた。

ばさりと本の落ちる音に目が覚めた。いつのまにか寝入っていた。昨夜は公園で見たことが気になってなかなか寝つけなかった。わたしは床に落ちた本を閉じ、しばらく横を向いたままぼんやりとながめていた。

本棚に並んだ美術書の背表紙が見えた。

初恵さんの本棚は、図書館以上に整然と並んでいる。物語や小振りの書物は上段にあり、下段には美術書のような大型の本が、ぎっしりと詰め込まれている。わたしは下段に触れたことはなかった。

その中の一冊に目がとまった。

『Sorrowful Blue　〜蒼の悲愴《ひそう》〜』

紺の地に金色の小さな文字。わたしは、きつく押し込まれているその本を抜いた。

画集だった。ほとんどの絵が、青を基調として描かれていることに気づいた。不規則に形がくずれた樹木も町並みも人物も、すべてがフィルターを通したように、うす暗い青い闇に浮かび上がっていた。

表紙の名を見る。竹本多美雄《たけもとたみお》。

最後のページのプロフィールを読む。生年月日や出身校、経歴などが並ぶ中のある部分に目がとまった。

長野県豊科《とよしな》町出身――。

著者紹介の顔写真を見る。中年の男性だ。見覚えはない。わたしはもう一度中身をぱらぱらめくって、本棚に戻した。

「あ」

誰もいない部屋で声をあげた。唐突に丈太郎の行き先について考えた。言葉どおり銀行かもしれない。別な場所かもしれない。銀行のあと別な場所へ行くのかもしれない。

わたしは戸締まりをし、丈太郎の家をあとにした。


緑が丘公園に丈太郎はいなかった。

茂みの陰からベンチをのぞく。二十分ほど待ったが、誰もあらわれない。マンションに帰ろうと自転車にまたがった。突然、進路を遮るように自転車が飛び出した。

「こんなとこでなにしてんだよ」

ニキビの少年だった。今日は青いキャップをかぶっていない。すぐに翔太と丸顔の二人も現れた。さらに二人あらわれた。五人の少年がにたにた笑いながらわたしを見ていた。フルーツの匂いが漂う。

「こいつがこのまえ言ってたやつ?」

「そうそう」

「てめえ、こそこそしてんの知ってんだからな」

一歩前に出た翔太の吹き出したガムが、わたしの足元までころがった。

髪の短い丸顔の少年が、自転車を横倒しにしてわたしに近づいてくる。わたしは自分の自転車を反転させてこぎ出そうとした。新顔のひとりがとっさに前を塞《ふさ》いだ。

「どうする」ニキビがガムを嚙みながら頭をゆすっている。

「この前の続きやろうぜ」

わたしはペダルにかけた足に全力をこめた。わずかなすき間をこじあけて進もうとした。

「あぶねっ」

翔太と新顔のもうひとりが、とびのきながら叫んだ。目の前には誰もいない。もうひと漕《こ》ぎ踏もうとしたとき、がくんと自転車が止まった。勢いでサドルから身体がずり落ちた。ハンドルに胸を打ちつけて呼吸が止まった。うなりながらふりむく。丸顔が両手で荷台を摑《つか》んでいた。

「ばーか」

もう一度強い力で引き戻された。わたしはさらに胸を打ち、その場に倒れた。あっという間に五人に囲まれた。最初にニキビが蹴《け》った。残りの二人が同時に蹴った。わたしはダンゴムシのように身体を丸めてされるままになった。

「おい」

彼らとは別の声がした。男の声だ。蹴りが止んだ。聞き覚えがあった。丈太郎に笑いかけたあの声だった。

「なんだよてめえ」

丸くなって頭を抱えているわたしに、状況はわからない。

「おめえらなにやってんだ。じゃまだからあっちでやれ」

「るせえんだよ」

「ぶっ殺すぞ」

「なんだこのガキども。ぶっ殺してみろよ」

「おまえらで相手しろよ」

翔太が丸顔に言い放ってわたしをにらんだ。

わたしは髪を摑もうとした翔太の手にしがみつき、噛《か》みついた。初めて自分以外の指を噛んだ。

「あいてて」

親指のつけ根のあたりだった。

「この野郎」

あいた手でわたしの頭を殴る。

「クソ野郎」

男と少年たちが、取っ組み合いの喧嘩《けんか》をはじめた気配がした。

「クソガキ」

あの男の声がした。ぐすという鈍い音が響いた。わたしの髪を摑んでいる手の力が抜けた。そのすきにわたしは翔太を突きとばして身を離した。

すぐ目の前に、少年がひとりうめき声をあげてうずくまっていた。その向こうに男が立っていた。ボクシングのような構えをしてにやにや笑っている。

「おらおら、くそがき様。五人もいてさっきの元気はどうちたの」

「くそ」

「やめようぜ」

「うるせえ」

止めようとした仲間を突き飛ばして、翔太と丸顔が男にかかっていった。翔太の蹴りを、男が飛びさがってかわした。男はにやにや笑って舌を出している。

「あんたたち、何してるの」

大人の女の声が響いた。わたしは自転車を引き起こし、またがった。

「うるせえくそばばあ」

翔太の悪態が聞こえる。男のひゃっひゃっという笑い声も聞こえる。

「警察呼ぶわよ」

女が叫び返す。

わたしは自転車のペダルに足をかけ、うしろを見ずに漕いだ。後方から誰のものかわからない怒声が聞こえた。

大急ぎで帰宅したあと、わたしはまた見つからないように着替えた。鏡を見ると、頬に一ヵ所だけ擦り傷があった。

「消毒液貸してください。さっき自転車で転んで」

自分から申告した。薫さんは何も疑わなかった。

9

どこかでヘリコプターが飛んでいる。窓越しにタタタタと叩《たた》くような音が響いてくる。

「ねえ、美緒ちゃん。緑が丘公園って知ってる?」

薫さんがテーブルの反対側で化粧をしながら聞く。

昨日五人に蹴《け》られたところが痣《あざ》になっている。身体は服で隠したが、頬に一ヵ所青い痕《あと》がのこった。自転車で転んだという説明に、薫さんは重ねて質問はしなかった。

「はい」

さりげない声を装った。ページをめくろうとした指先が、かすかに震えていた。背中が痛む。ごく短く、薫さんを見る。

薫さんは、視線をテーブルに置いた鏡に向けたままだった。パフで目の下あたりをぬぐっている。わたしは先の丸い人差し指を見る。

「わりと近所だよね」

「はい」

「あそこで乱闘があったんだって。昨日《きのう》お店に来たお客さんから聞いたんだけど」

胃のあたりに違和感が湧いた。わたしは唾《つば》を飲み込みながら、本に視線を落としていた。

「中学生が二人入院したんだって。ひとりは頭蓋骨《ずがいこつ》陥没骨折だって。重症みたいよ」

「ズガイボツってなに」

充はテレビに夢中になっているときでも、必ず他人の会話に耳を向けている。

「頭蓋骨の陥没骨折よ。頭の骨が折れたの。ここの骨」

充の額をなでる。

「やだやだいたいよ」

「恐い人がいたら気をつけてね」

充は頭をかかえたままテレビに戻った。

「美緒ちゃんも気をつけてね。恐いよね」

「誰にやられたんですか」

「やられたの」

「え？　ああ、そうか、相手ね。逃げたんだって、なんだか若い男だったみたい。最近凶暴な人がおおいからね」

骨折したのは誰か考えた。ひとり転がっているのは見た。翔太ともうひとりが飛びかかっていくのを最後に見た。わたしが見たのはそれがすべてだった。あのとき倒れていた少年の頭蓋骨が折れたのだろうか。

「美緒ちゃん、顔色が悪いけど、具合悪いの？」

薫さんがのぞきこむようにわたしを見る。

「大丈夫です。昨日、ちょっと眠れなかったから」

「ぼくはちゃんとねたよ」

「怪我したのは誰かわかりますか？」

「え、……ああ、さっきの話？　もしかして、それで気分悪くなった？　誰か知り合いの可能性があるの？」

「いいえ、ただ近所だったから」

「うわさで聞いただけだから、それ以上よくわからないけど……。そのお客さん、今夜も来たら聞いとくね」

「すみません」

わたしは充からリモコンを取り上げて、チャンネルを回した。

「やだよ。かえして」

「うるさい。あとで怒るよ」

「けち、けちけち」

薫さんはわたしの表情を見て、言った。

「ニュースでやってるかしらね。怪我くらいだとむずかしいかも」

「一応、見てみます」

薫さんはそれ以上何も言わず、まだぐずっている充に話しかけた。

「ねえ充くん、見せてあげてよ。そうだ、お店に行ってコーラ飲もうか」

「いく、コーラのむ。いくいく」

「じゃ、さっさと終わりにするから、美女に変身するまであと三分待ってね」

いち、にい、と数える充の脇で、薫さんは化粧の続きをはじめた。

わたしは次々チャンネルを変えた。どこもニュースはやっていない。ひとまわりしたところで時計を見る。正午に十分前だった。薫さんは今日の昼食をどうするか話しながら充と出ていった。もう一度、チャンネルを順に送る。ようやく、聞き覚えのある音楽とともにニュース番組がはじまるチャンネルにあたった。

やがてニュースがはじまった。スーツを着た女の人が読みあげていく。最初は、外国で爆弾騒ぎがあったというニュースだった。続いて政治家が何か悪いことをしたニュース。三番目にそれがきた。

《中学生殴られ死亡》

首筋がむずがゆくなった。

見覚えのある公園を空から撮影した背景に字幕が浮いた。タタタ、ヘリの音がかすかに聞こえる。

「昨夜八時半ごろ、ここ世田谷区の緑が丘公園内で、数人が喧嘩《けんか》をしていると通行人から

「一一〇番通報がありました」

八時──？

わたしが目撃した喧嘩は夕方だった。時間差の意味を考えているあいだに、カメラの視線が地上に移った。画面右端に立ちマイクを持った男のアナウンサーが映った。わたしが隠れた植え込みが背後に見える。

「警察がかけつけたところ、中学生が二人怪我をして倒れており、病院に運ばれました。うちひとりは腕の骨を折る重傷。さらに、もう一人、区内に住む中学一年生が頭蓋骨を骨折しており、意識不明の重体でした。中学生は病院に運ばれ治療を受けておりましたが、今朝午前七時ごろ死亡が確認されました。死因は、頭部を強打したことによる脳挫傷《のうざしょう》とのことです。なお、現場ではその数時間前にも、おなじグループと思われる少年たちと若い男が、喧嘩をしているのが目撃されており、警察では現場の聞き込みを続けるとともに、現在この若い男の行方を捜しています。以上現場から……」

わたしは、ゆっくり立ち上がりトイレに入った。胃のあたりに湧いた違和感が喉《のど》もとまでせり上がった。水を流しながら、声を殺して吐いた。全て終わって立ち上がってからも何度か深呼吸をした。洟をかみ、洗面所で顔を洗った。

リビングに戻り、冷蔵庫から出した麦茶をグラスに注ぎ、ひと息に飲み干した。

「ただいま」

二人が帰ってきた。機嫌のよくなった充が歌を歌っている。ボリュームを下げてニュースを最後まで聞いていたが、続報はなかった。

昼食を終えて、二人は丈太郎のところに出かけていった。わたしも誘われたが、宿題があるからと断った。ニュースのことはわたしからは言わなかった。

二人がいなくなってすぐ、図書館に行きます、とメモを書いてマンションを出た。そのまま緑が丘公園に向かう。自転車を立ち漕《こ》ぎして、可能な限りスピードを出した。もう路地ごとに翔太たちの影を探さなかった。

公園の脇を走る道路に、屋根に機械を積んだ車が何台も停まっていた。自転車のブレーキをかけ、立ち止まって考えた。ふたたびまたがりペダルに力を込めた。入り口近くの湾曲した通路を抜けて視界が開けた。小高い芝生の丘がある。ぐるりとまわり込む。一昨日あの男を見た茂みのあたりに、黄色いテープが貼られていた。自転車のハンドルを強く握った。そのまま寄りかかって胃のあたりにこみ上げるものを抑えていた。テープの中に制服の警察官が四、五人見えた。パトカーも二台いた。警官の恰好《かっこう》をしていない人間も、何人かテープの中で作業していた。野次馬が二十人くらい取り囲んでいる。テレビカメラを担いだ男が数人見えた。その近くに、テレビ取材の関係者を思わせる人影がいくつもあった。

わたしは進むこともUターンすることもせず、そこに立っていた。朝から強烈な日が差している。事件現場以外には動く影は見あたらない。わたしの体中から汗が噴き出しはじめた。

公園中央の芝生から陽炎《かげろう》が立ち上る。黄色いテープとその中で動く人物が歪《ゆが》む。

——また、よろしく。

無精髭《ひげ》にうずもれた男の笑い声が、耳もとに蘇《よみがえ》った。


乱闘事件は夕方のニュースで二番目に紹介された。

「あらやだ。死んだの。可哀想」

初めて知ったらしい薫さんは口もとを押さえて画面に見入っている。

ニュースから、あたらしいことがいくつかわかった。

逃げた若い男は、最近あの公園で何度か目撃されていること。昼間から酒を飲んで、通行人に下品な言葉を吐くなどして目立っていたこと。一緒にいた少年グループの証言によると、昼間自分たちが遊んでいると男がいきなり喧嘩をしかけてきたこと。そのときは小競り合いで済んだが、男が夜も公園にあらわれるのを知って、仕返しをしにいったところ、男が警棒のような物を出して、殴りかかったこと。死んだ少年はグループの中でも一番やさしい性格だったこと。

見覚えのある顔写真が映った。死んだのは青キャップのニキビだとわかった。

将来サッカー選手になることが夢だった、と顔にモザイクがかかって証言しているのは翔太だった。

わたしは、少しだけ水を飲み、ベッドにもぐり込むと翌朝まで起き上がらなかった。

10

「美緒ちゃん。わるいんだけど、先生のところまでお届け物してくれる？」

薫さんが起き出してきてまもない十時ごろのことだった。丈太郎の家まで洗濯物を届けに行くよう頼まれた。

とっさに翔太たちのことを考えた。ひとりで彼らをたたきのめした若い男について考えた。死んだニキビのことについて考えた。みんなにわたしは顔を覚えられていて、誰とでも街の中で鉢合わせする可能性があることについて考えた。

「ねえ、行ってくれるでしょ」

畳んだ洗濯物を紙袋に詰めながら、薫さんがわたしを見る。

「あの先生、いつもおなじ白いシャツばっかり着てるからあんまり替えがないのよ。今度買ってあげなくちゃ。あたしは由佳ちゃんのようす見てくるから」

サイドボードの上には誕生日プレゼントにもらった本が立ててあった。

わたしは行くと答えた。

充は今日も新しい友人と遊ぶらしく、一緒に行きたいとぐずらなかった。厚紙で電車のつくりかたを教えているらしい。薫さんに渡されたのは手提げの紙袋が二つ。重くはないがかさはあった。わたしは自転車置き場に停めた自分の自転車のかごにそれを押し込んだ。

裏道の左右を見渡す。人影はない。ペダルを思い切り踏み出す。一気にトップスピードまで上げた。細い路地をくねくねと選んで進む。汗が噴き出す。腕で額をぬぐったすきに、角の向こうからあらわれた通行人と、あやうくぶつかりそうになった。

「あぶないわね。そんなにとばして」

わたしの祖母くらいの女性が、止まろうとしないわたしの背中に怒鳴る。

見知った顔に出会うことなく目的地に着いた。永瀬邸の門を抜けるとき、汗が背中の窪《くぼ》みを流れて行った。

玄関でブザーを鳴らすが応答がない。何かに熱中しているときの丈太郎は、訪問者がわたしたちだとわかれば返事をしないことが多かった。わたしは預かってきた鍵《かぎ》を使って開けようとした。鍵はかかっていなかった。

「こんにちは」

わたしは額の汗をぬぐいながら、返事を待たずにリビングへ急いだ。曇りガラス越しにリビングのソファにくつろいでいる丈太郎が見えた。わたしはドアをあけた。

踏み込みかけた足が止まった。

くつろいでいたのではなかった。後頭部をのけぞらせて、死んだように動かない。エアコンのきいた部屋で、丈太郎は青白い顔にびっしょり汗を浮かべていた。いつもきちんとうしろになでつけている、白髪まじりの髪が乱れている。出会ってから一度も見たことのない表情だった。

「ケンジさん」

わたしはもういちど名を呼んでみた。反応はない。

丈太郎を横目に見ながら、サイドボードの隅に置いてある電話を取り上げた。頭が動いたような気がした。わずかに胸がもり上がりしぼんでいく。呼吸をしている。わたしは受話器を戻し丈太郎の肩に手をおいた。仰向《あおむ》けになった顔の眼窩《がんか》が、えぐれたように落ち込んでいた。身体をゆすろうとしたときに、丈太郎の口からつぶやきがもれた。わたしは肩においた手を離し、すぐそばに座った。ようすを観察する。彼は二度、大きく深呼吸をした。そのあと、胸の上下が規則正しくなった。

十五分ほど寝顔を見ていた。そのあいだ、丈太郎はうわごとのようにいくつかの言葉をもらした。

「うう」

うめき声がして、丈太郎の目が開いた。わたしは少し身体を離した。丈太郎はソファの背もたれから頭を起こしこちらを見た。

「……夢を見た」

かすれた声が漏れた。黒目の焦点がわたしに合っていない。

「夢？」

聞き返す。丈太郎の視線は床のあたりを泳いでいる。

「ひどく長い夢だった」

ようやくわたしの顔に気づいた。

「まだ覚めてないのか。……きみは、まさか……」

わたしは自分の名を口にした。

「みお……？　ああ、そうだ。そうだったな」

自分に言いきかせるように幾度も繰り返し、手のひらで顔をぬぐった。垂れた髪が額にかかっている。

わたしはキッチンに立った。丈太郎はあまり冷たい物を好まない。わたしは浄水器を通しただけの水道水をグラスに満たした。渡したそれを丈太郎はひと息で飲み干した。

「ありがとう」

丈太郎が差し出したグラスをテーブルに置き、わたしも椅子に腰かけた。

「美緒さんは、今来たところか」

「はい」

「そうか。わたしは、ずっとうなされていたのだろうか」

「さっき来たばっかりです。着替えを持ってきました。ここに置きます」

「ちょうどよかった。寝汗でシャツまでぐっしょり濡《ぬ》れてしまった。風邪をひくといけない、着替えよう」

丈太郎が着替えるあいだ、わたしは初恵さんの部屋で待った。

壁に一枚の絵が掛かっている。この一枚以外に絵は飾られていない。高い位置から草原を見下ろしている構図の絵だった。おおぜいの小さな子供たちが、てんでに好きなことをして遊んでいる。初恵さんが描いた絵だということは聞いて知っていた。

かちゃりかちゃり、着替えを終えた丈太郎が、杖《つえ》をついて部屋に入ってくる音が聞こえた。

「どこか悲しい絵だと思わないかな」

丈太郎はわたしと並んで立ち、しばらくおなじ絵をみつめていた。

「青く高い空、白く輝く雲、風が渡る草原、笑顔の子供たち。楽しく温かい絵であっていいはずなのに。感じるのは哀しみばかりだ」

丈太郎がポケットから何かをとり出した。例の青い小石だった。

「妻は児童文学の挿し絵画家をしていた。売れっ子ではなかったが、本の数だけは結構描いたようだな。……しかし、彼女の描いた絵はすべて想像の産物だ。なぜなら、彼女は小さな子供の笑顔をほとんど見たことがない」

小石をさすりながら独り言のように続けた。

「あの日以来、一度も見えなかったはずだ」

返事もせず立っているわたしの脇で丈太郎が続けた。

「わたしの年は聞いたかね？」

「はい」

「今年六十三歳だ。歳の割に、少しくたびれた」

　ふと視線をわたしの顔に向けた。ふっと息を吐いて笑った。部屋の中を見回す。

「ずいぶん古い家で驚いたろう。もう少しきちんと手入れしていたなら、都の文化財程度には指定されていたかもしれない。この家は初恵が生まれ育った家なのだよ」

　わたしは黒に近い焦げ茶の柱を見た。床板に乗せた足にそっと力をいれる。かすかに板が鳴った。

「初恵には弟がいる。父親の会社を継いで今も現役の社長だ。都心の広い庭つきマンションに住んでいる。五年前に初恵の母親が亡くなったとき、わたしたちは出て行くと主張したのだが、彼が『自分は住めない、かといって壊されてしまうのは忍びない』と住み続けるよう提案してくれた。初恵が死んだのに、まだ出て行くことを許してもらえない」

　丈太郎は窓の向こうに見える木を、じっとながめながら話し続ける。一度木の名を聞いたが思い出せなかった。

「初恵の悲しみが染みこんだこの家で、残りの寿命を数えるのも何かの贖罪《しょくざい》なのかもしれない」

　葉を茂らせた木から視線をはずさずに、かすかに笑った。

　わたしは答えを探しながら本棚をみつめた。丈太郎の口調が変わった。

「きみは本が好きだと聞いた。ここに読みたい本があったら好きに読んでくれ。いや、気に入った本があれば持って行ってくれないか。それこそわたしが死んだらどうなるかわからない。……それと」ライティングデスクの天板を降ろした。「これも」

以前に見たときと変わらず、びっしりと青い石が置かれていた。

「青くて綺麗《きれい》だろう。ずいぶんと呼び名の多い石なんだ。正式名はラズライト、またの名をラピスラズリ、和名を青金石《せいきんせき》。そして、瑠璃《るり》。どうだね、憶《おぼ》えられるか」

「瑠璃」

丈太郎が、彼の娘とおなじ名の石をわたしの手に載せた。

「銀河が浮かぶ夜空のようにも見えるだろう。だから、昔は『夜空の切れはし』とか『天空のかけら』と呼ばれたそうだ」

「天空のかけら」

わたしは石をみつめたままその名を口に出してみた。

「詮索《せんさく》する気はないが……」

丈太郎の声がわたしを空想から引き戻した。

「きみの家の事情は聞いた。きみは母親のことで誰にも負い目を感じる必要はない」

わたしは返事をしなかった。

「初めて会った日に、わたしが階段を降りきるまで、きみは下で見ていてくれたな。あれは、転んだら笑おうと思って突っ立っていたわけではないだろう」

わたしはうなずくこともしなかった。

「きみはときおり、わざと粗暴を装うが、そんなことはしないほうがいい」

わたしは深呼吸を繰り返した。荒い呼吸音が会話の途絶えた部屋に響いた。

「どうした、なんだか顔色が悪い。わたしといい勝負だ。ずいぶん汗をかいている。熱にあたったのかもしれない。そこのソファで休むといい」

わたしには、丈太郎をつきとばして出ていくことができた。わたしには、無言を押し通すことができた。指の皮を嚙《か》みちぎることができた。

わたしは言葉を絞り出した。

「緑が丘……公園で、見ました」

心配そうにのぞいていた丈太郎の目が開いた。

「緑が丘公園？」

「変な男と……」

丈太郎はわたしの目をみつめたまま考えていた。何かに思い当たって、無表情の顔がわずかに崩れた。

「ああ、なるほど、そういうことか。あの男と話しているところを見たのか。それはまた偶然……」

片方の眉《まゆ》を上げて、わたしを見た。

「いや、偶然でもないのか。きみは好奇心が旺盛《おうせい》のようだ」

小さく何度もうなずいた。

「そうか、きみも見ていたのか。そしてその後の事件のことも知ったのだろうね。……彼はとりかえしのつかないことをした」

深いため息をついてから、丈太郎がわたしの目をもう一度見た。

「あの男は、……ある意味で古い知り合いだった。とても古い知り合いだ」

視線を窓の外に向けた。

「やはり、事件のことを知ってしまった以上、わたしは警察に行かねばならないだろうね。残念だ。そうか」

顔を庭に向けたまま、わたしの頭にそっと手をおいた。

「あのことが心配でそんな顔をしているのか。わたしなら大丈夫だよ。たしかに知り合いだが、わたしに困った問題はないから」

頭に手を置かれたままうなずいた。

「いいかな。人知を越えた力というものは存在する。人知というのは……、そうかわかるか、つまりわたしが言いたいのは、いくら人間が隠そうとしても、真実はいずれ判明するということだ」

ふうっと丈太郎の息が頭にかかった。

「人間の都合など一切おかまいなしに、とつけ加えるべきかな」

それ以来、丈太郎は二度と彼について話さなかった。

11

中学生が頭を殴られ死亡した事件は、数日のあいだ報道されていた。殴った男は東京都に住む、十九歳の男性と報じられた。氏名は伏せられている。母子二人暮らしだったが、その母親はすでに他界している。高校中退後職を転々とし、現在は無職らしい。住んでいるアパートが映し出された。顔にモザイクのかかったおなじアパートの住人が、テレビカメラの前でマイクを向けられた。

「道で会っても挨拶《あいさつ》しないし、夜もなんだか大きな物音立ててるし、目つきも悪い感じだったから、そのうちなんかやるなあとは思ってたね」

『近所に住む大家さん』という字幕が出て、年老いた女性が玄関扉のすき間越しに答えた。

「ここ何ヵ月か家賃滞納されてたてねえ」

男は事件後行方がわからなくなっている。警察では重要参考人として行方を追っている。

そこまでが報じられた内容だった。

男が捕まらないまま時間が経過し、進展がないせいで事件の扱いはしだいに小さくなり、やがて触れられなくなった。

一度、路上で翔太のグループと鉢合わせしたことがあった。とっさに顔を見渡す。五人全員に見覚えがあった。弟の裕二もいた。みんな自転車に乗っていた。突然のことで逃げるすきはなかった。先頭にいた翔太は、わたしを半分ほどに細めた目でにらんだ。わたしもみつめ返した。くちゃくちゃと動く翔太の口もとから、かすかにフルーツガムの匂いが漂った。

襲われたときの護身方法を調べてあった。ゆっくりポケットに手を入れ、必ず持ち歩くようにしている頑丈なボールペンを逆手に握った。頭の部分に親指を当てた。汗が目に流れた。翔太から視線をはずさず、ボールペンを持つのとは反対の腕ですばやくぬぐった。

翔太もわたしをにらみつけたまま、ガムを吐き捨てた。

「こんなガキほっとけ。松原のクソを捜すぞ」

仲間に宣言し、ペダルに足をかけた。裕二もほかの少年たちも従った。

翔太が口にした『松原』というのがニキビを死なせた男の名なのか、彼らがどうしてその名を知ったのか、わたしにはわからなかった。漠然と、前年の担任教諭とおなじ苗字《みょうじ》だと考えた。

ポケットから、なかなか手が出なかった。意識を右手の先に向ける。まだ、きつくボールペンを握ったままだった。ノックする部分が親指に食い込んでいた。ゆっくりと指のこわばりをほどいてボールペンをはなした。

丈太郎がうなされているところを目撃してから数日間、わたしは彼をたずねて行かなかった。

薫さんが常連客から仕入れた情報で、ニュースで流れた以上のことを知った。あの日、彼らが夜の公園で再会したのは偶然ではなかった。昼間の小競り合いで男が落とした免許証入れを拾った翔太たちが、男に連絡をとって呼び出したか探しに来るのを待ち伏せしたらしい。非公開のはずの名を知っていた理由が判明した。


四日ぶりに、薫さんの車に乗って丈太郎をたずねた。その日は週に一度怪我の経過を診てもらうため整形外科に通う日で、わたしと充で留守番をすることになっていた。

「やあ、元気かね」

丈太郎は以前とおなじようにわたしに接し、事件のことは何も話題に出さなかった。犯人を知っていると警察に届け出たのか。あの男とはどういう関係だったのか。公園のベンチで渡したのはなんの金だったのか。マスコミの取材は来たのか。何も語らなかった。

「ねえ、またでんしゃつくって。つくって」

しがみついてねだる充の腕をそっとほどきながら、丈太郎は「病院から帰ったら」と諭した。わたしの目をもう一度見たが何も言わなかった。

「いい子にしてたら、お土産買ってくるからね」

薫さんが大きく手を振って出て行った。

「ねえ、いいこにしてたって、どうやってわかるの」

充がわたしを見上げた。

「さあね」

充を残して初恵さんの書斎に入った。

ライティングデスクの天板を開き、ぼんやりと頰杖《ほおづえ》をついていた。視線の先に、本棚スペースに立てた本が数冊見えている。壁際の本棚に並ぶ物語と違って、論評のような本ばかりが並んでいた。わたしは、背表紙を見ただけで、触れたこともなかった。

なにげなく引き抜いて、ぱらぱらとめくったが、やはり難しい文章ばかりで、挿し絵すらほとんどない。わたしは、すぐに興味を失った。閉じようとして、裏表紙のめくれ具合が不自然なことに気づいた。二、三度閉じたり開いたりしてみた結果、理由を発見した。

二ミリほどはありそうな厚い裏表紙と、その直前の見返しが貼り合わされているのだ。製本のミスではなく、あきらかに人の手で貼りつけてある。

上からさすってみる。中心にハガキよりやや小振りな何かが挟まっている。あいだに何かを挟んで糊《のり》づけしてあるのだ。「秘密」という言葉が浮かんだ。

裏表紙を手にしたまま、長い時間考えていた。

初恵さんのペン立てに、よく切れそうなカッターナイフが立ててある。

くっついてしまったのを、元に戻すだけだ――。

自分にそう説明した。少なくとも見た物を薫さんには報告すると決めた。わたしは背に近い二枚の裂け目に、そっとカッターの刃を入れた。

中から出てきたのは、薄い封筒だった。何も文字は記されていない。何か入っているようだ。封筒には封がしてなかった。口をあけて中の物を取り出す。

古ぼけた一枚の写真だった。

どこか建物の中で撮られた写真だ。壁に絵が掛けられていて、それを見ている人たちがいる。被写体はカメラのほうをむいて笑っている女性と青年、その青年の友人らしき人物も二人、すぐ脇に立って笑っている。

美術館か絵画展で撮られた写真に見えた。

ただの平凡なスナップ写真だった。わたしは顔のほてりが冷めるのを感じながら、もう一度写真をみつめた。

ほぼ中央に小さなテーブルがある。その上に花瓶に活《い》けられた花も見える。

テーブルのすぐ前、向かって左側に女性が立っている。髪型がずいぶん古くさい気がする。歳は今の母よりも若そうだ。半身になって、顔の右側をこちらに向けたところだ。見覚えがあった。

「初恵さん」

ひとりきりの部屋で声に出した。そこに写った女性は初恵さんに間違いなかった。

何日か前に、薫さんに頼んで見せてもらった、若いころの初恵さんと同一人物だった。この写真の初恵さんは三十代ほどに見えた。ざっと計算する。二十年以上も前に撮られた写真だった。

一緒に収まった相手の男を見る。テーブルを挟んで、初恵さんと向かいあう形で立っている。丈太郎ではない。何年経とうと見間違えることはないほどの別人だった。痩《や》せて、眉《まゆ》が濃く瞳《ひとみ》がぎらついている。整った顔立ちをしていた。ながめているうちにこの男をどこかで見たことを思い出した。

写真をみつめ、窓のそとに視線を向け、考え続けた。ひたいのあたりにぼんやりと浮かんだ白いしみのような物が次第にふくれあがり、形になった。

「思い出した」

つい声に出し、本棚の前に座った。

『Sorrowful Blue　～蒼の悲愴～』

紺の地に金色の小さな文字。数日前に開いたばかりの画集だった。わたしは、きつく押し込まれているその本をふたたび抜いた。

最後の扉をめくる。プロフィールと近影があった。

「やっぱり」

撮られた年代にかなり開きがあるが、彫りの深い顔はこの男に間違いない。

竹本多美雄。長野県豊科町出身。

瑠璃さんのさらわれたのが長野県だったことを思い出した。

わたしは、ふと抱いた好奇心から、初恵さんが隠そうとした物を見つけてしまったのかもしれなかった。

丈太郎には見せないことに決めた。机の本立てに差し込み、手前に別な本を立てかけた。

薫さんと丈太郎が帰ってくるまでの時間、画家と初恵さんのあいだにあったかもしれないことについて何十とおりも考えた。

薫さんが毎朝の日課であるシャワーを浴びている。お湯が床を打つ音を聞きながら、わたしは朝食の準備をする。音が止んでピンク色に上気したほおの薫さんが、タオルで髪を拭《ふ》きながらテーブルに腰かけた。わたしが用意した簡単な料理とコーヒーで、遅めの朝食をとる。薫さんはいつもそうするように、テレビと新聞の交互に目をやりながらトーストをかじる。フォークからスクランブルエッグを落とす気配がした。

「あ、いけね」

あわてて新聞紙から拾って口へ運ぶしぐさが、視線のはしに入る。わたしは、その向かいで本を読んでいた。

「あ、ここここ、このあたり」

薫さんの声に顔を上げる。薫さんの視線の先にあるテレビの画面を見る。充はおもしろい番組がないせいか、別な部屋で工作をしていた。

「あたし、このあたりに住んでたんだ」

薫さんの言葉にしばらく画面を見ていた。マイクを持った女性のレポーターが、どこかの商店街を歩きながら、土地の住人や商店主にインタビューしている。みな、なぜか楽しそうに答えている。

《ふるさと探訪――リンゴとソバのまち、長野県松本市》

字幕が浮き出た。

――長野、竹本多美雄。

あの画家の名前が浮かぶ。

「前も言ったけど、あたし、高校まで長野県の松本に住んでたんだ。いいところだから、一度遊びに行こうね……、って言いたいとこなんだけど」

薫さんが口ごもる。わたしからは話題を出さず続きを待つ。

「どうしても、瑠璃ちゃんのことを思い出しちゃって」

「誘拐されたことですか。犯人のことですか」

薫さんは、意外なことを聞いたという表情を浮かべた。

「あたし、犯人の顔を見たって証言したらしいんだけど、もちろん今じゃ覚えてない」

テレビから女性レポーターの「すっごく美味《おい》しい」というかん高い声が聞こえてきた。

「だけどね、今でも夢に見る。瑠璃ちゃんが、男の人に手を引かれて行く場面。ほんとうはそんなことなかったんだけど、夢の中では瑠璃ちゃんが、なんどもこっちをふりむくの。ばいばいって」

突然薫さんはだまってしまった。テレビのスイッチも消す。急に部屋がしんとなった。

このマンションの近くに小さな公園があって、あまり大きくない桜の木が一本植わっている。ときどきこの桜に蟬がやってきて、ひとしきり鳴いてまたどこかへ去っていく。このときも、テレビを消すなり一匹の蟬がうなりはじめた。

　わたしは視線をテーブルに落とし、迷路のように走る木目の模様を、はしからはしまで目でたどっていた。

「あたしね、あとですごくもうしわけないと思ったことが二つあるの。ひとつは、どうしてすぐに誰かに『連れていかれたよ』って言えなかったんだろうってこと。もうひとつは、その夜いつものように寝ちゃったこと。子供だから、寝るのはあたり前なんだけど、瑠璃ちゃんがさらわれてどこにいるのかわからないのに、あたしはぐうすか寝てた。

　結局、瑠璃ちゃんは見つからなかった。誘拐した犯人じゃないかって男が逮捕されたけど、証拠がなかったみたい。結局そのまま瑠璃ちゃんは見つかっていない。もしもどこかで生きてれば、あたしとおない年だから子供がいるかなあ、なんて考えることがある」

　蟬の数が増えた。冷房が効いているのに、額に汗が浮いた。

「どのくらいあとだったか忘れたけど、お母さんと二人で初恵さんのところに行ったことがある。永瀬さんはすぐ転勤になって、初恵さんひとりで松本で暮らしてた。子供心に怒られるかなと思ったけど、逆に喜んでくれた。何度も遊びに行って可愛がってもらった。中学校の修学旅行で東京に来たとき、泊めてもらったこともある。永瀬さんが定年前に退職してあのお屋敷に戻るって聞いて、あたしもこの場所でお店はじめることにしたんだ。去年初恵さんが癌で亡くなったとき、あたししばらくお店休んじゃった。そしたら、先生がふらっとたずねてみえて『薫さんの淹《い》れたキリマンジャロが飲みたい』って。あたしと先生って、そんな関係」

　薫さんが立ち上がって、ミネラルウォーターのお代わりを注いだ。わたしにもすすめた。いらないいと答えた。

「でもさ……」水を飲み終えた薫さんが、首にかけたタオルで口もとをぬぐっている。

「あたしがわがまま言ったりしてるの見て、変だとおもうでしょ」

　小さくうなずく。

「あるときね、気づいたの。先生あんなにぶすっとしてるけど、あたしがわがまま言うのが楽しいのよ。信じらんないでしょ。でもほんとなの、わかるの。あたしも二年前に父親なくしたから、半分父親みたいに思ってる」

　薫さんが楽しそう笑った。

「ひとつ聞いていいですか」

「なあに」

「豊科って、松本の近くですか」

「すぐ近くだけど。どうして？」

「いえ、べつに。なんでもありません」

　薫さんは、気にとめたようすもなくああもうこんな時間だそろそろ出かけないと、と言った。立ち上がりながら話を続けている。

「ここに越してきて、いろいろ初恵さんにお世話になったんだ。由佳ちゃんが通ってる断酒の会知ってるでしょ？　ほら、近くの公民館でやってる。あれも初恵さんに紹介されたの。お酒がやめられなくて、人生を狂わせた人とかこれから狂わせそうな人とかが来て、お酒をやめようって話し合って、はげましあう会なんだ。結局、ひとりより仲間がいたほうが禁酒ができるっていうことかな」

母は酒を飲まないあいだは、週に一回、この断酒の会に顔を出している。そこでボランティアをやっている薫さんに誘われて、今の団地に越してきた。

「依存症はひとりで苦しんでも治らない」

わたしに聞こえるところで薫さんが母に言ったことがある。

母はここに通いながら、数ヵ月間は酒を一滴も飲まない生活を送ることができる。あるとき何かのきっかけで飲酒が再開する。帰宅するときにはすでに酒の匂いをさせているようになる。寝つくまで延々飲み続けるようになるのに三日。起き抜けに飲むようになるまで一週間。酒のせいで遅刻、早退、欠勤をするようになるまで二週間。そして突然、意識を失って入院する。この三年、その繰り返しだった。

「いつ治るの」と母に聞いたことがある。母は答えなかった。

「ねえ、由佳ちゃんのところ、一度だけでいいからお見舞いに行こうよ」

わたしは返事をせずに、食器の片づけをはじめた。

「美緒ちゃんの気持ちもわかる。だけどさ、あまり関係をこじらせると、あとで後悔するよ」

わたしは薫さんの頼みはほとんど聞いたが、この説得にうなずいたことはない。ゆっくりと皿を洗いながら、薫さんが支度をして出かけていく音を背中で聞いていた。

薫さんに説得された翌日、結局母の入院する病院へ見舞いに行くことになった。途中、丈太郎のところに寄って充をあずけた。充を連れて行かない理由について薫さんは「顔を見せると、あとでぐずるから」と説明した。

「あ、美緒。来てくれたの」

母がベッドに起き上がった。ひと月前に見たときよりも白い顔をしていた。皮膚が乾いている。人差し指の先がうずきはじめた。

「ごめんね」

母がぼそっと言った。わたしはだまってのりのきいたシーツを見ていた。人差し指の先に親指の爪をたてた。痛みが指先から逆流する。

「なんだかなあ。他人みたいだね」

薫さんがわたしの背中を軽く叩《たた》いた。

「美緒ちゃんてさ、毎日窓のところで『おかあさん』って思ってるよね」

「ほんとう?」母がうれしそうに笑いかける。「お母さんも頑張るからね」

膝《ひざ》が震えてくるのを感じた。

「ふざけんなよ。そんなの思うわけないだろう」

わたしは母をにらみつけて、病室を飛び出した。あわててあとを追ってきた薫さんがわたしの口から指を離そうとした。

「やめて、やめて美緒ちゃん。悪気はなかったの。冗談のつもりだったの。ごめん、あたしが悪かったから。……誰か、誰か助けて」

わたしの歯は指の皮に食い込み、口の中に血の味がひろがった。自分の意志とは違う力が嚙《か》み続けた。

「やめて。お願い」

薫さんがわたしの身体をゆすった。わたしの歯はさらに食い込んだ。ぷちっと貫通する感触のあと、ちぎれた皮が口の中に残った。指の背がじんじんと痛んだ。ようやくはなれた指から、ぽたぽたと赤いしずくが床に落ちた。

「あら大変」通りかかった看護師がわたしの手をにぎった。「何してるの。血が出てるじゃない」

顔を近づけた。「皮がちぎれてる」

ひどい、と言う薫さんの声が聞こえた。

「とにかく消毒しないと。それから外科の処置室へ」

「ひどい、どうしてそんなになるまで」

薫さんの目に涙が浮き、流れ落ちた。

二針縫われた。

「きみが自分で噛んだの？」

処置をした三十代くらいの男の医者が聞いた。わたしはだまってうなずいた。

「目の前で見ていたのに止められませんでした」

薫さんが医者に頭をさげた。

病院から帰る車の中で、一度だけ薫さんが「痛む？」と聞いた。わたしは首を横に振った。

「そう」

それきり、薫さんのマンションに着くまで、ひと言も会話はなかった。

12

母は結局、八月十五日に退院することになった。

「なにもお盆のまん中に退院させなくてもいいのに」

薫さんが笑った。

「まあ、とにかくよかったわね」

三人で暮らしてきた、団地の部屋での生活が再開することになる。しばらく生活していなかった部屋を、薫さんと掃除することになった。

部屋の中は、乾燥した雑巾《ぞうきん》のような匂いが漂っている。窓を全開にして、空気を入れ換えながら薫さんがてきぱきと進めていく。一段落がつきテーブルで休んでいるときに、薫さんが頬杖《ほおづえ》をついてわたしの顔を見た。

「そろそろ中学だし、いろんな意味で難しいお年ごろよね」

わたしは答えず、開いた窓の外を見ていた。六年生になってから、薫さんがわたしの将来について、真剣な表情で話題にすることが多くなった。薫さんはなおも少し口をとがらせ、目を輝かせてわたしの初恋について想像を続けた。

「わたしは自分の部屋を片づけます」

話し続ける薫さんを残して、わたしは席を立った。

「おうちにかえるの？」

明日、母が帰ってくると告げたとき、充の顔に一瞬喜びのいろが浮かびかけた。

「また、お母さんと三人で暮らすのよ」

薫さんの言葉に、充の顔が強張《こわば》った。

「あら、どうしたの？　あんなに楽しみにしてたじゃない」

薫さんが充の肩を摑《つか》んでゆすった。充はされるままに頭をがくがくと振った。

「せみ、さがしてくる」

元気なくつぶやいて外に出ていった。

「母親でも、しばらく会わないと、照れくさいものなのかしらね」

薫さんがわたしに笑いかける。わたしはシンクにこびりついた水垢《みずあか》のようなしみをこすり続けた。

薫さんは「退院のときくらい一緒に行こう」と誘ったが、わたしは断った。

「どうしてそこまで意固地になるの」

薫さんが腕組みする。

「まあ、あんまり無理強いして、この前みたいになってもね」

ため息が聞こえた。

わたしは、まだ抜糸の済んでいない傷に、くちびるをあててみた。

団地の窓の外は棟の前に植わった欅《けやき》がのびて、視界の半分をふさいでいる。欅を切り倒したとしても、その向こうにあるのは、くすんだクリーム色に塗られたB棟の北側だ。母の帰宅を待ちながら、熱風がゆらす欅の葉をみつめていた。充がかじりついているテレビの音だけが途切れることなく部屋に満ちている。

「ただいま」

薫さんにささえられるようにして、母が玄関から入ってきた。しばらく聞いたことのない、柔らかい母の声だった。母の顔は、入院前よりもふくよかになっていた。充が少し迷ってから母にしがみついた。

夜は、薫さんがとってくれたお寿司《すし》で祝った。

「おすし大すき」

充は不機嫌が直り、ひとりはしゃいだ。薫さんが途切れることなく話題を振りまく。母がときおり薄い笑いを浮かべて相づちを打つ。わたしはずっと寿司桶《おけ》に視線を落としていた。

「仕事は来週からの復帰でいいよね」

薫さんが壁のカレンダーを指さす。まだ丸一週間近く先だ。

「ねえ、薫ちゃん。わたしほんとに、馘《くび》になってないの？」

「大丈夫だって。あ、ドロボー」

充が、薫さんの桶から好物の海老《えび》をかすめた。

「だってこのまえ、あげるっていったよ」

「そうだったっけ？　まあいいか海老の一匹や二匹」

「いっぴきだよ」

「これもあげる」

母が自分の海老を充の桶に移した。

「わーい。エビみっつ」

充は箸《はし》を振りながら椅子の上で身体を揺すりはじめた。薫さんが揺れている肩に手を乗せて押さえつけるまねをした。

「こら、充君。行儀悪いわよ。ああ、それで仕事のことね。大丈夫、脅しておいたから」

「脅した？」

母の勤め先は薫さんに紹介してもらった近くのスーパーだった。

「そりゃあそうよ。あの社長さ、うちの常連なんだけど、来るたびにお尻《しり》に触ろうとするんだよ。あ、美緒ちゃんごめんね。触るっていってもそんな、いやらしくするわけじゃないんだ。シャレだから。それよりほら、前にも言ったじゃない。酔うとさ、必ず泣きながら『結婚してくれえ』って迫るのよ。信じられる？　このあたしによ。この美貌《びぼう》に対する冒瀆《ぼうとく》よね。なにが『ボクがシヤワセにする』よ」

自分の言葉に憤慨しはじめた薫さんを母がわずかに驚いたように見ている。ウーロン茶を飲み干した薫さんはまだ止まらない。

「まあね、奥さんとは離婚してるし子どももいないから、結婚してやってもいいんだけどね。でも、あたしだって多少見てくれは気にするから……。それはともかく、由佳ちゃんを馘にしたら出入り禁止だって言っておいたからゼンゼン大丈夫」

「大丈夫っていったって……。そんな脅したりしたら、なんだかよけい行きづらいわよ」

「ま、細かいことは気にしない。人生気楽にやったほうが勝ちってことよ」

「いつもごめんね」

母が頭を下げる。脂気のない髪が揺れた。

充が寝ついてしまい、テレビの電源を落とすと、急に部屋は静かになった。一時間ほど前に降り出した雨の音が次第に強くなっていく。

「困ったことなかった？」

自分で淹《い》れた日本茶をすすりながら母が聞いた。やさしく問いかける母親の声だった。右手の指先が猛烈にうずいた。呼吸が荒くなるのが自分でわかった。

「どうしたの？　傷口が傷む？」

母が手を取ろうとする。わたしはそれを振りほどく。

母を短くにらんで、自分の部屋に閉じこもった。襖《ふすま》の向こうから母の声が聞こえる。

「なんなのよ。わたし、何か悪いことした？」

時計を見る。帰宅してから聞き慣れたヒステリックな声が響くまで、正確に四時間だった。

翌朝まで降り続いた雨は、わたしが充を誘って図書館に出かけるころには止んでいた。

ここ数日は翔太とその仲間や、崩れた恰好《かっこう》をした中学生たちを道ばたで見かけなくなった。乱闘事件の被害者であるかのように報道された彼らも、その後警察に取り調べられたという噂がわたしの耳にも聞こえていた。

「ねえ充」

図書館一階のロビーにある椅子に腰かけ、ペットボトルのコーラを買ってやった。

「なあに」

「もし、また赤ちゃんができたら、どうする？　可愛がってあげる？」

「あかちゃん？」

「そう、弟か妹」

充はげっぷを吐き出しながら、コーラを飲んで考えていた。

「かわいがってあげるよ」

「上に乗ったりしない？」

「わかんない」

「乗ったら死んじゃうでしょ」

「だって、わかんないよ」

足をじたばたと踏み鳴らした。

「ねえ、充」

「なあに」

「天国行く？」

「まだいかない」

「この前、約束したでしょ」

「だって、カオルさんが『そんなによろこんでくれるなら、またおすしとってあげるよ』っていったもん」

何かの歌を口ずさみながら、バッグからよれよれになった街の設計図を取り出す。あまりにいろいろな物を加えすぎて、本人以外には何が描いてあるのかわからない。充は鼻歌を歌いながら、さらに何か描き足している。

「じゃあさ、クワガタ取りに行こうか」

「クワガタ?」

「そう、大きいのがいるらしいよ」

「いくいく、どこ?」

「秘密の場所」

「なにクワガタ? オオクワガタ、ノコギリでもいいよ」

「いっぱいいるから選べばいいよ」

充はあわてて荷物をバッグにしまい、立ち上がった。

「ねえ、はやくいこう。どこ?」

「線路ぞいに行って、川を渡ったところ」

「かわ?」

「用水路があるでしょ。その向こう側が林になってる。あそこに秘密の木があって、クワガタがいっぱい集まってくるんだって」

「いくいく。クワガタとる」

充にせかされて立ち上がった。

「ねえ、むしかごもってこなくていい?」

「捕れたらアキタ屋で買ってあげる」

「やったあ」

片手にコーラのペットボトルを持ち、もう片方でわたしの指先を握る充に引かれて、わたしは図書館を出た。大雨で緑色が深くなった木の葉を熱風がそよがせていく。

「ちょっと待って」

思いついて、建物の壁まで引き返し、トートバッグから、たった今借りたばかりの本を取り出し、壁の返却口に落とした。種類を聞き分けられないほどたくさんの蟬が鳴いていた。


線路づたいに西へ向かうと、すぐに商店街が途切れる。人通りのほとんどない住宅と線路のあいだをさらに進んだ。

「ねえ、クワガタ、まだ?」

「もうすぐ」

やがて道は用水路につきあたり、直角に線路と反対側へ折れる。

それは幅が三メートルもない小さな水路だった。ふだんは、膝《ひざ》ほどの深さもない水に緑の藻が浮き鴨《かも》が遊んでいる。川幅が狭いため、雨が降った直後は深さが二メートル近いコンクリートの壁から、あふれるほどに増水することを知っていた。

用水路は、昨日の大雨で濁流に姿を変えていた。

「ねえ、どっちいくの？」

充がわたしの袖《そで》を引いた。

「ここを渡るよ」

「え、川わたるの？」

わたしは、茶褐色の川面《かわも》から視線をはずさないままうなずいた。大きな瘤《こぶ》のような水の固まりが底のほうから湧き上がり、小さな渦に分かれ視界から消えていく。延々とつづくその繰り返しを、しばらくみつめていた。

初恵さんの部屋で見た、画集の水面を思い出した。

「だって、はしがないよ。ねえ」

鼻にかかった声で充がまた袖を引いた。五十メートルほど上流に行かなければ橋はない。ようやく、充の顔を見た。こめかみを汗が伝っている。鼻の頭にも汗のつぶが浮いている。濁流よりも深く濃い瞳《ひとみ》にわたしの顔が映っていた。歪《ゆが》んで見えるその顔の未来について考えた。黒く濡《ぬ》れた瞳の未来について考えた。抜糸の済んでいない指がうずいた。

「充」

「なに？」

「やっぱり帰りな」

「ええっ」

袖をひいて身体をゆすっていた充が驚きの声を発した。

「なんで」

「お姉ちゃん、ひとりで行くから」

「やだよ。ずるいよ。クワガタつかまえる」

「うるさいな。さっさと帰りな」

充の胸のあたりを押した。充が二、三歩うしろによろめいた。

「ケチ。いじわる」

べそをかきはじめた。手のひらでぬぐった目の周りが茶色く汚れた。

水路ぞいに、延々と金属製の手すりが続いている。柵《さく》の向こう側には誰かが手入れしているらしい花が咲いていた。わたしは左右を見渡し、柵の下段に足をかけて乗り越えた。花の何本かが足の下で折れた。

「おねえちゃん。あぶないよ。はいっちゃだめだってママがおこるよ」

「うるさいから早く帰りな」

「いっしょにかえろうよ」

もう一度、音もなく盛り上がり渦を巻いては流れ去る、茶褐色の水面を見た。なんの思い出も浮かばなかった。

心の中で三つ数えて飛び込んだ。

服がめくれあがる感覚と、水に濡れていく感触が同時にあった。すぐに頭の上まで水につかった。目の前が泡で覆われた。無意識に手で水を掻《か》いた。大きな力で身体が流される。

水面に顔が出た。息を吐いて、沈もうとした。身体が何かに当たった。胸のあたりに感じる痛みの原因を触る。ロープだった。運河が線路の下を抜けるトンネルの手前に誰かが渡したロープにわたしはひっかかっていた。水量が増したため、中空にあるはずのロープが水面下に沈んでいる。たわんだそれに水草や枯れ枝がからみついていた。顔にしぶきがあたり、呼吸のたびに吸い込むなまぬるく泥臭い水が胃に落ちていった。

顔の半分ほどが水につかったまま、あえぎながらロープを摑《つか》んだ手に力をこめた。まず、左肩を抜いた。持ち手を替え、残る右肩をはずそうとしたとき、誰かの叫ぶ声が聞こえた。川岸を見上げると、すぐ近くに迫ってきた充の顔があった。ぎりぎりまで身を乗り出し、手をこちらにのばしている。

「来るな、あっちへ行け」

そう叫んだが、ただ水を吹き出しただけで言葉にならなかった。しぶきの向こうで充の口が「おねえちゃん」と動いた。鼻からも水を吸い込み息が苦しかった。早く楽になろうと考えた。もう一度ロープに力をこめ右肩と頭から外そうとしたとき、柵の向こうにいくつか大人の影が見えた。何かを叫んでいるように見えた。

身を乗り出していた充がすべり落ちた。

「ミツル」

叫ぶつもりが大量に水を飲んだ。

のばした指先をかすめて、ロープの下を充の頭が流れていった。

「ミブル……」

充の顔は一度も水面に浮かび上がることなく、すぐに見えなくなった。

「ミブ……」

大量の水が肺にはいった。苦痛は感じなかった。川の中で腹のない蟬が鳴いていた。すぐに何も見えず何も聞こえなくなった。

13

キッチンで母のつくる味噌汁《みそしる》が、湯気をたてている。

「あら、美緒おはよう。今日は一日中雨みたいね」

昨夜の残り物を電子レンジに入れ、ピピと慣れた手つきでボタンを押している。わたしは短く最低限の返事を返して、母がアルコールの匂いをさせていないことを確認してから、身支度をはじめる。

高校を卒業して半年近くが過ぎた。わたしの髪型はもう何年も変わらない。あの夏――薫さんのマンションで初めてひと月を過ごしたあの夏に、薫さんがしていたショートの髪型によく似ている。

さっとドライヤーをかけたあと、母と二人の朝食を済ませる。たまに話題を切り出すのは母からと決まっていた。

「今日も遅いの？」

「たぶん」

「晩ご飯は？」

「夜食が出るから」

「無理しないでね」

毎朝、会話はそれで終わる。

わたしは使った食器を洗い、身支度をして仕事に出かける。母についてたまに思うことがあるとすれば、帰宅したときに床で痙攣《けいれん》していないよう願うことくらいだ。

この七年のあいだに、母は十三回入院し、倍の年月を生きたような皺《しわ》を顔にきざんだ。数カ月の断酒。帰宅途中の飲酒。起き抜けの飲酒。早退、遅刻、欠勤。おなじサイクルの間隔が次第に短くなっていった。

二年前に担当医が変わった。「このままでは五年以内に死ぬ」と脅され、二度と飲まないと誓約書を書かされた。そのコピーが洗面所に貼ってある。

母はそれ以来、酒の匂いをさせていたことはない。月に一度通院する。何年経とうと気を許せば一度で元に戻る、医者はそう言ったそうだ。

朝は六時半に起きて、自分とわたしのために簡単な朝食の支度をする。わたしが仕事に出かけるのを見送って自分もパート先に向かう。

母は薫さんに紹介してもらったスーパーにまだ勤めていた。チェーン展開している店ではない。北口と南口たった二店のオーナーは、たびたび母が入院しても根気よく母を雇い続けている。正確にいえば、退院のたびに再雇用している。

「だから、言ったでしょ。あたしに気があるのよ」

薫さんは七年間、その話題になるたびおなじ説明をする。そのオーナーが薫さんに下心があって、母を雇い続けているのだと薫さんは笑う。真実かどうかさぐったことはない。ただ、塚越《つかこし》という名の社長がいまだに薫さんにプロポーズし続けているのは事実らしい。

「だってあたし、今年でとうとう四十歳よ。今さら花嫁衣装はね」と笑う。


七年という時間は経ったが、永瀬丈太郎との交流は続いていた。

月日を経るごとに、渓谷で負ったという怪我の後遺症に悩まされるようになった。特に足の痛みは慢性化し、次第に自力で歩くことが困難になって、家に引きこもるようになった。親戚《しんせき》づきあいもなく、定期的に訪問する賄い関係の人間以外で、接触があるのは薫さんとわたしだけだった。

充とつくったジオラマは、そのままになっている。黄ばみ変形し、もとの鮮やかさを失っていた。

数カ月前、丈太郎が癌に冒されていることがわかった。

もとは前立腺《ぜんりつせん》の癌らしいが、発見されたときにはすでに何カ所かに転移していた。自分は癌だと告げたあとで、泣き崩れた薫さんをなぐさめたのは丈太郎自身だった。

「人はいつか死ぬ。わたしもずいぶん前から心の準備はできている」

丈太郎は手術を拒んだ。

「もしかすると、先生は癌に気づいていたのに、手遅れになるまでわざと放っておいたのかもしれない」

一度、薫さんがめずらしく酔って、わたしに言ったことがある。その意見にわたしは賛成も反対もしなかった。


わたしは母と生活していたが、それは打算の共生といえたかもしれない。

高校卒業後、わたしは働いていた。見習いの未成年の給料でひとり暮らしは困難だった。わたしはほかに生活の当てもなく、母はアルコールに頼らずひとりで生きていける自信がなかった。

高校へ通う費用のうち、わたしがアルバイトで捻出《ねんしゅつ》できない部分は薫さんが立て替えてくれた。働くようになって、少しずつ返しはじめている。

母の行為を認めることはできないが、わたしなりに母の病気について調べていた。以前はアル中と侮蔑《ぶべつ》的に呼び、だらしなさがもたらす悪癖ととらえられていたが、次第に欧米の流れを受けて精神障害として認知されるようになった。予備軍も含めると成人の十数人にひとりが依存症だという説もある。

日が落ちた繁華街で、アルコールを売らない店を探すことは困難だ。この落とし穴に満ちた社会に、母は生きてゆく宿命を負った。だがそれはわたしのせいではないし、充のせいでもなかった。

相変わらず、疲労がたまった夜などに、昔とおなじ夢を見る。

五歳のままの充が背のびをして、ベビーベッドに寝る穣の頭をたたいている。母は知っていながらすぐに夕飯の支度をはじめる。「今夜も遅いの?」と肩越しに聞く。いつのまにか父が立っている。父の両脇には新しい妻と娘が立っている。「飯はいらない」父が答える。父のあたらしい家族は充をみて笑っている。父の視線が、その場に存在しないはずのわたしをとらえる。ただ、感情もなくみつめる。わたしは何かを叫びかえそうとする。声にならない。声を出そうと全身の筋肉を緊張させる。胸が焼けるように痛む。声の代わりに赤い毛糸がのどからのびていく。

いつもとおなじく暗い部屋で目覚める。いつもとおなじく全身に汗をかいている。

その朝がいつもとひとつだけ違ったのは、わたしを目覚めさせたのが寝汗の冷たさではなく、携帯電話の着信音だったことだ。相手を確かめる。薫さんからだった。時刻は五時をわずかに過ぎたところ。

「もしもし」

「美緒ちゃん」

声がかすれて聞こえるのは時刻のせいか、別な理由だろうか。

「はい」

「あのね大変なの」

大変と聞いて、すぐにいくつかの記憶が蘇《よみがえ》る。キッチンに倒れ荒い息をしている母。雨の歩道に倒れ、遠巻きにした通行人に見下ろされている母。階段をふみはずし転落したまま、動かない母。

最後に、母は別の部屋で寝ていることを思い出す。

「どうしたんですか」

「永瀬さんが……」

「永瀬さん？　ケンジさんがどうしたの」

「火事で、家が燃えて、大火傷《おおやけど》なんだって」

「火事。大火傷って、ひどいの？」

「今はまだ生きてる……」

「まだ生きてる」

薫さんの言葉が切れた。

言葉に出して意味を考える。

すすり泣く声が聞こえる。

「もしもし、薫さん」

大きな声で呼びかける。

「ごめんね、取り乱して。あたし、これから病院に行くけど、どうする？」

「もちろん行く」

待ち合わせについて簡単に話し、電話を切った。うす暗い部屋、窓際に立ちカーテンをめくる。白々と明けかけた通りを新聞配達のバイクが走り抜けてゆく。

わたしは、まだ今日の色に染まりはじめていない風景をながめながら、「ケンジさん」と小さく口に出した。

第二部

1

きゅっ、きゅっ。

ほの暗い病室を宿直の看護師が巡回している。薄いベージュ色のPタイルが敷き詰められた床と、ゴム底の上履きがこすれる音が広い病室全体に響く。

ここN医大附属病院では、七階の大部分が集中治療室《ICU》になっている。ひと部屋にせいぜい六人程度の一般病棟に比べて、フロア全体を見渡すことができるため開放感がある。ただそこに横たわる患者たちは、ほとんどの場合、最新の機械に感心することも窓から見える夜景を楽しむこともできない。

若い女の看護師は、いつものように患者のカルテを確認しながら、異常がないかを看《み》てまわった。

三人目のカルテを見る。今日の——もうすぐ昨日になるが——未明に運び込まれた重体の患者だ。

――永瀬丈太郎。男性。七十歳。O型。頭部及び右手に一度から三度の火傷《やけど》。右手二指から五指、及び甲の一部に炭化が見られたため、緊急最低限の Debridement 手術を施した。気道熱傷による上気道の閉塞《へいそく》あり。Tracheotomy による挿管。抗菌薬投与……。

引き継ぎのときに、皮膚移植手術をするかどうか要観察である、と聞いた。

「ようするに、もうすぐ死ぬのに右手だけ皮膚移植してみてもしかたない、ってことね」

先輩の看護師は、ささやくように言ってから肩をすくめた。

重傷すぎて、自分のすることはない。身体からのびたコードの先にある計器に、異常はないか、特異な数値を表示していないか。『ようするにまだ生きているか』それを確かめるだけだ。血圧が低いようだが、ドクターに連絡するほどでもないだろう。

若い看護師は小さく咳払《せき》いしてから、となりの患者のカルテを手にした。

＊＊＊＊＊

永瀬丈太郎が大学卒業後、一年間の浪人生活を経て司法試験に合格したのは、六十年安保の嵐が吹き荒れているさなかだった。

司法修習生の初期から、検事の道を選ぶと決めていた。

やがて希望がかない検事に任命され、まず東京地検に配属となった。その後は多くの先任者たちの例にもれず、地方と大都市圏の任地を、二年から三年の周期で転任した。この間に見合い結婚をし、ひとりの娘をもうけた。瑠璃と名づけたこの娘が五歳を目前にした春、松本支部への転勤が決まった。

永瀬は初め単身赴任を覚悟したが、意外なことに、東京近郊を出たことのない妻の初恵が、ぜんそく気味の娘のためにぜひ一緒に行きたい、と主張した。相変わらずの激務で、ふだんあまり会話する機会さえない永瀬はこれを喜んだ。腰のなくなった座布団のようにくたびれて帰宅したとき、無邪気な瑠璃の寝顔は貴重な元気の源だった。


長野地検松本支部。

永瀬丈太郎は着任の挨拶《あいさつ》まわりもそこそこに、さっそく引き継ぎの勉強をはじめた。捜査中の事件、逮捕取り調べ途中のもの、すでに公判が進行している案件。数十件の詳細を、可能な限り早く吸収しなければならない。

ほとんど連日のように、深夜まで資料を読み込んだ。

勾留《こうりゅう》期限の迫ったものや、公判日程が組まれたものを優先して、どうにか不手際をしないよう全力をつくしているうちに、早くも半月が経ってしまった。

この日は現在水面下で調査中の事件について、事務官と打ち合わせをすることになっていた。

「さて、次はいよいよ真打ち登場。例の汚職疑惑です。もっとも今のところ水面に浮上したのは、しがない市議の選挙違反ですがね。同時進行でこちらも……」

永瀬と相方を組む検察事務官の友田《ともだ》が、独り言のようにつぶやきながら、ばさりとファイルをめくった。この友田は、今年三十五歳になる永瀬よりも、ちょうど五歳年上だった。小柄な男で、髪をきちんとオールバックになでつけている。

文章を読むだけの理解では限界があり、友田から生の声で主だった事件のレクチャーを受けていた。

唐突にガキンと大きな金属音がした。

窓際に備えつけられた、スチーム暖房のパイプが立てる音だった。四月とはいえ朝夕はまだ冷える。草食動物の長い腸を連想させる、この銀色の暖房機にまだ半月ほどはお世話になるのかもしれない。

「この一件は長期戦になりそうですね。腰を据えないと。……お嬢さん四歳でしたっけ。可愛いさかりですよねえ。寝顔しか見られない日がしばらく続きますね」

「寝顔が見られるだけ幸せです」

「みなさん、似たようなことをおっしゃいます」

友田の笑いに適当な苦笑を返し、永瀬も資料の山からひときわ厚い束を取り出した。

板目紙の黒い表紙には、単なる通し番号である事件ナンバーと『川添《かわぞえ》土建贈収賄事件』という控えめな表題が貼ってあるだけだった。

永瀬は自分に顔を向ける友田が、眩《まぶ》しそうな表情をしていることに気づいた。いつのまにか西日が差し込んで、テーブルにまで侵食している。打ち合わせに熱中していて、気づかなかった。背にしている大きな窓のブラインドを降ろした。

「ありがとうございます」

年下の検事の気遣いに礼を言って、友田は資料をめくった。

「上のほうじゃ、小宮《こみや》市議の家宅《やさ》を押さえてからいよいよ本腰、と思ってるみたいですね」

「上といいますと？」

「まあ、つまるところ検事正の下駄《ゲタ》さんです」

永瀬は顎《あご》に手をあて、椅子の背もたれに身をあずけた。下駄さんこと並木《なみき》検事正の顔は何度か見たことはある。四角く張った顎と濃い眉《まゆ》が、有名な男性四人組歌手のひとりに似ているため、いつしかおなじあだ名で呼ばれるようになった。長野地検の最高責任者である。

一見穏和な顔に似ず、激情型という評判でもある。

今回の件は、満を持して一網打尽にせよ、と檄《げき》を飛ばしたらしい。通常、捜査起訴の実務は、副官にあたる次席検事が掌握している。友田の言うことが本当ならば、検事正みずから意気込みを示したことになる。

「もしかすると、材料がそろったところで、地検本部がまるごと持っていくかもしれませんね」

友田が頭をわずかに揺らしながら、片方の眉を上げた。永瀬は書類に視線を落としたまま答える。

「それはしかたがないでしょう。この支部もこぢんまりした所帯ですから。まあ、罪が暴かれるなら、誰の手によってだろうと関係ありません」

友田が眉を上げたままの表情で永瀬を見た。

「やっぱり」

「は？」

不審な表情で永瀬が見返す。

「いえね、噂、聞きましたよ。千葉時代に白星を連発したそうですね。今回の捜査に合わせての、引っこ抜きらしいじゃないですか、本来なら長野地検本部にいくべきところ、どうしても人事の都合で……」

永瀬が手のひらを向けて遮った。

「まあ、そんな話はおいときましょう。それより、どうします。ここらでひと息いれますか」

永瀬が自分の肩をたたいた。もう二時間近く問答が続いている。

「そうしましょう」

友田がファイルを閉じた。

「コーヒーでも飲みましょう。わたしが淹《い》れてきますよ」

「いつもすみません」

腰の軽い友田が笑顔で立ち上がり、給湯室に向かった。

永瀬は椅子から立ち上がり、背筋をのばす。思わず「うん」と声が漏れる。ブラインドを捻《ひね》り庁舎の裏庭を見下ろす。四月も半ばだというのに、桜がまだ五分咲きだ。東京はとっくに散ってしまっただろう。人通りのない裏道などには雪も残る。あまり雪を見たことのない瑠璃は、半ば根雪になった白い塊に驚いたり喜んだりしている。

自分もこの半月、ほとんど夢中で過ごしてしまった。常にベストを尽くすことができただろうか。これから尽くすことができるだろうか。

永瀬に振りあてられた事件はぜんぶで五十件程度。かなり少ない。千葉のときには同時に百件近く抱えることもあった。つまり、それだけ上層部が川添土建贈収賄事件を重要視しているということだ。

——齟齬《そご》をきたすようなことがあってはならない。

永瀬は自分で首のこりをほぐしながら、くるりと頭を回した。

どこからか子供たちの歌声が流れてくる。まだ幼い声のようだ。ふと、瑠璃の寝顔を思い出す。

友田さんがあんなことを言うから——。

ふたたび苦笑が浮かぶ。瑠璃と顔を合わせることがあっても、そのほとんどは彼女が寝ているときだ。顔を思い浮かべようとすると、まずは寝顔が浮かんでしまう。しばらく記憶の倉庫をあさって、ようやくアイスキャンディを食べている笑顔を引き出すことができた。

「さて、それほど複雑な人間関係でもないですが、疑惑全体の相関図を確認しておきましょう。ここに書いてみますので、認識に間違いがあれば指摘してください」

五分も経たないうちに、永瀬は一方の壁に掛かった黒板に向かい、白いチョークを手に持った。

「まずは川添政信《まさのぶ》。県下屈指の資産を保有する、川添土建の社長にして県政のフィクサー、疑惑の中心的人物」

黒板の真ん中あたりに川添政信と書き、楕円《だえん》で二重に囲んだ。ここから右へ線をのばし、その先におなじく楕円で囲んで、佐々岡平太《ささおかへいた》（県議）と書いた。

「かれが、収賄側のトップ。県の農政のドンと呼ばれている。農地の工業用地転用の認定も、この佐々岡のひと声で決まると言われている」

「政界中央ともパイプを持っていますよ。農林大臣とも親交が厚いようです。さぞ金がかかるでしょうね」

友田が補足した。永瀬は、彼がコーヒーカップに手をつけていないことに気づいた。

「あ、友田さん、どうぞ飲みながらで。わたしは猫舌なので、少し冷ましてからにします」

「ああ、はい。それじゃ遠慮なく」

友田が瓶のキャップを開け、粉のクリームを溶き入れ、スプーンでかきまわしはじめた。

「こいつを入れないコーヒーなんて……」

「さて、川添社長の狙いです。まずは、工業団地転用候補地を一手に握りたい。その上で、開発がはじまった暁には、大手デベロッパーに土地を有利に転売する。さらに、売却の際は自分の会社を工事下請け業者として指名するよう、条件をつける。見返りとして周囲の農道を県予算を使って整備し、工事車両の通行を認める。こんなところでしょうな」

「ざっと言えば」

友田がうなずく。

「この筋書きを実現するためには、県議の佐々岡の協力、場合によってはそのパイプから、中央の圧力も利用する必要がある。働いてくれた佐々岡県議に、少なからぬ額の謝礼をする。……まあ、日本全国にいくらでも類型がありそうな事件ですね。この一種形式美ともいえるほど単純で美味《おい》しい贈収賄話には、正直わたしでもちょっとくらっとなりますよ」

カップに口をつけていた友田が吹き出しそうになって、あわてて机に置いた。

「また、冗談を……。いや、まんざらでもないか。そのときはわたしも是非ひと口乗らせてください」

二人は顔を見あわせて笑った。

「さて、冗談はさておき、この癒着関係は、今さらはじまったことでもなさそうですね」

永瀬丈太郎は、黒板の佐々岡県議から斜め下に線をのばし、こんどは小宮淳造《じゅんぞう》（市議）と書いた。

書いているあいだに、友田が口を挟む。

「まあ、なんだかんだいって田舎ですから、今まではみんなの利害が一致して、口を閉ざしていたんでしょうね。ところが、アメリカ留学を売りにした野党若手県議が、はりきって県政と川添の癒着を暴露した。スタンドプレーには拍手を送るものもいるが、『殺す』という脅迫電話が一日何本もかかったそうです。愛車のＢＭＷに牛の糞《ふん》がべっとりついていた、と被害届けがあったのは先月でした。オープンカーじゃなかったのが不幸中の幸いですな」

コーヒーを飲み終えた友田が、自分のノートに目を落とす。猫舌の永瀬はようやく最初のひと口をつけた。

「佐々岡県議は、川添社長の仲介で、候補予定地をタダ同然の値で五千坪も買った。いずれは、川添が十倍以上の値段で買い戻す。そんな密約ができた。しかしいくらずうずうしくても、本人名義というのはいかにもまずい。そこで県議の妻である佐々岡淑子《よしこ》名義にした。この淑子が小宮市議の姉だった、と。関係図としてはこんなところでしょうか」

「おおむねそんなところです。われわれの任務は、まず川添土建の社員を洗うことからです。手始めに、経理部長に私服の美人婦警でもあてがいますか」

永瀬の口が半分ほど開いた。

「こっちじゃ、そんな手を？」

友田が吹き出した。

「やだな、永瀬検事。冗談に決まってるじゃないですか」

ふたたび顔を見合わせて笑った。

「そういえば」

友田がうっかりしていたという口調で言った。

「竹本巌《いわお》、ご存じですか？」

「ええと、画家の？」

「そうです。そっちの世界じゃそこそこ大家らしいですが、なんだかこの連中とつきあいがあるらしいですよ」

さすがに名前ぐらいは知っていたが、美術に興味のない永瀬は、この画家がどんな絵を描くのかも知らなかった。

ただ、画家だろうが世界的建築家だろうが関係はない、法を犯せば検挙する。それが仕事だと思った。

「わたしはこれで失礼させて頂きますが、永瀬さんはどうされます」

帰り支度をはじめた友田が声をかけた。永瀬は、壁の飾り気のない時計を見る。午後八時半だった。

「明日《あした》から尋問もはじまりますし、もう少し予習しておきます」

「しかし……」

支度の手をとめて、友田が笑った。

「わたしも、何人もの検事さんとご一緒しましたが、皆さんに共通しているのは、恐ろしいほどの仕事熱心さですね。表面上は厳しいかたもやさしいかたもいらっしゃったけど、これだけは……」

永瀬が「もうわかった」と手を振りかけたところに電話が鳴った。

「なんだろうな」

眉《まゆ》をひそめて友田が出る。夜遅くなっての電話はあまりいい知らせだったことがないと、昨日もこぼしていた。

「はい、はいそうです。……お待ちください」

友田が緊張した表情で受話器を突き出した。

「兼田《かねだ》さんです。ものすごく機嫌が悪いです」

後半は声をひそめて言った。

兼田とは、この支部の長である検事の名だった。

永瀬は受話器を耳にあてた。

「代わりました。永瀬です」

兼田支部長の、ぶつりぶつりとちぎるような話し声が、左の耳から流れ込んでくる。 メモを取るためにボールペンを持った永瀬の指先が、そのまま止まった。

「わかりました」

受話器をおいても、ボールペンはおなじ場所にあった。最初の文字を書きかけて止まっている。よく見ればかすかに先が震えていた。

「どうしました？」

鞄《かばん》を脇に置き、自分の机のはしに腰かけていた友田が顔をのぞき込む。永瀬が顔を上げた。

「今から支部長のところに行きます。緊急の打ち合わせがあります。友田さんはあがってください」

「どうしたんです」

ただごとでない雰囲気を察したのか、友田がいつしか永瀬のすぐ脇まで来ていた。永瀬は一度顔をつるりとなでてから、友田を見上げた。

「市議会議員の小宮淳造が、事務所で首を吊《つ》ったそうです。搬送先の病院で死亡確認。明朝一番で解剖。これから遺書の検分をするというので、わたしは立ち会います」

友田は口を半開きにしたまま、立ちつくしていた。

2

翌朝、いつもより早めに執務室のドアをあけて友田がかけ込んできた。

「あ、いらっしゃった。これ」

手にしていた新聞のページをめくりながら差し出す。机で考えごとをしていた永瀬は、友田がばさばさと広げた新聞に視線を落とし、うなずいた。

「はい。それは読みました」

社会面トップは、日本中に衝撃が走った川端康成《かわばたやすなり》自殺の続報だった。その陰に隠れてはいたが、友田が指さす先に、小宮市議の自殺に関する二段組みの記事があった。

《松本市議会議員自殺。別件逮捕への抗議か》

《「ふさぎ込んでいた」家族語る》

昨夜の事件だったので、詳しい取材がまにあわなかったのだろう。見出しの割には、事実関係が簡単にならんでいるだけだった。

「どうしてこんなに早く。……それも別件逮捕だなんて」

友田が、新聞を自分の机に放り投げた。『奥越《おうえつ》新聞』という題字が見えた。

「リークかもしれません」

「リーク？」

「川添——佐々岡側から情報を流したんでしょう。先手ですよ。小宮の家は古いと聞きました。自殺と聞けば同情の声もあがる。人情味の厚い土地柄を使ったずるい手だ」

「だとしても、……そうだとしても、なぜ奥越新聞だけが？」

永瀬は顔を振った。

「わかりません。そのあたりの事情は、地元のかたのほうが詳しいでしょう」

「あとで、ほかの事務官にも聞いてみます」

友田は支度をといて、仕事の準備をはじめた。

永瀬は今後のことに思いをめぐらせた。小宮市議を受け持ったのは岩下《いわした》という検事だったが、支部全体のダメージには違いなかった。次の手はどう打つべきか。急襲するか、ようすを見るか。下駄さんの耳にも当然入っただろう。

「遺書にはなんと？」

執務室の準備を終えた友田が聞いた。

永瀬は、すでに昨夜から十回以上読み返した、小宮淳造が残した遺書のコピーを友田に渡した。まだわずかにアンモニア臭の残る青焼きコピーを受け取った友田は、声に出して読み上げた。

「私事、小宮淳造は地元皆様のためによかれとの一念から、こんかいの不始末を招くに至りました。かさねて私利私欲ではございませんが、不始末の責任は全て私にあります。死をもってお詫《わ》びもうしあげます。すべて私の一存から生じたことゆえ、ほかの皆様にはまったくの事おとがめなきよう、その一点を伏してお願いもうしあげます。小宮淳造。……なんですこりゃ」

腹立たしさのぶつけ先がない友田が、遺書のコピーをばさばさと鳴らした。

「文章だって支離滅裂だ」

「かえって、切実です。痛々しい。……そしてばかばかしい。贈収賄くらいで死ぬことはない」

ぼそっとつぶやいて、永瀬は腰を下ろした。

「友田さん。これは長期戦になるかもしれませんね。昨夜も兼田支部長が、腹をくれと檄《げき》を飛ばしていましたし」

窓の外をながめながら、ぼんやりとした口調で永瀬が続ける。

「もともと、腹なんかくくってますよね」

友田が机を軽く打った。

「よく言ってくれました。コーヒーを淹《い》れます」、

上着をハンガーにかけると、奮然として友田は部屋を出て行った。

「予定をずいぶんオーバーしてしまいましたね」

証人を送り出して部屋に戻ってきた友田が言った。

朝一番で呼び出した、出廷予定の女性証人からの聞き取りは、思ったより長引いた。汚

職も気にはなるが、ほかの案件が待ってくれるわけでもない。自分の事件を滞らせるわけにはいかない。

永瀬が椅子から立ち上がってのびをした。

「協力的なのはありがたいが、彼女、いつも話が長くてね」

腰に手をあてて友田を見ると、おなじことを考えたのか笑っていた。

「次はどうします？」

友田が自分の首をもみほぐしながら、永瀬の指示を仰ぐ。

「十分ほど休憩してから呼んでいただけますか。コーヒーは我慢しましょう。あれは意外に匂いますからね。こいつ今まで一服してたな、などと思われたくない」

友田が、ふたたび笑いながら部屋を出ていった。手洗いにでも行ったのだろう。

ブラインドのすき間を指でこじ開けて、庭の景色をながめる。窓から見える範囲に青空はない。

――事件の先行きも明るくない。

口には出さないが、永瀬は心の中でこじつけのようなことを考えて苦笑した。

朝から一度も日の差さないこんな日は、北アルプスも陰鬱《いんうつ》に見える。

小宮市議の自殺から早くも一週間が経つ。ゴールデンウィークも目の前だというのに、小宮ルートは暗礁に乗り上げたままだ。

気分も爽快《そうかい》というわけにはいかない。帰宅してもむっつりと考えごとをして、初恵の問いかけにもろくな返事をしないことが多い。あとになって反省するが、翌日もまたおなじことがくりかえされる。

——お見合いだそうですね。しかも目撃した職員の話だと、美人だそうじゃないですか。早く帰りたいんじゃありませんか？

友田の口調を思い出し、窓に映った自分の口もとに笑みが浮かぶのを見た。永瀬は自分からあれこれしゃべるほうではないが、内なる熱血を隠しきれない、あけっぴろげな友田の性格が嫌いではなかった。

天気予報では夕方から雨だと言っていた。桜の花もすっかり散った裏庭には、華やかな色合いがない。こんど瑠璃を連れてきて、殺風景な花壇に花でも植えよう。永瀬は手のかからない樹木しか植わっていない庭を見て、そんなことを考えた。官舎には庭がないから、花と土いじりの好きな瑠璃は喜ぶかもしれない。もしかすると、初恵も参加するかもしれない。

瑠璃が生まれる直前、永瀬は福岡地検に単身赴任した。初恵は両親のもとへ戻ることになった。彼女の父親は大きな家具店の社長で、自宅は世田谷にあった。門から樹木に遮られて、母屋《おもや》が直接見えないような屋敷で初恵は育った。父親の会社は岩戸景気の波に乗って業績をのばし、今も経営は順調らしかった。

初恵は、同居を驚喜する両親のもとで瑠璃を産んだ。それ以来、初めての引っ越し先が今の官舎だ。庭で野鳥の観察ができるような邸宅からこの官舎に移り、会話の相手もなく寂しい思いをさせているかもしれない。

机のすみに置いた、ペーパークラフトの東京タワーに目がいった。永瀬がつくったもので、きちんと色も塗ってある。むかしから工作が好きで、いつしか不要のハガキをつかって建物を造るのが趣味になった。瑠璃の望みに応えてやると、目を輝かせて喜ぶ。残業の合間に少しずつつくって、ようやく完成した。今日にも持ち帰ってやろう。

タワーに手をのばそうとして、積み上げたファイルに触れた。小宮の名が見える。現実に返った。

小宮は小物ながら、つなぎ役としては最も重要な役どころだった。彼の自殺は、たった一発で強力なダメージを、この松本支部に与えた。川添土建の調べも思うように進んでいない。

第一報を載せた奥越新聞は、その後も、中立性を欠いているのではないかと思える論調で、捜査当局を非難している。そこへ持ってきて、検事のひとりが交通事故を起こした。ふだんなら記事になどならない小さな事故だったが、「検察は、身内なら微罪で逮捕しないのか」と責められた。

あちこちから情報を仕入れてきた友田が、「おそらく」という但し書きつきで、その理由を説明した。

奥越新聞は新潟、富山あたりから東北南部一帯に百万部ほど配布されている。地方紙としては大きい。長年、長野地方への進出を狙ってきたが、地元紙で有力な開智《かいち》新報と、大手全国紙のすき間にはなかなか入り込むことができなかった。

「川添、佐々岡グループで便宜を図るというような話があったのかもしれません」

「しかし、地方紙とはいえ公器でしょう」

「もちろん、口約束程度でしょう。ただ、奥越新聞社主の倉持《くらもち》と県議の佐々岡が姻戚《いんせき》関係にあるとなったら、口約束にも重みも出るでしょうがね」

地方都市は、利権のほかに血縁の要素が加わるから複雑になる、とこぼした。

永瀬はため息をついて、外の景色に目をやる。最近こんなことが多くなった。窓の向こうでは、黄緑色と呼ぶのがふさわしい若葉が揺れている。ゴールデンウィークの初日を来週に控えたこの日は、風がやや強く雨の予感をさせた。

ふたたび、瑠璃のことが浮かんだ。

こちらで通うことになった幼稚園の送迎バスは、官舎敷地前の道路に停車してくれるらしい。瑠璃は、毎朝初恵に見送られ、このバスに乗って五分ほどの園に向かう。

「おかあさん、きょうはカサいる?」

園に通いはじめた初日に急な雨に降られて以来、毎朝かならず出がけにそうたずねると、初恵が笑っていた。

「はずれると、帰ってきてから叱られるから、毎朝天気予報は見逃せないんです」

今日は夜から強い雨になるらしいぞ、傘は持っただろうか——。

「どうしました。にやにやして」

部屋に戻った友田が、永瀬の顔をのぞきこんでいる。

「いや」わずかに赤くなった顔を、わざとしかめて見せた。「別になんでもありません」

「わかった、瑠璃ちゃんのことですね」

「いや……」

「隠さなくたっていいじゃないですか。鬼の検事さんだって娘は可愛いでしょう」

「鬼はひどいな。これでも仏のつもりです」

笑いながら、友田が次の召喚手続きをはじめた。友田の言葉に刺激されたのか、たった一度だけ居合わせた瑠璃の通園風景を思い出した。

——いってきまあす。

——忘れ物はないわね。

黄色いバッグをたすきにかけ、送迎バスの乗り場までひと足ごとに飛び跳ねていった。

——気をつけないと転ぶわよ。

初恵が笑いながら声をかける。

——はあい。

瑠璃は飛び跳ねながら背中で答える。

目の前で黒電話が鳴っていた。

一旦《いったん》取り調べがはじまれば、基本的に電話には出ないことにしている。被疑者呼び出しの前でよかった。

「はい。永瀬です」

「捜査一課の黒木《くろき》です」

何度か話して、その声に覚えがあった。県警捜査一課長の黒木良明《よしあき》だった。

刑事と直接やりとりする機会は多いが、捜査一課長が前ぶれもなしに電話してくるのはめずらしかった。

どの案件だろう――？

川添土建事件で、また急展開でもあったのだろうか。いやそれなら一課ではない。強行事件でも発生したのか。黒木がしゃべり出すまでのわずかな間隙《かんげき》に、それだけのことを考えた。ところが、黒木が用件をしゃべりはじめたとたんに、不思議なほど思考がゆっくりになった。

「……すぐに車を行かせます」

気がつけば、ツーツーと機械音が流れている受話器を戻し忘れていた。黒木のほうではとっくに切ったらしい。永瀬は頭の中で、たった今黒木がしゃべった内容を復誦《ふくしょう》していた。

「どうされました？」友田が身を乗り出す。「顔が青いですよ」

「友田さん……、申しわけありませんが、このあとの尋問は延期していただけませんか」

「え、でも」

「関係者には謝ってください」

突然のことに、さすがの友田もすぐに「はい」とは言えないようすだった。永瀬が個人的な理由で予定をのばすことなど、考えられなかった。

「どうしたんです。いったい何ごと……」

「娘が——瑠璃が、さらわれたそうです」

顔を合わせるなり切り出した永瀬に、顔見知りの富川《とみかわ》という警部補が、移動しながら話しましょう、とパトカーに誘った。

「誘拐に間違いありませんか？」

私服の若い刑事が運転し、うしろのシートには永瀬と富川が座った。体の大きい富川の尻《しり》がシートの中央からはみ出していたが、永瀬が痩《や》せていたので窮屈ではなかった。

車が庁舎の敷地を出るころには、富川が説明をはじめていた。

「お子さんの通う幼稚園の園児たちが、近くの青葉《あおば》公園で自由行動をとっていたところ、錯乱状態と思われる男が鉄パイプを振りまわしはじめました。……いえ、この男は誘拐犯ではありません。通行人らの協力もあって、すぐに取り押さえられました。身柄は確保してあります。この直後、一一〇番通報の来たのが午前十時四十二分です」

永瀬は腕時計を見る。一週間ほど前に雨に濡《ぬ》れ水滴が入り込んだため、今でもガラスがわずかに曇っている。それでも時刻は読める。十一時三十五分。

「男の詳細はいまだ不明——だな？」

富川が運転席の若い刑事に声をかける。刑事は半分程度顔をまげて「はい」とだけ答えた。

「さいわい大きな怪我をした子供もなく、騒ぎが落ち着いたところで、職員が逃げまどって公園内にちらばった園児をあつめました。ところが点呼するとひとりたりない。それが瑠璃ちゃんでした」

指紋ひとつなく磨かれた、窓の向こうを風景が流れていく。シナノキの並木、笑いながら歩いていく男女、犬を連れた初老の男。ベビーカーを押した母親。

「さらわれたという証拠は？」

「今のところ目撃者がひとり……といっても園児なんですが。瑠璃ちゃんが知らないお兄さんと手をつないで逃げていった、と証言しています」

「暴れた男の調べは？」

「これから本腰になりますが、あまり……」

語尾を濁して頭を左右に振った。

「どういうことです」

「話すことが支離滅裂らしいですわ。その、……三十九条くさい」

「心神喪失」

永瀬は灰色をした車の天井を見上げ、つぶやいた。

「瑠璃はどこか近くにまだ隠れているのでは？」

ルームランプあたりをにらんだまま聞く。

「職員たちもそう考えてしばらく探しましたが、どうしても見つからないため、通報してきました。われわれも、可能性のありそうな場所はあたりましたが、どこにもいません。今、奥さんのほうにも迎えが行っています。連絡がこないということは、お宅に戻ったのでもなさそうです。それに……」

きびきび話していた富川が、一瞬言いよどんだ。

「なんです？」

永瀬がのぞき込む。

「公園の出口から五十メートルほどいった路上に、靴が片方落ちていました。『ながせるり』と名前がありました」

富川が、すでに機動捜査隊が到着しているはずで、ただちに聞き込みに入る、というような説明をした。永瀬は普段の習性で、たった今得た情報から事件の概要を組み立てようとしたが、どうしてもうまくいかなかった。

傘は持っていっただろうか――。

何度振り払っても、そんな考えが浮かんだ。

まだあまり土地勘のない永瀬には、官舎からそう遠くない公園だと言われても、ぴんとこなかった。

「着きました」

降ろされた公園を見渡す。やはり見覚えはない。広場と木立が組み合わさった、どこにでもある自然公園といった印象を受けた。ただ、たれ込めた空のせいか、陰鬱《いんうつ》な感じを抱く。

回転灯を回したままのパトカーが二、三台見える。制服警官や刑事らしき男たちが話し込んでいる。富川に連れられた永瀬を見つけて、集団のひとりが脇に立つ女性に何か告げた。背を向けていたその人物がふりかえった。初恵だった。

「あなた」

かけよった初恵が、永瀬にしがみついた。まわりの警官が見ている。ふだんならその腕をほどいたかもしれないが、代わりに背中を軽く叩《たた》いた。

「まだ見つからないのか」

身体をはなした初恵が「はい」とうなずいた。涙こそ流していなかったが、目は真っ赤に充血していた。

富川は、先に来ていた刑事と二言三言しゃべってから、ふたりの人物を連れてきた。

「園長さんとつきそいの先生です」

「園長の中島《なかじま》と申します。こちらが、瑠璃ちゃんを受け持っている藤川《ふじかわ》です。このたびはとんだことで……」

黒縁の眼鏡をかけた五十年輩の男と、三十前後に見える女がそろって頭をさげた。

「連れていかれるところを目撃した、という子供は？」

永瀬はつい検察官の口調になった。

「ああ、はい」

中島園長がふりかえった先には、ベンチに腰かけ、瓶入りのジュースを飲んでいる少女がいた。女の警官が、笑顔でうなずきながら話を聞いているところだった。

歩み寄る永瀬に気づいて、婦警が立ち上がった。検事だと聞いているらしく、やや緊張感を漂わせている。

「ご苦労さまです」

ふくよかな顔を硬くして敬礼した。

「目撃したというのはこの子ですか？」

「あ、はい、そうです」

閉じたばかりの手帳をめくる。

「ええと、名前は吉岡薫ちゃん。お嬢さんとは最初の日にお友達になったそうです」

紹介されたことがわかったのか、薫と呼ばれた髪の短い少女はくりくりとした瞳《ひとみ》を永瀬に向けた。

永瀬はつい視線を逸《そ》らせて、先をうながした。

「連れ去られたのは間違いないのでしょうか」

「騒ぎの途中に、知らない男と――本人はお兄さんという呼びかたをしていますが、手を引かれて逃げていったそうです」

同意を求めるように、警官が薫の顔をのぞく。薫は瓶に口をつけたまま うなずいた。

「るりちゃんね、あっちにげた」

指差した先には出口が見える。

「逃げるときに、瑠璃ちゃん嫌がってなかった?」

腰を下ろして、目の高さをあわせて直接聞く。

「うんとね、いやがってなかった」

「すくなくとも、はっきりと抵抗はしていなかったようです」

婦警が口を添える。

園長の中島が、言い訳をはじめた。いかにしてこのような事態に陥ったか、責任は感じているが、園も被害者であることを遠回しに主張していた。

初恵を見ると、青ざめた顔に唇をかみしめたままうつむいている。初恵の実家は、豪快な商いに似ず、敬虔《けいけん》なクリスチャンだと聞いた。祈りをささげているのだろうか。

富川が足早に近づいてくる。

「目撃者《マルモク》が出ました」

はしょった口調に緊迫感が漂う。永瀬の顔が強張《こわば》った。

「瑠璃ちゃんの靴が見つかったのは、この子が指差したあの出口から五十メートルいったところですが、そのあたりで、園の制服を着た女の子を車に乗せて去っていく男を、見た女がいました」

「直接話せませんか」

富川は腕を組んだまま、目をほそめて永瀬を見つめた。数秒そのままいてから、腕をほどいた。

「おい、萩原《はぎわら》」

指先をまげて、十メートルほど離れた場所に立つ部下を呼んだ。返事をした私服刑事のとなりに立つ女に視線を向けてから「ちょっと来てくれ」と呼びつけた。

見たところ四十代あたりらしいいかにも主婦然とした女が連れられてきた。手には買い物かごを提げている。

「なにか」

「こちら検事の永瀬さんだ。彼女と直接話したいそうだ」

小柄な萩原がつま先立ちになり、富川の肩越しにちらと永瀬を見た。

「わかりました」

脇に立つ女を永瀬に紹介した。

「近所にお住まいの宮元《みやもと》さんです。宮元さん、今話して頂いたことを、もう一度検事さんにお話ししてください」

宮元と呼ばれた女は、いくぶんこわばった顔で説明をはじめた。

「あのう、わたしが通りかかったのは、ほんとにたまたまなんです……」

いきなり警官に囲まれ、誘拐事件らしきものの目撃者になったことで、あきらかに緊張していた。ひとつひとつの行為に理由づけをする性格らしく、効率がわるかった。

十分近く話をして、得られた情報は「若い男が、小さな女の子を助手席に乗せて、赤い車で走り去った。車種はわからないが説明を聞くとセダンタイプらしい。女の子はそこのベンチに座っている子供とおなじ制服を着ていた。男は黒っぽい服を着ていたと思うが自信はない。人相までは見ていない。西の方角に去ったが、すぐに見えなくなった」というものだった。

「瑠璃は、その女の子は、泣いていませんでしたか」

初めて初恵が口をはさんだ。

「たしか……」宮元と名乗る女が、あごに手をあてて考えた。

「泣いてはなかったと思いますよ。ただ、なにしろ一瞬だったもんでしょ、それにそのときは……」

永瀬は適当に礼を言って、初恵の腕を引いた。

「きみは、帰っていたほうがいいのじゃないだろうか」

「どうしてですか」

「身代金目的なら、これからでもなんらかの連絡があるかもしれない」

少し考えて納得したようだった。富川をつかまえて、誰かつきそってくれるように頼もうとした永瀬の腕を、初恵がうしろから引いた。

「瑠璃は生きていると思いますか」

「なんだって？」

ふりむいた永瀬は初恵の瞳に圧倒された。大きく見開かれ、今まで見たことのない光を帯びていた。

「瑠璃は生きていますね」

普段の永瀬なら、「わからない」と答えたはずだった。まだ何も判断の材料がない、と。しかし、口をついて出たのは自分でも意外な言葉だった。

「あたりまえじゃないか。生きてるに決まってる」

ふと、陽性を絵に描いたような初恵の父親が、引越し見送りの朝に見せた悲しげな顔が浮かんだ。

3

瑠璃の誘拐事件がおきてから、永瀬の扱い事件は極端に減った。

上司が事情を勘案して、ほかの検事に割り振ったためだ。まもなく結審を迎える十件ほどをのぞいて、進行中の事件は同僚の検事に散っていった。永瀬は内心で悔しく思ったが、上の判断であればしかたがない。目の前の事件に全力を注ぐだけだ。

瑠璃の失踪《しっそう》から三日目の夜も、八時をわずかにまわったあたりで、執務室を出た。

官舎までは、歩いて十分弱の道のりだ。まばらに街灯の立つ道を、やや伏し目がちに歩いた。すぐに、一見公営団地のような地味な建物が見える。装飾などはほとんどなく、一棟だけがブロック塀で囲まれている。出入りする人間は、簡単な鉄柵《てっさく》を自分で開け閉めする。案内や看板もかかっていないので、近所の住人でもここが検察職員の官舎だと知る人は少ない。

鉄柵の脇にひとりの男が立っていた。

思わず足を止めて観察する。黒っぽいスーツ、ノーネクタイ、刈り揃えてはあるが、ぼさぼさの髪。薄暗がりに煙草の先端が赤く光る。この手の人種には覚えがあった。無視して脇を通り抜けようとした。

「検事の永瀬さんですね」

永瀬は、鉄門を押しかけた手を止めた。

「そういうあなたは」

「開智新報の石神《いしがみ》といいます」

男は吸い差しをどぶに投げ捨ててから、名刺を差し出した。永瀬は片手で受け取り、ちらと視線を落とす。石神浩之《ひろゆき》という名を確認して、すぐに相手に戻した。男をもう少し詳しく観察する。背丈は永瀬とおなじ程度、痩《や》せているが名刺を取り出したしぐさからも身のこなしは軽そうだ。顔色のあまりよくないのが、水銀灯の明かりでもわかる。内臓疾患のせいか、疲労のせいだろうか。皮膚が薄い印象の顔に、目だけが生命力を独り占めしているように光を放っている。

「なんの用です」

「ちょっとお聞きしたいことが……」

「きみは新米か？」

相手の話の腰を折った。記者は薄笑いをうかべて、頭のうしろをぼりぼりと掻《か》いた。そのしぐさに芝居臭さを感じて、永瀬の感情は不快に傾いた。

「まあ、若造には違いありませんが、今年で入社十年になります」

「それなら、今さら説明しなくてもわかるだろう。取材は窓口を通してくれ。こんなところで話せることは何もない」

鉄のきしむ音をたてて、扉を開けた。石神が短く声をかけたが、無視して身を入れようとした。

「じゃあ、想像で書いてもいいですか。お嬢さんのこと。うちも奥越さんにやられっぱなしというわけにいかないし」

門を閉じかけた永瀬の手が止まった。

記者の顔を見る。はったりではないと感じた。

この男、事件のことを知っている――。

瑠璃の誘拐については、直後から箝口令《かんこう》がしかれた。当然、記者クラブにも伏せてあるはずだ。現役検察官の娘であることが最大の理由だった。金銭要求がないということは、犯人が捜査中、あるいは公判中の事件関係者である可能性もある。奥越のすっぱ抜きがあって以来、捜査当局は「漏れ」には神経質になっていた。

「ちょっといいか」

永瀬は、石神を暗がりに誘った。官舎のすぐ裏は田んぼになっている。永瀬が先に立って農道を歩き、ポンプ小屋の脇に立った。

「何を知ってる？」

「娘さんが行方不明なこと。さきほどの表情だと、まだ手がかりもなさそうですね」

「どこで、いや、誰に聞いた」

「情報源は秘匿ですよ。……と言いたいところですが、腹のさぐりあいは時間がもったいない」

石神は腰丈ほどの草の先をちぎった。そのまま空に放る。風にのって水田に散っていった。

「親戚《しんせき》筋に、あの幼稚園の職員がいるんです。いや、名前だけは勘弁してください。彼女が自分からべらべらしゃべったわけじゃないですから。公園で暴れた男、芦川《あしかわ》の一件を調べているうちに、その彼女のことを思い出して、あれこれ聞いたんです。そしたら、なんか歯切れが悪い。まあ、ピンときましたよ。初めは言えないの一点張りでしたけど、こっちは商売ですからね。結局は聞き出しました」

永瀬はいつも取り調べでそうするように、相手がなめらかに話しているときは口を挟まずに聞いていた。

「じつは、芦川が捕まったあと、園児がひとり行方不明になっていることがわかった。その後、『見つかったことにしてくれ』と強く言われた。『ことにしてくれ』ってのは、まだ見つかっていないってことですよね。で、その子についても調べた。驚いたことに検察官の娘だった。これは放っておけませんよね。まあ、たしかにあんまりおおっぴらにできる事件ではないですけどね。いかがです」

「書くのか？」

「仕事ですから」

「もう少し待ってくれないか」

「いつまで？　ひさしぶりにウチの特ネタです。少なくとも奥越より前に抜きたいんですが」

「もう数日。容疑者のあたりがついて、公開捜査になる直前に君に知らせよう。ほかより半日早く抜けるぞ」

石神は腕組みをして、永瀬の表情をうかがっていた。

「誘拐だったら、例の吉展《よしのぶ》ちゃん事件で制定された協定を使えばいいじゃないですか。きちんと説明して、報道を待ってもらえばいい。それもできない理由でもあるんですか」

「理由のひとつは、誘拐かどうかもわからない。犯人が――もしもいるとしてだが、何も接触してこない。もちろん、生死もわからない。それと……」

「それと？」

「これはわたし個人のカンなんだが、別な案件とからんでいるような気がする」

「別な案件？　なんです、それ」

「さっきの約束守れるか」

石神は少し考えて、首を縦に振った。

「守りましょう」

永瀬は記者の目をみつめて、ひそめた声で話しはじめた。


石神と別れひとり鉄門を押すと、全身に疲れがにじみ出てくる気がしてきた。そのまま薄暗い敷地を進む。階段を上って、二階に住まいがあった。

今までも、帰宅したときには瑠璃は寝ていた。おかえりなさい、ただいま、という会話を交わした覚えはない。それでも瑠璃が襖《ふすま》の向こうにいないとなると、家中の温度までが下がったように感じた。

「おかえりなさい」

初恵がひとり顔を上げる。裁縫をしていたようだ。支度を解く手伝いをしようと、立ち上がりかけた初恵を手で制した。スーツをハンガーにつるして、軽装に着替えた。

テーブルには夕食の準備が揃っていた。初恵は箸《はし》をつけずに、待っていたようだ。

「さあ、たべよう」

どちらもあまり食の進まない、ほとんど無言の夕食が済み、永瀬は仕事部屋に使っている和室で机に向かった。ほどなく、電話が鳴った。深夜の電話はめずらしいことではない。しかし、丈太郎には予感があった。

「夜分失礼。兼田」

相変わらずぶっきらぼうな物言いは、支部長の兼田だった。

「なんでしょう」

「小宮淳造の長男、小宮賢一《けんいち》に令状が出た。明日未明、逮捕する。容疑は住居侵入」

小宮市議の長男、賢一が、瑠璃誘拐犯の容疑者のひとりであることは聞いていた。ずいぶん急ではないか。しかも住居侵入とは。

「また別件ですか」

「物証がないんだからしかたない。君だって、これ以上野放しにしておくことは賛成せんだろう」

「しかし、父親の一件もありますし。マスコミがまた騒ぐのでは」

「きみらしくもないな。そんなことを気にしていたら、悪党なんか捕まえられんぞ」

「わかりました」

電話口に漏れないようため息をついた。

「直接の容疑は、二週間前に近所の家の庭に酔って侵入した一件だ。この家と小宮のところは仲が悪い。賢一はその家の庭に入りこんで、小便をしていったそうだ。微罪だがしかたがない。瑠璃ちゃんの事件は、今のところ目撃情報だけだ。それも園児がひとりと通行人の主婦。園児の証言は、証拠採用がむずかしいかもしれない。証拠隠滅の恐れがあるとの判断で逮捕に踏み切った。苦渋の選択だ。聞いているとおもうが、小宮は幼女に対するわいせつ行為で逮捕の前歴がある。ただし、当時は起訴猶予。そんときぶち込んどきゃよかったんだ」

普段なら、絶対に電話口で話さないような言葉を漏らす、兼田の怒りが伝わる。

「やつが真犯人でしょうか」

「問題は……」

指先でチョークをへし折るような話しかたをしていた兼田が、言い淀《よど》んだ。

「……ガサ入れで物証が出るかどうかだな」

電話口からため息が聞こえた。

永瀬は、わざわざ知らせてくれたことへの礼を言って電話を置いた。

瑠璃はどうなった――。

のど元まで出かかった言葉が胸につかえている。自分から兼田に聞くことはできなかった。小宮の自供がとれるまで、すくなくともガサ入れが終わるまでわかるはずがない。

直接捜査の担当はしなかったが、福岡地検時代に営利誘拐事件に遭遇した。最後に恐くなった犯人が五歳の少年を農道に置き去りにして逃げたため、命は助かった。

「本当はすぐに殺すつもりだった」

後の裁判では否定したが、取り調べのときには、聞きもしないうちからそう告白したと聞いた。

瑠璃をさらった目的はいったいなんだ――。

何千回考えただろう。考えたところで結論は出ない。犯人に聞くしかない。しかし、これまで一度も犯人からの接触がないことから、身代金目的の線は薄いだろうと思っていた。ならば、わいせつ行為が目的なのだろうか。

けっして大げさでなしに、あの瑠璃がそんな思いをしたと聞くくらいなら、この身の生皮をはがれたほうがましだと思った。

もしも死んでいるなら――。

考えたくはないが、可能性は否定できない。もしも死んでいるなら、せめて、痛い思いも辛《つら》い思いもしなかったことを願った。

わずかに救いの可能性があるのは、例の汚職事件の関係者が犯人である場合だった。担当検事の弱点を握って、捜査の手をゆるめるよう脅す。冷静に考えれば、まったくばかげたこととわかるが、自暴自棄になった人間は何をしでかすかわからない。さっき、石神に説明した、個人的に考えた可能性というのはまさにそれだった。石神も目をぎらつかせて聞いていた。

兼田の話を聞く限り、判断がつきかねた。自殺した小宮市議の息子なら、事件の当事者だ。しかし、幼児嗜好《しこう》の持ち主でもある。まあいい、明朝になればわかる。

「明日、小宮賢一を逮捕するそうだ。たぶん未明だろう」

永瀬の声に、針仕事をしていた初恵がその手を止めた。初恵にも小宮の名前は告げてあった。

　初恵は、無表情のまま視線を永瀬に向ける。無言で先を促している。

「一年半前に、小さな女の子を車に連れ込もうとして、通報された経歴がある」

　実は、小宮の関係者は自分なりに調べてあった。もちろん賢一のことも。かなり怪しいとにらんではいた。しかし、担当ではないから、捜査指揮権は永瀬にはない。検察官はひとりひとりが独任官庁と呼ばれながら、スタンドプレーは許されない。待つしかなかった。

「そのときは逮捕はされたが起訴されなかった」

「瑠璃はどこですか？」

　昔のことなどどうでもいい、と言いたげだった。

「今はまだわからない」

　静かに首を振った。わからないのを承知でたずねる、初恵の痛みがわかった。

「明日、早めに登庁して詳細を聞いてみる。わたしは早く起きるが君は寝ていていい」

　翌朝、永瀬が五時に目覚めると、すでに朝食の支度がしてあった。

　前夜からそのままそこにいるかのように、初恵が瑠璃のズボンに膝《ひざ》当てを縫いつけていた。

4

逮捕された小宮賢一は瑠璃の誘拐を否認した。

住居侵入についても覚えがないと言い張った。

「おれは知らない。オヤジの葬式が終わってまだ半月なのに、こんどはおれを言いがかりで逮捕するのか。そんな横暴がゆるされるのかよ。新聞が騒ぐぞ」

取り調べの刑事に食ってかかった。父淳造の自殺は、奥越新聞を中心としたマスコミがつついたように、不当逮捕のせいだと逆恨みしている。警察も検察もまとめて憎悪の対象にしており、まともな会話にならないと、取り調べにあたった刑事から報告があがった。

じゃまをしないという約束で、永瀬は隣の部屋から取り調べをのぞかせてもらった。

三十代半ばの刑事がテーブルに乗り出して、小宮をにらみつけているところだった。

「おまえによく似た男が、おまえの愛車によく似た車に、園児を連れ込むところが目撃されている」

「知らないね。似た男くらい、いくらでもいるだろう」

じつはこの日、新たに証人が増えていた。事件のあった時刻に、小宮賢一の物らしい車が公園脇に停まっていたのを目撃したらしい。定年をすぎた男で、あの日犬を散歩させている途中、じゃまな車だと印象に残っていた、事件にかかわりがあるかもしれないと思い、届け出たと証言した。警察は勢いづいた。

刑事は小宮の胸ぐらを摑《つか》んだ。

「おまえの車があの公園に停まっているのを見た、別な証人もいるぞ。どうせ女の子を物色してたんだろう。それともなにか、芦川に頼んでわざと暴れさせたか。あれもおまえの指図か、この変態野郎」

小宮は、刑事の腕を力まかせにふりほどいた。

「ふざけんな。似た車はいくらだってあるだろうが。証拠でもあんのかよ」

「今、おまえの車をさらってる。髪の毛一本でも見つかってみろ。ぶちこんでやる」

永瀬は誰にも聞かれないよう、小さなため息をもらした。取り調べの刑事は一生懸命やっているのだろうが、歯がゆさもあった。小宮のようなタイプは、怒らせてみたところで何も引き出せない。富川に、年輩の刑事を使って搦《から》め手で攻めてもらえないかと頼んだ。富川は富川の顔をつぶさないように「物はためしで」と下手に出ることを忘れなかった。富川は少し考えてうなずいた。

昼食を挟んだ午後、取り調べ官は五十年配の穏和そうな刑事に替わった。

「なあ、小宮。瑠璃ちゃんはどこだ。生きてるなら早くしたほうがいい。こうしてるあいだにも、腹をすかせてるんじゃないか。生きて帰してやってくれ。今なら誘拐と監禁程度で済む。正直に話せば、それ以外の細かい罪状は目をつぶるよう、検事さんに頼んでみる。言っちまえよ」

その説得を聞いた小宮の表情を見た瞬間、永瀬は背筋に氷の棒を押し込まれたような寒気を覚えた。小宮の目にはうすら笑いが浮いていた。永瀬自身の取り調べで、これまでに何十人と見てきた目だった。

証拠として裁判に持ち出すことなど、もちろんできない。しかし、過去に出会ったあの目つきの被疑者たちに、例外のない共通点があった。罪を犯し、なおかつそのことを一点も悔いていない人種だ。

自白を待つまでもない――。

永瀬は確信した。小宮が犯人であることは間違いない。そして、おそらく瑠璃はもう生きていない。

永瀬は、人前で姿勢を崩さずにいることができなくなり、執務室に帰ることにした。富川に礼を言い、小宮の怒声が漏れ聞こえる部屋をあとにした。

「永瀬さん、大変です」

書類手続きのため県警に出向いていた友田が、息を切らして帰ってきた。執務室の隅に、簡素な長椅子がある。参考人をそこで待たせることもあり、徹夜のときには横になって仮眠をとることもある便利な椅子だった。永瀬はその上に横になって目を閉じていた。

「どうしました」

永瀬は上半身を起こした。すくなくとも、今の自分に、これ以上大変なことが起きるとは思えなかった。

「永瀬さんこそ、どうされました」

部屋に飛び込んできた友田が、おなじ質問を返して永瀬の顔をのぞきこんだ。永瀬は手のひらで一度顔をなでた。汗でしっとりと濡《ぬ》れた。

「いや、ちょっと、貧血かもしれません。このところ寝てないので。もう大丈夫です。……それで、大変とは」

友田を見上げる。

友田は心配そうな表情を崩さなかったが、仕入れてきたニュースを披露したい気持ちが勝ったらしい。

「えらいことになりました。芦川が死にました」

芦川とは誰だろう、とぼんやり考えた。最近の被疑者の中にいただろうか。疲弊し霧のかかったような思考の中を一条の光が裂いた。そうだ、公園で暴れた男だった。やつの証言が引き出せれば小宮を……今、なんと言った。死んだだと？

「死んだ？　どういうことです」

ようやく思考の霧が晴れた永瀬は脱いでいた靴に足を通した。

「入院先で、服毒自殺したらしいです。きょう、これから司法解剖だそうです。検視の所見では、青酸化合物じゃないかということです」

「どうしてそんなものが。入院してたのは指定病院じゃないんですか」

「ええ、このケースではおきまりの県立信北《しんほく》病院です」

「だったらなおさら、監視体制はどうなっていたんだ」

めずらしく語気を強め、感情をあらわにした。

呼吸を整えながら、机に置いた東京タワーのペーパークラフトに目をやる。瑠璃に渡しそびれたままだ。

「まったくです」

友田がかかえていた書類をテーブルに置いた。

「芦川は以前、メッキ工場に勤めていましたからね。こっそりくすねていても、まあ不思議はないわけですが」

永瀬には納得いかない。もちろん警察でもそんな単純な絵は描いていないだろう。逮捕勾留《こうりゅう》し、一旦《いったん》丸裸にしてから入院させたのだ。毒物など隠しておけるはずがない。たとえ自殺だとしても、誰かが持ち込んだに違いない。

「不審な出入りの跡は？」

「いや、わからないですね。わからないというのは、わたしもついさっき聞いたばかりで、県警の刑事部でも騒ぎになってますよ。詳しいことはこれからじゃないですか。ほら噂をすれば」

友田が示した先にある机上の黒電話がじりじりと鳴った。

「はい、永瀬です」

「捜査一課の富川です」

聞き覚えのある警部補の声だった。

「入院中の芦川が毒を飲んで死にました。

「現在入手経路や目撃者をあたっています」

「わかりました」

すでに知っている、とは言わなかった。淡々とした永瀬の対応に、富川も事情を察したのかそれ以上の詳しい説明はしなかった。永瀬はメモ用紙に意味のない図形を描きながら、続きを待った。

「進展がありしだいこちらから連絡します」

富川の声も、不機嫌を押し殺しているように感じた。

「よろしくお願いします」

図形を描くボールペンに込める力が急に強くなった。受話器を置いたあともペン先を動かし続け、紙は真っ黒になりよれはじめた。さらにペンを押しつける。やがて紙が裂け、下の用紙もめくれた。何層も下まで黒い筋がついたところで、永瀬は力任せにペン先をメモに突き立てた。ペンは真ん中で折れた。永瀬は机にペンの残骸《ざんがい》を放り投げて、大きく息を吐いた。

公園で暴れた芦川を取り押さえた通行人らの証言では、地面に押しつけられ身動きがとれなくなっても、意味のよくわからない声を上げていたという。

警察に身柄を確保され連行されていくパトカーの中でも、さらには取り調べ室に入っても、突然奇声を発するなどの症状が見られた。

所轄署の刑事が、口から唾《つば》を飛ばしながらわめきちらしている男の顔を覚えていた。すぐに照合された。芦川勝夫《まさお》、二十七歳。五年二ヵ月前に、覚醒剤《かくせいざい》所持及び使用で三年六月の実刑を受けていた。最初の数ヵ月は医療刑務所に入っていた。

今回も逮捕直後に医師が呼ばれた。芦川を診察した初老の指定医はにこりともせず、覚醒剤常習者だった人間に典型の後遺症だ、と断定した。現在服用しているかどうかは検査してみなければわからない。警官の依頼をうけて尿を採取して帰っていった。

残った刑事は渋い顔になった。陽性反応が出れば罪は重い。逆に五年前の後遺症がまだ残っていたのだとすれば、心神耗弱《しんしんこうじゃく》ということになり刑量が軽くなる可能性すらある。警官個人の芦川に対する憎しみは増すが、組織としての意欲は減退する。こじれれば面倒になるリスクを負う上に、減刑や無罪の悔しさを味わうことになるからだ。

結局、尿からも短く刈った髪からも、陽性反応は出なかった。覚醒剤の成分は摂取後せいぜい十日程度しか体内に残留しないため、常習の直接証拠を挙げることは難しい。注射の痕《あと》も見つからない。芦川の自宅が捜索された。

芦川は農業を営む両親と同居していた。屋敷内には三歳下の妹と父方の祖母も暮らしており、芦川ひとりが庭の隅に建ててもらった離れに寝泊まりしていた。ほとんど表に出ない勝夫と愛想のない離れを差して近隣の住人は「座敷牢《ろう》」と呼んだ。

座敷牢はもちろん母屋《おもや》も徹底的に捜索されたが、覚醒剤の痕跡《こんせき》はなかった。家族の証言によれば、日中はほとんど出歩かないが、ときおり夜中に外出していたようだ。どこへ出かけて何をしていたのかわからない。何人かつきあいのある人間はいたようだが、その中に小宮賢一が入っていたかどうかもわからない。事件のあった当日はなぜ昼間から公園になど行ったのかわからない。ほとんどすべての質問に対して「わからない」という答えだった。

覚醒剤使用の可能性は低くなったが、それを理由に、傷害事件の現行犯であり永瀬の娘誘拐事件の参考人である芦川を、警察がおろそかに扱ったとは思えなかった。

どこで聞き出してくるのか、友田が捜査の進展を逐一教えてくれる。もちろん永瀬が職権で情報入手することもできるが、現場視線の友田の報告にとりあえず満足していた。

「覚えていたのは二十二歳の看護婦です」

さっそくネタを仕入れてきた友田が受け持ちの案件そっちのけで報告した。

看護婦詰所に職員を集めて目撃情報を聞きとりしているときに、ひとりの若い看護婦がおそるおそる手を挙げたそうだ。

「わたし、あの階で知らない医者《せんせい》を見ました」

「知らない医者？」

刑事がすぐさま反応する。

「はい、初めて見る顔でした。でも、ちゃんと白衣を着て、そのほかも……ええと、そうだ、カルテ持って聴診器もこうやって」

　首から聴診器をぶら下げるしぐさをしてみせた。

「今まで見たことのない顔だったんですね」

「はい」

「どんな顔でした？」

「黒い縁の眼鏡をかけていました」

「ほかには？」

「背は、あの刑事さんくらいです。あとは、すれ違っただけなので……」

　刑事の表情がしだいに苦くなる。

「名札は？」

「はい、挨拶《あいさつ》のときに知らないといけないと思って、名札は必死に読みました。『遠藤《えんどう》』って書いてありました。でも……」

「でも、なんですか？」

　刑事の剣幕に一、二歩あとずさる。

「病院《うち》の名札とは、少し違っていました」

　そういえば、見たことのない医者を見かけた、という職員がほかに二人いた。しかし、この若い看護婦以上に観察したものはいなかった。

「やられたな」

年配の刑事がぼそっと吐き捨てた。

鑑識も入ったが、指紋をはじめ遺留物は何も見つからなかった。

解剖の結果、芦川の死因は、経口でシアン化ナトリウムを摂取したことによる窒息死、と判明した。即死だった。胃からは少量のコーヒーが検出された。自殺にしろ他殺にしろ、コーヒーに混ぜて摂取したらしい。

「さて」

翌日、永瀬が事情を聞きに訪れた一課の応接室で、富川警部補が言葉を選びながらあごの先をなでた。

「問題は自殺か他殺か……」永瀬の顔を見る。「それが問題です」

ふざけているわけではなさそうだった。

先を続けそうなので、永瀬は自分の考えを述べるのを待った。

「毒物は、医者に扮《ふん》したその男が持ち込んだ可能性は強い。しかし、物証は何もありません。川添土建の社員や佐々岡の関係者で、それらしい男の写真を例の看護婦に見せましたが、反応はどうも」

しきりにあごをこすっている。

「どれにも見覚えがない？」

「見たことがないと」

「そうですか」

永瀬は下唇を噛《か》んだ。

「男が毒を渡しただけ、という可能性もあります。芦川は自殺したのだと。しかし、コーヒーに混ぜて飲ませたと考えるほうが自然でしょう」

そんなことはわかっている、と声に出しそうになった。

「付近の工場などで紛失した形跡は？」

富川が頭を横に振る。

「届け出はありません。松本市内だけで、十七軒の毒物劇物取扱い資格のある工場があります。しかし、ご存じのとおり何度注意してもあの始末ですから」

あの始末とは、青酸化合物の保管方法のことだった。スプーン一杯で数十人の命を奪うことのできる猛毒であるのに、日常作業で使うからという理由でルーズな保管をする工場が多い。いちいち金庫にしまってちゃ、仕事にならねえよ、と開き直る工場主もいる。鍵《かぎ》のかからないロッカーに蓋《ふた》が半分開いたまましまってある、という現場もあるらしい。

「他殺とすれば、理由はひとつでしょう」

富川はあごをさするのをやめ、部下が入れた薄い茶に手を出した。紺色の茶碗《ちゃわん》から、ずずっと音をたててすする。

「あの日公園で暴れたのは偶然ではなく、誰かに命じられた」

永瀬がうなずく。

「まあ、あの具合からすると、計画というほどのものではないはずだ。何か魅力的な理由をつけて連れ出した。その一方で、誰かがおまえを狙っているぞ、とでも脅しておいた」

永瀬は先程から噛み続けている下唇にさらに力を込めた。血の味が滲《にじ》んできたのでやめた。

「そんなにうまくいくもんでしょうか」

富川が顔を歪《ゆが》める。

「芦川ひとりであそこまで騒ぎが大きくなったのは、偶然かもしれない。誰かがシナリオを書いたとすれば、第二案もあったかもしれない。あの付近で大人同士派手な乱闘をさせてそのすきにさらう、とか」

富川は小刻みにうなずいた。しばらく机のあたりを見ていたが、言い出す決心がついたというふうに口を開いた。

「気を悪くされないでください。疑うのが性分なもんで。たいへん失礼ですが、どうして女の子ひとりさらうのにそんなに手間をかけたんでしょう。通園の途中とか、お宅の近くで遊んでいるときとか、まだほかにあったんじゃないかと、いう気がしてならないんですよ」

口ではへりくだっていたが、永瀬の視線をきちんと正面から受けていた。

「気は悪くしませんよ。わたしもおなじことを考えました。ひとつ言えるのは、瑠璃は園にいるとき以外、ほとんど母親べったりでした。まだ友達もいなかったので、外で遊ぶということはなかったと聞いています」

「なるほど。もうひとつ気になるのは動機です。小宮の単独犯なら父親のことに対する逆恨みということも考えられますが、芦川に毒を盛ったのは少なくとも小宮ではない。共犯ないしバックがあるなら、その理由がわかりません」

「それについては、わたしも確信が持てません。捜査の攪乱《かくらん》ではないかと思いますが、瑠璃を誘拐しても、捜査全体への牽制《けんせい》になるとは考えられません」

富川は腕を組み、自分に何かを問いかけるようにふむふむ言いながら机に戻った。

永瀬はソファに腰かけ、考え込むときの癖で天井をにらんだ。

初恵になんと説明する。

小宮賢一が誘拐の犯人だという思いは依然強い。しかしはっきりした目的すらわからない。検事の娘をさらい、犯罪捜査に手心を加えさせる。警察や検察のしくみを知る人間から見れば、とんでもなくばかげた発想だが、大まじめに考えた人物がいるのかもしれない。

そして実行犯が捕まったのでふたたび短絡的に殺した。

ざわめいている刑事部屋の中から、自分たちに向かってくる人影を感じた。

「班長」

富川に呼びかけながら近づいてくるのは、三十そこそこに見える刑事だった。めずらしく、きちんとネクタイを締めている。

「なんだ、白石《しらいし》」

富川は、椅子に座ったまま相手が近づくのを待った。

「会議まで待てなくて。あ、どうも」

若い刑事はようやく永瀬に気づいたらしく、やや姿勢を正して軽く頭を下げた。

「だからなんだ」

富川がいらついた声をたてる。

「それが……」

白石が視線の端を永瀬に向ける。ここで話していいのかとたずねている。

「今回の件に関わりのあることなら、できればうかがいたい」

二人が驚いた顔で永瀬を見た。

「もしも被疑者が特定されたとしても、この事件がわたしに配点される可能性は低い。警察も、身内の事件の捜査はさせないでしょう。検察でもおなじことです。介入も指示もしません。ひとりの親として、真実を知りたい」

二人が驚いている理由は、永瀬にも想像がついた。自分はこれまで、職員や警察の前では冷静を装ってきた。もともとの性格的なものもあるが、いちいち感情を表に出しては、懐の深さを値踏みされると考えたからだ。瑠璃がさらわれたあとも、あまりに冷静に対応する永瀬の姿を見て「血のつながった子ではないのではないか」と噂する若い警官もいると耳にした。

自分がうろたえるわけにはいかないと考えていた。

ひとりならそれでいい。しかし初恵にまで、そういう態度を強要してはいないか。初恵のために、一日でもはやく瑠璃が戻って欲しいという気持ちが、急におさえられなくなった。

「天渡渓谷《あめわたり》で当日、小宮の車と似た赤い車を見かけたという目撃者が出ました」

「誰だ」

「西信濃《にししなの》タクシーの運転手です。当日、上高地《かみこうち》から観光客をのせて松本に帰る途中、ダムのやや下流のあたりで支道に降りていく赤い車を見たそうです。あのあたりはまだ雪が残っているのに、チェーンもなしで大丈夫かと気になったのでおぼえていたそうです。ただ、ほとんど日も沈みかかっていたので、自信はないとも言ってます」

「場所は特定できたのか」

「地図と照合すると、『楡《にれ》の木澤』という洞門の近くらしいです」

「よし」

瞳《ひとみ》に光の宿った富川が、自分に向けられている永瀬の視線に気づいて、白石との会話を中断した。

「永瀬さん、ここはもうお任せください。きっちり裏をとります。山狩りをすることになるかもしれません。永瀬さんもお忙しい身だ。少し気持ちを休めないともちませんよ」

富川に気遣われて、永瀬は自分の顔色がひどいのだろうと思った。

「執務室に戻ります。何か進展があれば、いつでも連絡ください」

軽く頭を下げて部屋をあとにした。

ひどく疲れていた。

──どんなに長いトンネルもきっと出口がある。

新任でついた指導担当検事が口にした言葉を思い出す。一分でもはやく、瑠璃の無事な顔と初恵の安堵《あんど》する顔を見たい、しびれたような疲労感のつまった頭に浮かぶのは、その思いだけだった。

5

短い夏が過ぎ、紅葉の季節を経て、街並みが雪の中に埋もれるころになっても、事件に進展はなかった。

松本の地に来てわずか一年でふたたび転任になる、と永瀬が告げたとき、初恵の態度は冷静に見えた。瑠璃はいまだに見つかっていない。芦川に毒を渡したあるいは飲ませた人物もわかっていない。

小宮の自宅や車から、瑠璃の遺留品と思われるものは何も発見されなかった。当日、公園で瑠璃を連れ去ったと思われる人物を目撃したのは、わずかに二人しかいない。車を見かけただけの証人を入れても三人。

──似てるといえば似ているかもしれない。しかし、裁判で証言できるほどの自信はない。

目撃者のひとり宮元という主婦は、取り調べ中の小宮を隣室から見せられて、そう尻込《しりご》みした。吉岡薫は「あのお兄さんだった」と主張したが、公判で有効な証言として採用されるか、疑問視する声のほうが強かった。

タクシーの運転手が小宮のものらしき赤いセダンを目撃した、楡の木澤近くの支道は場所が特定され、付近一帯の大がかりな捜索が行われた。近隣の所轄警察署からも応援を求めた、いわゆる山狩りとよばれる探索だ。もともと、ダム工事にかかわる作業用につくられた支道で、一般人の通行はほとんどない。証拠となるような痕跡《こんせき》が期待されたが、収穫はなかった。

下草をほとんど刈りつくし、岩という岩を裏返すような捜索にも、証拠の品は出なかった。事件当日、ほとんど真夜中近くなって急に降り出した雨は、一時豪雨となってダムに注いだ。放流された大量の水が、もしかすると残っていたかもしれない河原の証拠品を、押し流してしまった可能性もある。

小宮の車からは、この支道付近の土壌とおなじ成分の泥が採取されたが、「事件の数日前に山菜採りに行った」という主張を覆すことはできなかった。

ほとんど最後の希望として残されたのは、本人の自白だった。

小宮の自白をもとに――もはや生きている望みは薄かったが――瑠璃が発見されること以外に、解決の道はないかもしれない。みながそう思いはじめていた。

小宮は一貫して否認し続けた。東京から弁護士が三人出張してきて松本のホテルに逗《とう》留《りゅう》した。佐々岡のつてで呼びよせ、金は川添が出したという噂だった。

二十三日の小宮の勾留《こうりゅう》期間がすぎて、検察は再逮捕をあきらめた。小宮逮捕の情報を摑《つか》んだ奥越新聞が、しきりにさぐりを入れてきていた。これ以上は隠しきれないので、瑠璃誘拐の記者会見を開くと、捜査一課長から連絡を受けた。発表したうえで、報道規制の協力を求めるしかない、と。

警察が報道規制を解いたとき、瑠璃が誘拐されて一ヵ月が過ぎていた。

開智新報の石神は約束を守り、記事のタイミングは他紙と足並みをそろえた。時間で抜くことはできなかったが、汚職疑惑との関連については、他紙よりはるかに突っ込んだ記事になっていた。

《目的は捜査の攪乱《かくらん》?》

個人名こそ出ていなかったが、汚職の構図がそれとなく解説されていた。自殺した小宮市議が疑惑のキーマンだったこと。その息子がさらわれた少女と一緒にいるところを目撃した人間がいること。ひと言も関連性について断定はしていないが、読んだ人間はそう連想するような書きかたがしてあった。センセーショナル性において、ライバル紙にあきらかな差をつけていた。

「まったく、誰が漏らしたんだ」

新聞を広げた友田が怒気を含んだ声を上げた。そのあとちらりと視線を永瀬に向けた。

「だけど、個人的には少し胸がすっとした」

永瀬夫妻には、必要なとき以外テレビをつける習慣がない。

夜も十時をまわって、窓の外からもほとんど物音は聞こえてこない。柱にかかった螺旋《らせん》式の柱時計がこつこつと針を進める音だけが居間に響いている。

「四月に転勤が決まった。東京になりそうだ」

「わかりました」

事務的にきり出した永瀬の言葉に、初恵は表情を変えることもなくそう答え、茶のお代わりを注いだ。納得してくれたのだろうと思った。

たしかに、たった一年で異動というのは異例ではある。瑠璃の事件が、芦川の死も含めていまだにほとんど進展を見ないこと、川添、佐々岡ルートの汚職事件が暗礁にのりあげたままであることから、地検内とくにこの支部内からの異動はやむを得ないところだった。

あなたにも苦労をかける――。

そう言いかけた言葉が、初恵の声に遮られた。

「わたしは残ります」

残ります――？

「申しわけありませんが、わたしはこの土地に残らせてください」

予想しなかった返事だった。転勤先が遠隔地なら、また別居という選択肢も考えられる。

しかし、こんどは東京だ。実家に戻れば、初恵もぼろぼろになった心身を癒《いや》すことができるかもしれないと、永瀬は心のどこかで喜んでいたくらいだった。

「しかし」

「大量の異動があるらしいことは、官舎内の奥様がたから聞いて知っていました。わたしなりに何日も考えました。あなたの立場もわかります。なにを置いても検察官という職務を全うしなければならないことも。そして、わたしがその妻であることも。……わかってはいるのですが、やはりどうしても瑠璃のことが頭から離れません。こうしているあいだも、寒くはないか、お腹は空いていないか、泣いていないか、苦しんでいないか。……お母さんだけあたたかいご飯を食べてごめんね。わたしは、毎日叫び出しそうになる自分を抑えることに精一杯で生きてきました」

化粧気のない青白い表情に変化はない。

「それはわたしもおなじ……」

「いえ。おなじではありません」

ほとんど永瀬に反論したことのない初恵がきっぱり言い放った。

「ごめんなさい。瑠璃に対する愛情に差があるという意味ではありません。ただ、あなたには、お仕事があります。検察官という、この国でもっとも過酷で多忙な、しかも社会正義を背負うという使命まで帯びた、お仕事があるじゃありませんか」

きびきびした口調ではあるが、視線を伏せていた初恵が、急に永瀬の目を見据えた。皮肉を言っているのではなさそうだった。

「わたしには何もないんです。瑠璃が忽然《こつぜん》と消えてしまって、わたしは……今のわたしの心は外側の皮だけで生きているようです。瑠璃が見つかるまで、この土地を離れることはできません」

じっとこちらを見たまま瞳《ひとみ》がぶれない初恵の目を見かえしながら、永瀬は説得をあきらめた。

「ごめんなさい」

初恵が頭を下げた。

「わかった」

茶で喉《のど》をしめしてから言葉を出したのだが、それでもわずかにかすれていた。

「わたしは単身で転勤する。きみはこの官舎に残るわけにはいかないだろうから、それまでに適当なアパートでも探そう」

「わがまま言ってすみません」

初恵がもう一度頭を下げた。あまり手入れをしていないぱさついた髪が、はらりとテーブルにかかった。

異動が決まってからのひと月は殺人的な忙しさだ。もともと、寝ているあいだでも起訴状の下案くらいは考えろといわれるほど、人遣いの荒い職場だ。作成途中の書類などはきっちり仕上げる必要がある。

毎晩遅くまで事務所に残って引き継ぎの準備をしながら、永瀬は初恵の言葉を思い出していた。

——あなたには、この国でもっとも過酷で多忙なお仕事があるじゃありませんか。

この忙しさが救いだというのか。

「しかし、こんなの聞いたことないですね」

友田がかかえていたファイルを自分のテーブルに放り出した。ざざざと山が崩れる。

「今回の大幅な人事異動は、誰がどう見たって不始末の清算ってことですね」

友田は永瀬の前では遠慮がない。思ったことはほとんどそのまま口に出す。

「ただ、永瀬さんだけは別でしょうね。東京ですから」

「東京だからいいとは限らんでしょう」

「だって、ご実家があるんですよね。なんだかんだ言ったって、人間生まれた土地は特別なものがありますよ」

永瀬は自分が笑っていることに気づいた。そんなエネルギーが残っていることを知ってさらに笑った。

「その説に異論は唱えませんが、検察庁の人事がそんな人情話みたいなことを考えているとは思えません。友田さんだってご存じでしょう」

「まあ、とにかく」

友田は不機嫌そうにすぐに崩れる書類の山を手で押さえていた。

「その続きは送別の宴《うたげ》で、ということにしましょう。一夜だけはとことんつきあっていただきますよ。孤帆の遠影碧空《へきくう》に尽き、ってとこですね」

「なんです、それは」

「はは、永瀬検事もまだ酒の修行は足りないみたいですな。李白《りはく》の有名な詩の一節ですよ。『黄鶴楼《こうかくろう》にて孟浩然《もうこうねん》の広陵に之《ゆ》くを送る』、まあ、東京ではせめてご夫婦仲よくお過ごしください」

別居を決めたことなど知らない友田は、送別会の話題になって多少機嫌を直したのか、ふたたびファイルの整理をはじめた。

6

裏通りにはまだたっぷり雪が残る三月末に、永瀬はひとり新宿行きの特急に乗った。

官舎の窓から見える田畑も、おとといの雪でほとんど一面が白かった。日中の日差しで表面が溶け、再結晶した氷のつぶが朝日を反射して寝不足の目に刺さった。

転勤先は新任以来の東京地検だった。荷物は先に運送業者に運ばせてある。仕事の都合がどうしてもつかず、本人だけが二日ほど遅れて上京する。昨夜も二時近くまでかかって、ようやく引き継ぎの書類整理が終わった。これ以上のばしては、東京での前任者に迷惑をかけることになる。

友田は、仕事の都合で見送りに来られないことを残念がっていた。そういえばいよいよ片づけも最後になったころ、机の上に残っていたいくつかのペーパークラフトを捨てようとしたとき、友田が「捨てるならください」と持っていった。なぜか少し怒ったような表情をしていた。

――この地で得た、数少ない収穫だったかもしれない。

最後まで真正面から接してくれた男の顔を思い出して、永瀬の口もとに笑みが浮いた。

初恵は松本駅のホームまで見送りに来た。

「わがまま言ってすみません」

もう何度もその言葉は聞いていた。

「わたしがきみの立場なら、おなじことをしたかもしれない」

その返事もこれで何回めかわからない。

両手をコートの前で軽く組み、立って見送る初恵の姿が次第に遠のいていく。車窓からの景色が信州の山脈と田んぼばかりになると、永瀬は思わず深い息を吐いた。

雨で湿った重いオーバーコートを脱いだような開放感を感じた。残雪とそこからのぞく黒い地面のコントラストをながめて、その理由を考えた。

この一年、ほとんど生活に必要な会話しか交わしたことのない夫婦だった。一度だけ、せっかく近くに住んでいるのだからと松本城を散策したことがあったが、一時間もしないうちにどちらからともなく「帰ろう」ということになった。行楽日和になったら瑠璃と三人で来ようと話していたことを、二人同時に思い出したためだった。

二人のあいだに笑い声というものは生まれなかった。夜になると、布団《ふとん》の中で初恵は永瀬の胸に顔を押し当て、泣くことがよくあった。しかし、それ以上の関係にはならない。永瀬が背をさするうちに、初恵が寝息をたてる。永瀬がそっと身を離す。もしかすると寝息はつくったものかもしれないと考えたこともあったが、たしかめたことはない。

今回の別居にどこかでほっとしている自分をわずかに責めてから、もしかすると初恵もそうかもしれないという思いが湧いた。

永瀬の両親は六十代半ば、今でも二人きりで杉並区の戸建てに住んでいる。永瀬には兄弟がなかった。間取りからいえば同居できないこともなかったが、官舎住まいを選んだ。

「食事には気をつけなさいよ。あなたは昔から、夢中になると食事もとらないからね」

たまに電話を入れると、受話器の向こうから母の心配そうな声が流れる。研修時代から言うことが変わらない。いつからか、瑠璃のことには触れないようになった。

世田谷にある初恵の実家にも上京してすぐ挨拶《あいさつ》に行った。

初恵の父親は事件直後、多忙を押してなんども松本に足を運んだ。向こうが弁護士三人なら、こっちは十人でも二十人でも用意する。検事に申し立てるのもおこがましいが、金で解決できる問題があるならなんでも言ってくれ。そんなことを顔を合わすたびに言われた。三月《みつき》ほどたって、過労で倒れたと知らせを受けた。医者と妻に止められて、松本に来る回数は極端に減った。

およそ半年ぶりに会う義父は、相変わらず陽性のエネルギーを発散させてはいたが、一年で数年分は老けたように感じられた。母親もにこやかに迎えてはくれた。それでも深くなった皺《しわ》は隠しようもない。

家族の中でいまだに憤慨していたのは初恵の弟だ。

「こんな理不尽が見過ごされていいのか。国家や正義というものはなんのためにあるのか」

持って行き場のない怒りを、当の国家権力の一端を担う永瀬相手にぶちまけた。

「お怒りはごもっともです」と相づちを打つほかなかった。

新任地での仕事がはじまると、あっというまに忙殺されることになった。

松本時代に扱った事件は、窃盗、放火、傷害、殺人などの単発で単純な事件が多かった。大都市圏では、これに詐欺などの経済犯や暴力団がらみの事件が加わる。連鎖性があり複雑な事件は立証するのに膨大なエネルギーを求められる。帰宅は毎日深更に及んだ。

初恵からは、月に一度ほどの割で手紙がとどいた。

ひとり、市内のアパートで暮らしている。官舎の部屋に空きがあったため、当局のはからいで延長してくれるという話もあったのだが、初恵が断った。

「まわりのかたに気をつかっていただいてありがたいのですが、かえって気詰まりなこともあります。わたしのことを知らない人に交じって生活がしたい」

そう主張して、六畳と三畳二部屋きりの物件を借りた。

知人に紹介してもらった事務の仕事に就き、きりつめた暮らしを送っているらしい。永瀬からの仕送りは断り続けている。実家からの援助がどうなのかはわからない。

初恵からの手紙は、そのほとんどが街のようすや仕事仲間について書かれた、簡単な内容だった。

永瀬にとって救いでもあり、驚きでもあったのは、手紙の内容が別居をはじめて二、三カ月もすると明るさを増していくことだった。ひとりさみしく暮らしている、今日も誰とも話さなかった、という報告が延々と届いたらいたたまれないと思ったのだが、取り越し苦労に終わった。

瑠璃の友人で数少ない目撃者の、吉岡薫とその母親が遊びに来てくれたとうれしそうに書いてきたこともあった。

「薫ちゃんというのは明るくて素直なよい子です。話していると心が軽くなる反面、どうしても瑠璃のことを思い出してしまい、涙がにじむのを悟られないよう苦労します」

毎回、手紙の終わりに必ず自分で書いたカットが添えてあった。桜の花びらが散るようすであったり、雨に煙る紫陽花《あじさい》であったりした。

梅雨が明けたころ、向日葵《ひまわり》の絵とともに少し変わった報告がしたためてあった。

先日、知人を介してこちらの新進気鋭の画家と面識ができた。名は竹本多美雄という。父親は在郷の文化人として著名であり、洋画家として全国的に名の知れた竹本巌であること。こんどアトリエを見学させてもらう約束をしたことなどが、記してあった。

竹本巌の名は、松本にいたころに何度か耳にした。

日本洋画界の大家であり、芸術協会の重鎮でもある。絵画以外にも、陶芸や彫刻で名を馳《は》せているらしい。「らしい」というのは、例の汚職事件の周辺人物として知っただけで、詳細まで調べたことはなかったからだ。

川添土建は都市部で賃貸ビルなどを多く所有し、資産保有高は県内の企業として屈指である。巌も今でこそ大家などと祭り上げられているが、やはり長いあいだ経済的に苦しい時期はあった。当時、パトロンとして巌をささえたのが川添土建創業者の竜太郎《りゅうたろう》だった。とうぜんながら、竜太郎の長男で現社長である政信との親交もあるだろう。

永瀬は悩んだあげく、この事実を知らせる道を選ばなかった。

初恵の手紙に希望のかけらを見たような気がしたからだ。初恵から来た竹本親子について触れた手紙には、日差しに手をかざすような温かみを感じた。それまでは黴《かび》くさいしめった部屋の匂いが封入されているような文面だったのが、どこか雲の切れ間から日がさしたような明るさを読み取った。

余計なことは伝える必要はない——。

永瀬はそうきめて、二度と破らなかった。

三年後、永瀬は札幌に転勤になった。

「あそこは雪も多いが、単身《ひとりみ》には楽しみもいろいろある」

口の悪い同僚検事にからかわれて赴いたが、ススキノの歓楽街に検証や捜索以外で遊びに出かけたことは、結局一度もなかった。

その後も、瑠璃に関する捜査はまったくといっていいほど進展はなく、事件はもはや風化しはじめていた。川添は脱税で、佐々岡はその後に行われた県議選の選挙違反でそれぞれ起訴され公判が進行中だった。しかし結局のところ土地転用汚職事件はうやむやとなったようだ。瑠璃誘拐との関連性という意味で気にはなっていたが、常時、数十からときに百件近い事件をかけ持ちする身としては、いかにわが娘のこととはいえ昔の事件をひきずる余裕はない。

初恵からは定期刊行物のように報告調の手紙が届いた。

いわく、竹本多美雄が若手向けの賞をとった後に、注目されはじめたこと。有名な文学賞をとり女流作家として新進気鋭の碓氷《うすい》あや女《め》が、わざわざ東京から越してきて、多美雄と同棲《どうせい》をはじめたこと。その話題が相乗効果となり、二人に仕事の面で順調な風が吹きはじめたのは喜ばしいことであること。多美雄とあや女の紹介で、児童文学書の挿し絵を描いてみたところ採用してもらえることになったこと。わずかではあるが、原稿料がもらえたこと。

あえて避けるように瑠璃の二文字はどこにもなかった。

夫婦とはなんだろう。こんな夫婦というものもあるのだろうか。さすがの永瀬も、ときおりそんな思いが浮かぶようになった。

札幌地検で三年過ごしたあとは浦和地検に二年。気づけば別居をはじめてから七年が経過していた。

あるとき、いつも来るものとは毛色のちがった手紙が届いた。「初めて陶芸というものをやってみました」という内容だった。

話題としてはどうということがない。多美雄に手ほどきを受けて、器をつくり、竹本邸の裏山に竹本家が所有する窯《かま》で焼いた。火入れから自分でやってみた。

永瀬が違和感を感じたのは、その記述の詳しさだ。

手紙は数枚にわたって泥をこね窯で焼く過程が綴《つづ》ってある。とくに窯に火を入れ焼き上がりを待つあいだの心理まで事細かく描写されていた。初恵の瞳《ひとみ》に浮かんだ光が見えるようだった。

初恵の顔に笑みは浮かんでいたのか。

永瀬は陶芸に興味はなかったが、その饒舌《じょうぜつ》ぶりが記憶に残った。

7

浦和地検の任期を終えて、東京法務局での勤務が決まった。

これまでの公判維持や捜索とは異なった仕事になる。「自分としては食い物が美味《うま》い地方がよかったが、また東京の官舎になりそうだ」と初恵に手紙を書いた。

これに対する初恵からの返事には、意外なことが書いてあった。

それならわたしもそろそろ東京に戻ろうかと思います。竹本さんに紹介いただいた、挿し絵の依頼も増えそうな気配であるし、何よりひとり暮らしの母が心配である。できることなら同居してやりたい。いかがでしょうか。

初恵の父は二年前に心筋梗塞《こうそく》で急死していた。会社は初恵の弟が社長を継ぎ業績的にも心配はなさそうだったが、今年六十七歳になる母親はあの広い邸宅にひとりで暮らしていると聞いた。

孤独な資産家がいかに犯罪の標的になりやすいか、検察官時代にいやというほど見てきた。しかも、単なる空き巣狙いでは済まない場合が多い。無抵抗に近い老人をゴルフクラブでめった打ちにした事件など、調書を読むのも痛ましい事件に何度も遭遇した。

永瀬は一日だけ考え、賛成の手紙を書いた。

せいぜい半年に一度ほど顔を合わせる生活を送っていたので、久しぶりに同居するとなると違和感が湧いた。考えてみれば、結婚して十六年になるというのに、一緒に暮らした年月はその半分にも満たない。これが夫婦と、あるいは家族と呼べるのだろうかと思うことがあるが、だからといってこちらから離婚の話を持ち出す気もなかった。

法務局の仕事は検察官と違って、深夜に及ぶ残業も書類を持ち帰って週末に机にかじりつくということもなかった。初恵と顔を合わせる時間は増えた。

実家に移り住んだ直後の初恵は、家具の配置を模様替えするなどうれしそうに過ごしていた。初恵の中では瑠璃の問題は清算がついたのだろうかと永瀬は思った。

休日の朝、ソファに身体をあずけて新聞を読んでいると、初恵がテーブルから声をかけた。窓の向こうに広い庭が見える。

「お茶、入りました」

「ああ、ありがとう」

新聞をたたみ、テーブルの椅子に座る。

のばしかけた手が止まる。テーブルにおかれた器には取っ手がついている。茶碗《ちゃわん》ではなく、カップだ。一緒の生活をはじめて初めに驚いたのは食器の好みだった。どんないきさつで、初恵はカップに日本茶を注ぐような嗜好《しこう》に変化したのか。一緒に暮らしはじめて二カ月経つが、永瀬はいまだに違和感を感じる。

見れば、急須《きゅうす》でなくポットで淹《い》れたようだ。

「初恵。なんです、その淹れかたは。ひとり暮らしでおかしな癖がついたの？」

たまたまリビングに居合わせた初恵の母トヨがたしなめた。

トヨは普段あまり二人の生活に干渉しない。一階に自分専用の部屋を持ち、そこでのんびりテレビを観たり、クラシック音楽のカセットテープを聴いたりしている。小さな祭壇があって、亡き夫の写真と十字架が飾ってあるのを一度見せられたことがある。

「わたしはそんな淹れかたを教えてませんよ」

「このほうが気軽だし、最近流行《はや》ってるのよ」

初恵はそんないいわけをしていた。

「お茶をポットで入れて、カップで頂くなんて」

トヨは納得できないようだった。

「最近、食器の趣味がすっかり変わったね」

ちょうどよい機会なので、永瀬もカップをながめながらそんなことを口に出した。

初恵はそうかしらと小さく首をかしげ、そんなことより、と話題を変えた。

「ねえ、それより、薫ちゃんのことなんですけど」

「カオルちゃん？」

「いやだ、すぐ忘れる。ほら、瑠璃とおなじ幼稚園にいて、事件のとき目撃して証言もしてくれた女の子」

いきなり瑠璃の名が出たので、永瀬はあやうくむせそうになった。トヨは急に仕事を思い出したというような独り言を吐いて、自分の部屋に戻っていった。

さらに、八年近くも別居していたというのに初恵の口のききかたがむしろ馴《な》れ馴《な》れしくなっていることに驚いた。年月がそうさせたのか、つきあいのあった人間の影響を受けたのか。

薫のことはすぐに思い出した。

あの日、瑠璃がさらわれた日、殺気だった大人たちに囲まれたベンチに座って、ジュースを抱えていた姿が浮かんだ。彼女には申しわけないという思いもある。犯人を見たし、小宮賢一に間違いないと断言してくれた。幼い子が一生懸命証言しようとしてくれたのに、結局裁判に持ち込むことはできなかった。

「あの子がなにか」

「いやだ、もう忘れたんですか。修学旅行で東京に来るって言ったじゃないですか」

あれは、そういうことだったのか。永瀬は今さら驚いた顔もできず、しかめ面でうなずくしかなかった。

数日前に初恵が「……さんが修学旅行で上京する」とうれしそうに語っていたのを思い出した。ちょうど考えごとをしていたこともあって、どこの誰だとは再確認しなかった。

「修学旅行というと、いくつだい」

「あなた、瑠璃の年を忘れたんですか」

なるほど、同い年のはずだった。今年、十四歳になるのか。

「最近は受験対策で、中学二年生で修学旅行に行くんですって」

「それでわが家に？」

「それも説明したつもりですけど、東京、横浜、箱根《はこね》とまわるんですけど、東京に親戚《しんせき》のある子は事前に届け出があればその親戚に一泊できるんですって。うちは親戚じゃないけど、事情を話したら、先生の了解がいただけたそうです。うれしいわ、瑠璃のお友達が泊まりに来てくれるなんて」

永瀬はそれには答えず、読みかけの本に視線を落とした。

「初恵お母さん」

たずねて来た薫が初恵をそう呼ぶのを聞いたとき、永瀬は飲みかけていた茶をあやうく吹き出しそうになった。あわてて飲み下し、逆にむせてしまった。

「あら、あなたも若いお客さんで緊張してるのかしら」

初恵が楽しそうに薫に何かのお代わりを渡している。

永瀬は適当にごまかしながら、同席していたトヨの表情を盗み見た。平静を装っているが、彼女も驚いたらしい。薫はあたり前のように「初恵お母さん」と口にした。松本にいるときからそう呼んでいたに違いない。薫が自発的に口にしたのだろうか、初恵が頼んだことなのか。頼んだのだとすればいったいどんなつもりなのか。

テーブルにはすでにところ狭しとご馳走《ちそう》がならび、薫がひとりでほとんどの皿と戦っていた。

「さあ、もっとめしあがれ」

「もう、無理です。食べられません」

薫が小さく頭を振った。肩にかからないほど短く刈った髪が左右に揺れた。大きな瞳《ひとみ》がくりくりとよく動く活発な印象の娘だった。

永瀬もつい「瑠璃が生きていればこんなだったろうか」と考えてしまう。

「初恵、お嬢さんにあんまり無理強いしてお腹でも壊したら大変ですよ」

トヨも脇から意見する。

「でもね、栗ご飯が好きだって聞いてたから、せっせと皮をむいたのよ。見て、この爪」

しぶで先の汚れた爪を見せる。

「これ、初恵」

「でも、もう三杯目です。お肉もあるし」

わずかに身をそらせて薫が答える。

「あまり無理しないでね」

トヨが心配そうに目を細める。初恵が顎《あご》を上げた。

「あらいやだ、ビーフステーキも好物だって聞いたから、お肉屋さんに頼んで取り寄せていただいたのよ。これからまだ二枚焼きますから」

「神様、もうお肉が好きだなんて言いません」

映画の真似なのか、胸の前で十字を切った。

「あら、ずいぶんね」

初恵が軽くにらんだ。その初恵をトヨがにらんでいる。みな同時に笑った。

永瀬もつられて声をたてた。家の中に若い娘がいるということはこんなに雰囲気が変わるものか。

初恵の白い歯がこぼれるのを最後に見たのは、いったいいつのことだろう。

「あした、原宿《はらじゅく》に行くんです」

薫がうれしそうに告白した。

「原宿？　いいわね」

「竹の子族が見たいなあって、友達と楽しみにしてます」

「竹の子族」

初恵とトヨが同時に声を上げた。トヨがわずかに顔をしかめたのに永瀬は気づいた。

「大丈夫かしら」

初恵が永瀬に救いをもとめるような視線を向ける。

「大丈夫とは？」

「悪い人にからまれたりしないかしら」

「見学するだけなら、問題はないだろう。それより人込みではスリやひったくりに注意したほうがいい」

はい、気をつけますと薫が答えた。

「それと、東京タワーにも上るんです」

「あら、いいわね。晴れれば富士山が見えるわよ」

「わたしも仕事の都合で一度上ったが、だめだね」

「だめって？」

薫の無邪気な目が永瀬をとらえた。わずかに鼓動が早くなる。

「いや、その、高いところが苦手でね。ビルでも三階以上になると外の景色が見られない」

「わたしは好きよ。高いところで風に吹かれるのが」

初恵が割って入った。

「あなたなんだか変わったわね」

トヨが永瀬の気持ちを代弁してくれた。

その夜は、薫が寝つくまで初恵はつききりで面倒を見ていた。彼女のつやのある表情を見ながら、永瀬は反動を恐れた。

翌朝、紺のセーラー服に着替えた薫が何度も手を振って去っていくのを、永瀬も一緒に庭まで出て見送った。門の外で、薫の姿が見えなくなるまで見送っていた初恵が戻ってきた。こころなしか、顔色がくすんだように見えた。

薫が去った直後の落胆はさすがに数日で収まったが、初恵にはつらつとした笑顔はなかなか戻らなかった。瑠璃のことを思い出しているのはわかった。

初恵の気持ちが伝染するのだろうか。夜、持ち帰った書類に目を落としながら、永瀬も瑠璃のことを考える時間が増えた。

小宮が犯人であるなら、瑠璃は汚職疑惑のいわば犠牲者ともいえた。幼女好きの嗜好《しこう》があったにせよ、その対象が偶然にも父親の事件にからむ検事だったとは考えにくい。それほど切れものとは思えない小宮が、ほとんど証拠を残さなかったのはなぜなのか。

思いは事件後のことにも及ぶ。

竹本巌の息子が初恵に近づいたのは偶然なのか。手紙で知らせてきた親密度合いは、単なる知人という関係を越えているのではないか。裏があるとするならば、初恵はどこまで気づいているのか。小宮には協力者がいたのではないかと当時から噂されたが、川添や佐々岡の筋からはそれらしい人物を見つけることができなかった。

先日、友田に連絡をとって調べてもらったところ、小宮賢一は一度松本に戻ったが、すぐに行方がわからなくなっているらしい。

疑念は、少しずつゆっくりと溜《た》まっていった。

ゆるやかな坂道を立ち止まることなく上り続けるような、どこか息苦しい毎日が続いた。そして同居から一年ほどが過ぎて、心の隅に押し込んでおける限界を越えた。

永瀬は悩んだあげく、長野行きを決心した。

用件のひとつは、友田に会うことだった。今は転勤で諏訪《すわ》支部にいるらしい。地元で瑠璃の事件に関する続報が、どんな小さなことでもよいからその後進展をみていないか、そして小宮の消息をもっと詳しく調べることはできないか。それを聞いてみたかった。

もうひとつの目的。それは竹本多美雄その人に会うことだ。初恵に生きる元気を与えた男に、是非とも会ってみたかった。

8

永瀬は週末に一泊の予定で長野行きを実行した。

長野地検諏訪支部に勤務する事務官の友田とは、上諏訪《かみすわ》の駅で待ち合わせした。

永瀬は午前中に一旦《いったん》松本まで出て、許される範囲で事件の続報を聞いて回った。この地での在任期間はわずかに一年だった。知り合いらしい知り合いもなく、つてと呼べるほどの筋もない。警察も検察も好意的に対応してはくれたが、あまり収穫がないまま夕方諏訪に戻った。

「いやあ、懐かしいですね」

友田がしきりにおしぼりに手のひらをこすりつけている。

友田に案内された炉端焼きの店に入り、テーブルに向かいあって座った。

「ここの親爺《おやじ》は北海道出身で、自分で魚を仕入れてるから、美味《うま》いですよ」

永瀬にメニューを開いて見せた。

「友田さんにおまかせしますよ」

永瀬の言葉に、友田はうなずいてメニューを閉じた。

「注文、いい？」

はっぴを着た店員に五つ六つの料理をすらすらっと口にした。

「永瀬さん。なんだか、風格が出てきましたね。いや、ほんと。今は法務局ですって？」

友田は運ばれてきたビール瓶を持って、さっそく永瀬のほうに口を向けた。

「たしかに三キロほど肉がつきました」

「いやいや、貫禄《かんろく》というのはそういう意味じゃなく」

「公判からはしばらく足が遠のいてます。わりと規則正しい生活にはなりましたが、現場が恋しいときもあります」

「そんなことが聞こえたら、特捜《とくそう》に引っこ抜かれますよ。永瀬さんはもっと上にいくはずのかたなんだし」

「まあまあ、生臭い話はいいじゃないですか。久しぶりなんだし」

永瀬が口まねをしたので、二人で笑った。

お互いに注ぎ合ったグラスをかちりと合わせて、カンパイの儀式を終えた。

「くふう」

友田が上唇についた泡をおしぼりで拭《ぬぐ》った。

「それにしても永瀬さんとは一年こっきりだったけど、懐かしいなあ」

「いつも丁寧なハガキを頂くのに、無精なもので返しもせずすみません」

友田はあわててグラスを置き、いえいえそんなとんでもないと手を振った。

「ずいぶんいろんな検事さんと仕事をしてきましたけど、お身内の事件に直接かかわったのは永瀬さんだけでしたから、特別なんですよ」

永瀬は礼の意味でうなずいた。

「昼間松本に寄りました。松本城が見えてずいぶん懐かしかった」

「わたしももう二年くらいあの街には行ってないかな」

しばらくは共通の知人に関する消息などの話題が続いた。

「そういえば下駄さん。おぼえてますでしょ。あの方は惜しいことをしましたね。検事総長とまではいわないけど、高検検事長くらいまでは行ったと思うんですけどねえ」

「脳梗塞《こうそく》だとか」

「ええ。鬼検事も病気には勝てなかったか」

友田が話題をそらしてくれているのを感じたので、永瀬は自分からあのことに触れた。

「川添土建は倒産したんですって？」

「ええ、結局例の土地が塩漬けになって、ようやく転売の許可が出ても、今さら買い手がつかなくて、あっけなく倒産です。もっとも、その前に個人資産だけはちゃんとどっかに隠したって噂ですがね」

「あの騒ぎはいったいなんだったのかと考えることがあります」

「瑠璃ちゃんも犠牲になったと思われますか。やはり小宮がどうにかしたと」

永瀬はグラスに半分ほど残ったビールをみつめていた。底から糸のように細い泡の流れが立ち上っている。黄色い帽子、水色の制服、たすきにかけたバッグ。はねるように走っていく瑠璃のうしろ姿を忘れた日はない。

グラスにビールがつぎ足され、現実に戻った。友田がビール瓶を握った手をのばしている。

「友田さん。ちょっとお聞きしたいことがあるんですが」

「なにか？」

瓶をテーブルに置き、真顔になった。一年のつきあいだったが、永瀬が深刻な話をはじめる前の雰囲気はいまだに覚えているようだった。

「まさに、その小宮のことです」

「当然息子のほうですね。小宮賢一」

「ええ、その後消息は聞きましたか？」

友田はしばらく腕を組んで考えていた。テーブルに目を落とし、壁のメニューをはしからながめるようなしぐさを見せてから、永瀬に視線を戻した。

「わたしはあれから三年ほどで長野本庁に異動になったんですよ。ただ、気にはなっていたので、たまに調べてはいました。それでね……」

店員が焼き魚を持ってきたので、会話を一時止めた。

「……でね、二年ほど前のことですよ。電話でも話しましたが突然小宮賢一が戻ったんです。女連れで」

「女連れ」

永瀬が目を開いてグラスを置く。ふたたび料理の皿が突き出された。

「ああ、来た来た、この鮭の白子の素焼きはいけますよ。軽く塩で……はいはい、わかってますよ。肝腎《かんじん》な話を先にしますね。……で、なんだった、そうだ女連れで戻ったんです。籍は入れてなかったみたいですけど、どうもこれみたいでしたね」

友田が箸《はし》を置いて、自分の腹の前で弧を描いて見せた。

「妊娠？」

「たぶん。いえね、わたしも直接会ったわけじゃないんで又聞きで申しわけないです。賢一は東京でその女と同棲《どうせい》をはじめたんですが、食い詰めたみたいですね。だからって、こんな田舎に戻ったのは川添あたりにたかるつもりじゃなかったんですかねえ」

「どのくらい暮らしていました」

「三月《み》ほどだったらしいです。細かい動向までは知りません。必要なら知り合いに頼んでもう少し詳しく調べてもらいますけど。もしかすると警察はマークしていたかもしれないですしね。……ところが、まもなく行方不明になったんです」

「行方不明？」

「ええ、連れの女が警察にかけ込みましてね、うちの人がいなくなった。捜してくれって。まあ、警察も別な意味で興味はあったから、ひととおりは捜したみたいですよ。でもね、これが煙みたいにきれいさっぱり消えてしまった」

「消えた」

眉間《みけん》に寄せた皺《しわ》がきつくなった。

「女になにか言い残さなかったんですか？」

「なにかどころか、いろいろ胡散《うさん》臭いことを言ってたみたいですよ。長野に帰ればおれは英雄だとか、金には苦労しないとか、いろいろ与太話をしてたみたいです。あの野郎、いくらマスコミに出たからって英雄はなかろうに」

友田が今さらのように、鼻をふくらませてビールを呷《あお》った。おあずけにしたはずの白子の素焼きをほおばった。

「うん、いける。どうぞ」

永瀬も箸でちぎり、軽く塩につけ口へ運んだ。含んだとたん口のなかでとろける。

「なるほど、美味いですね。それで、結局は？」

「見つからず。行方不明のまま、警察も投げたみたいです」

「女は？」

「警察の態度から、なんとなく昔のことを察したみたいですね。噂でも聞いたのかもしれません。ある日、いなくなりました。もっとも彼女のほうは行方不明じゃなくて東京に舞い戻ったようです」

永瀬はテーブルの一点をみつめたまま、動かなかった。友田は永瀬が顔を上げるまで、話しかけるのを中断していた。あぶった一夜干しの氷下魚《こまい》に頭からかぶりついて、しきりに顎《あご》の筋肉を動かした。

「ここの氷下魚をくったら、ほかのはとても。ゴム嚙《か》んでるみたいだ」

うんうんうなずきながら氷下魚を飲み下している友田に質問した。

「しかし、女は妊娠していたんですよね」

「たぶん。そうじゃないかって。ゆったりした服着て、お腹だけがぽっこり出てたそうです」

「妊娠した女を置いて、蒸発……」

グラスを口もとに運びかけて、思いついたようにテーブルに戻した。

「女の転居先はわかりますか?」

友田は口の端から氷下魚の尻尾《しっぽ》をはみ出させたまま、顔を横に振った。あわてて嚙みくだき、おおげさに顎をつき出して飲み込んだ。胸をたたきながら、ビールで流し込もうとして、脇へこぼした。げほんげほんと咳《せ》き込んでいる。

「なんだか見ていてせわしない」

永瀬が笑った。

「すみません。やっぱり性分ですかね。検事に聞かれると、正確に即答しなければって反応してしまうんですよ。職業病です。……で、女ですが、今すぐはわかりませんが調べてみましょうか？」

「できますか？」

「警察に訴え出たなら届けが残っているはずです。住民票は移してなかったかもしれませんが、それならなおさら辿《たど》りやすい」

「ご迷惑では？」

ようやく咳《せき》が落ち着いた友田が、おしぼりで口のまわりを拭《ふ》いた。

「また、そんな水くさい。あの事件はわたしにとっても忘れられない一件です。それに、わたしも瑠璃ちゃんはまだ生きていると信じてます。そうだ、すっかり忘れてた。これ」

そう言って、友田がショルダーバッグの中から桐の小箱を出した。テーブルにおいて蓋《ふた》をあける。中からとりだしたのはペーパークラフトの東京タワーだった。多少黄ばみ、糊《のり》づけがところどころはがれ、先も丸まっている。

「これは」

「懐かしいでしょ。大切に持ってましたよ」

――あ、とうきょうたわー。

突然瑠璃の声が蘇《よみがえ》った。

――ねえ、きょうあめふる？

「ちょっとすいません」

永瀬は急に席を立ち、洗面所でしばらくのあいだ顔を洗っていた。

それから一時間ほどで、友田とわかれ、予約しておいたビジネスホテルにチェックインした。シャワーを浴び、乾燥機の匂いがするベッドにもぐりこんだ。ひさしぶりに外で酒を飲んだが、目がさえて寝つけなかった。

女の話を聞いたからだろうか。明日、竹本に会うからだろうか。それとも――。

少し考えてみたが、結論の出るはずもなかった。


結局、ようやく寝ついたのは午前二時過ぎだった。それでも六時半には起床し、八時前にはチェックアウトした。

竹本との約束は午後の二時だ。永瀬は松本の駅から予約しておいたハイヤーに乗り、およそ二十キロほど西にある北アルプスを間近に望む渓谷に向かった。

小宮が目撃されたあたりを見てまわったが、何も収穫はなかった。

余裕を見て引き返し、途中のドライブインで運転手と一緒に昼食をとった。店構えのわりには意外に美味いそばを出す店だった。細めの手打ちそばをすすりながら、運転手に午後の目的地を正確に説明した。

「ここからなら、余裕を見ても三十分あれば着きます」

午後二時にあと数分というところで、豊科町にある竹本の屋敷に着いた。例の事件があったとき、一度だけたずねたことがある。建物の外見はほとんど変わっていなかった。庭木はのびたり伐採したりしたのだろうか、記憶と多少違っている。

永瀬は、森のように生い茂る樹木に囲まれた屋敷を見上げた。

9

親指よりも太い蔦《つた》が絡む古いレンガの門柱。

最近とりつけたらしいインターフォンだけが、無機質に浮き上がった印象を与える。そこから響いてきたのは、はっきりした口調の女性の声だった。

「竹本先生とお約束した永瀬と申します」

「少々お待ちください」

五分としないうちに、すらりとした体形の女性が現れた。家のようすから、いかにも家政婦といった雰囲気の女性が応対に出ると思っていたので意外な印象を抱いた。

三十代半ばぐらいだろうか。

美しい女性だった。以前、証人として映画女優から事情を聞いたことがある。堅物と言われ続けた永瀬でも、息が触れそうになるだけで緊張するのを抑えることができなかった。

そのとき抱いた印象が蘇《よみがえ》った。

これが多美雄の妻で女流作家の碓氷あや女だろうか。

「先生がお待ちです。どうぞこちらに」

しんと透き通った空気に響くような声だった。すっと先へ進む彼女のあとにしたがって、永瀬は屋敷の中へ入った。

二十畳ほどあるリビングと仕事場を兼ねた部屋に通された。

多美雄はひとりがけのソファに身を沈め、目を閉じてレコードを聴いていた。永瀬には作曲家の名はもちろん題名もわからなかったが、耳にしたことのあるクラシックだった。

「おみえです」

案内してきた女が声をかけると、多美雄は大ぶりな目を開いて、すっと立ち上がった。

「いらっしゃい。遠いところをようこそ」

映画で見る外国人のように右手を差し出した。そのしぐさが少しもいやみでなく、自然だったので永瀬もつられて握手をした。日本人離れした張り出した眉《まゆ》とくぼんだ目。おもわずその彫りの深い顔に見入った。

なんと美しい夫婦なのだろう——。

初恵がいつも二人の才能を褒め称《たた》えていたが、彼らの容姿も群を抜いていた。

「なにかお飲みになりますか」

背筋をのばした女が聞く。

「どうぞおかまいなく」

「そうもまいりませんので、コーヒーでよろしいですか」

「それではお願いします」

女が向こうを向く前にふっと笑いを漏らしたような気がした。

「さ、どうぞおかけください」

彼女がキッチンで支度をはじめると、多美雄は丸テーブルを挟んだソファを勧めた。永瀬が腰を下ろすなり、多美雄が口を近づけてささやいた。

「いい女でしょう」

右の眉をわずかに上げて永瀬を見る。妻を自慢するのだろうか。気持ちはわからなくもない。永瀬は「ええ」とだけ答えた。

「いもうとです」

「妹？」

「妻の妹、つまり義理の妹です。惜しい」

考えこんだ永瀬の顔を見ながら、多美雄はソファにのけぞって笑った。

多美雄の義妹は、二人分のコーヒーを淹《い》れてどこかに去った。はなやいだ空気が萎《しぼ》んだような気がした。永瀬は彼女の美しさにあてられた自分にわずかに腹をたて、多美雄の目をとらえた。

「お忙しい時間を割いていただいているわけですし、早速本題に入ってよろしいですか」

多美雄は片手にコーヒーカップを持ったまま、もう片方の手を振って了解の意図を示した。

「妻がこちらに住んでいるあいだ、大変お世話になったそうで、お礼の言葉もありません」

「そんな」

また、おおげさに手を振る。経歴を知らなければ、外国生活が長かったのかと思うかもしれない。

「堅苦しいことは抜きにしましょうよ」

「別居することになって、妻をひとりこの地に残していかざるを得なかったとき、わたしは最悪の事態も考えました」

「最悪って、自殺ですか？」

永瀬が小さくうなずく。

「そう思うならなぜ、と責められても弁解はしません。きっとわたしたちにだけしかわからないことでしょう」

「そうかもしれませんけど、初恵さんは自殺なんかしないでしょう」

かすかに音をたてて、コーヒーを飲み下す。

「すくなくとも、竹本さんと知り合ってからは、妻から届く手紙の雰囲気が大いに変わりました。彼女に生きるはりをあたえていただいたことには変わりないと思います」

多美雄はまるめた拳《こぶし》を口元にあてて、おおげさな咳《せき》をした。

「ま、尻《しり》がこそばゆいので、お礼はそのくらいにしていただいて、本題をお願いします。まさかそれを言いにわざわざみえたわけではないでしょう」

永瀬は初めてコーヒーに口をつけた。やや冷めかけた苦い液体は喉《のど》をしめして心地よく流れた。

「それでは単刀直入にうかがいます。瑠璃が今どうなっているか、それを教えてもらいたい」

永瀬の手法だった。

さり気ない世間話からいきなり問題の核心に触れる。不意をつかれた被疑者は動揺する。つい本当のことをしゃべってしまうものもいるし、嘘でつくろったとしてもほころびは残る。

多美雄の目に狼狽《ろうばい》の色はなかった。しばらく永瀬をみつめ、庭のどこかをじっとながめ、ふたたび視線を戻した。

ようやく口から出た言葉は「それは検事として？」というものだった。

「いや、父親として聞きたい。今日ここで聞いたことは口外しない。それはもちろん、検察にも警察にも、という意味です」

「おれも、あんたがどう考えているのか聞いてみたかった」

多美雄が足を組み直して、尻の下にまわったジャケットの裾《すそ》を引き出した。

「初恵さんからだいたいのいきさつは聞きました。初恵さんがおれのことを手紙に書いていることも教えてもらいました。知り合いからあんたは鋭い人だと聞きました。もしも、おれがあの事件に何かかかわっているとにらんでいるなら、どうして初恵さんを遠ざけようとしないのか。スパイのつもりか。だったら、籠絡《ろうらく》しようかと思ったこともあります」

ふふと笑って、立ち上がった。ポケットに手を入れて、ゆっくり部屋を歩く。

「さすがに動じないですね。お察しのとおり、初恵さんとはなにもなかったですよ。自慢じゃないが、おれは若いころから握手するみたいに女と寝た。妻の碓氷あや女、ご存じでしょう。そこそこ売れてるみたいだ」

「お名前くらいは。読んだことはありません」

「たとえば、彼女は過激なベッドシーンを書くことで名をあげたけど、あれはほとんどおれと彼女で実践したことばっかりです。東京の汚いアパートで、まだ売れなくて、時間と体力が余っていたころにね。彼女、表現力はあるかもしれないが、想像力はとぼしい。いまだにおれのことをヒモみたいに思っている連中が多いみたいですが、おれがいなければ、彼女は作家になっていなかったはずだ。……いや、失礼。そんなことを話したかったんじゃない。つまり、そんなおれでも初恵さんには手が出なかったということです」

永瀬はだまって続きを待った。取り調べのときも、のらりくらりと話題を逸《そ》らす被疑者には、あまりこちらからしゃべらないようにしていた。多美雄は椅子の座り心地が悪いように二、三度尻の位置を変えた。

「さて」

多美雄は、すっかり冷めたコーヒーの残りをすすってから、庭に目を向けた。

「おれのやったことがどんな罪に相当して、それがどのくらいの罰をうけるのか、まったく興味がなかった。……あれから何年が経つ。ちょうど十年か。今でも罪に問われるのだろうか。いや、司法の断罪などは無意味だ」

多美雄は口のはしに笑みを浮かべて立ち上がった。手のひらを永瀬にむけて、そのまま待つようにと合図して、ドアの向こうに消えた。

待っているあいだ、永瀬は鬱蒼《うっそう》と樹木の生い茂る庭をながめていた。この庭に踏みいるのはこの家の住人と手入れをする職人くらいなものだろう。


いつのまにか女が立っていた。

どこからかふらりと入ってきて、リビングの隅にじっと立っていたらしい。無機質な印象の視線を永瀬に向けている。永瀬は軽くおじぎをした。

女も、よく見ればわかる程度に首をかしげた。

和服を着ている。さっきの女よりはいくぶん年が上で、十センチほど小柄に見えた。おそらく姉の、そして多美雄の妻のあや女だろうと思った。

「お待たせ」

あらわれた多美雄は、茶色の紙と紐《ひも》で梱包《こんぽう》された荷物をかかえていた。

「なんだいたのか」

女に気づいた多美雄が声をかけた。

「お客様?」

「言わなかったか? 検事の永瀬さんだ」

「永瀬さんっていうと、初恵さんの?」

眉《まゆ》をあげてかすかに肩をゆすった。

「そうだよ。悪人には容赦がないと評判らしい。きみも摘発されないうちに脱税はやめにしたらどうだね」

あや女は半分閉じた目で多美雄をにらみ、ふんと鼻をならしてキッチンに去った。

永瀬は二人のやりとりを見ながら、どちらかといえば妹のほうが美人かもしれない、などと考えた。ただ、体から発する熱というか空気のゆらぎのようなエネルギーは、間違いなく姉のほうが濃かった。

あや女はそのままキッチンに置かれた背の高い椅子にかけ、グラスに満たした赤ワインを飲みはじめた。

「彼女のことは気にしないでください。自分の書く小説以外には興味ありませんから」

ふたたび、鼻を鳴らす声が永瀬の耳にまで届いた。

「さて」

多美雄は、持ってきた荷物をそっとテーブルに載せた。絵の世界にうとい永瀬にも、どうやら梱包された絵画らしいと想像はついた。

多美雄は丁寧に麻紐をほどきはじめた。窓から差し込む光線を受けて、紐からこぼれ落ちる埃《ほこり》が光った。何重にも包まれた茶色の紙がはがされていく。ようやく中からキャンバスがあらわれた。額装していないむき出しの絵だった。多美雄はその絵を両手に持って永瀬のほうに向けた。

永瀬の口もとから「ぐっ」といううめき声が漏れた。

永瀬は奥歯を嚙《か》みしめた。しばらく息を整えたあと、立ち上がって絵に近づいた。右手を絵にのばす。かすかに震える指先が絵に触れるか触れないかの瞬間、こらえていた嗚咽《おえつ》が漏れた。

「瑠璃。これは瑠璃では……」

永瀬は顔を両の手のひらにうずめ、ソファに腰を沈めた。

どれくらいの時間、多美雄の話に耳を傾けていただろうか。中天にあった日はすでに傾き、西から木の葉のあいだを抜けて部屋の隅に長い影をつくっていた。

いつのまにかあや女のすがたは消えていた。

多美雄は、長い話を続けるあいだに自分で淹れたコーヒーを二杯空にした。

「濃いのが好きでして」

三杯目を含んだ。

「これだけカフェインをとってる一方で、夜は眠れないといって睡眠薬と酒に頼っているんですから、まあ身体にいいわけがない。永瀬さんもいかがです」

「いや」手のひらを向けた。「けっこう」

「それなら、庭でも散歩しませんか」

頭のなかでは今聞いたばかりの話を反芻《はんすう》していた。心の整理がつかない。とりあえず多美雄の誘いに応じることにした。

「わかりました」

テラスから、多美雄が出してくれた庭履き用のシューズに履きかえて、庭に下りた。ひらけているのはほんのわずかで、だだっぴろい敷地のほとんどはまるで森のようだ。ところどころにブロンズの像が立っている。あまり大きな物はなく、犬や兎といった小動物が、樹木のあいだから飛び出してきたように点在している。

「あれも、竹本さんが？」

竹本が永瀬の示した猿の像を見て笑った。

「ああ、彫り物ですか。あはは、いやほとんどは親父です」

「画家の巌さんですね」

「若いころ朝倉文夫《あさくらふみお》に師事したこともありましてね。もっぱら絵のほうが有名になりましたけど。わたしも若いころまねごとをしたことはあります」

下草を刈った遊歩道のような小径《こみち》を進みながら、多美雄が続けた。

「最近じゃ親父も元気がなくなって、うるさく言わなくなったものだからほったらかしです。このあたりでも酸性雨とかが降るらしく、年々傷みがひどくなる」

多美雄が立ち止まった先に、一本の木が生えていた。緑の葉を生い茂らせている。高さ四、五メートルほどのまだ若木に見えたが、永瀬はその名を知らなかった。どことなく欅《けやき》に似た葉だった。

「ハルニレです」

多美雄が幹を軽く叩《たた》いた。「ニレ」という響きに覚えがあった。

「一般的にはただ『楡《にれ》』と呼ぶことも多い。葉が似てるから欅と勘違いしている人もいる」

永瀬は根本に目をやった。地面から、石板のような物が突き出している。厚めの週刊誌を二冊重ねたほどのレリーフだった。腰をかがめてのぞく。羽ばたこうとしている鳥が浮き彫りになっていた。

「瑠璃鳥《るりちょう》という名の鳥です。別名オオルリ」

多美雄が、花壇に咲く花の名でも説明するように、あっさりとその名を口にした。ずっとむかし、別な人間から聞いたことがある。

丈太郎は両膝《ひざ》を地面につき、御影石《みかげいし》に彫られた鳥に手をのばした。しばらくのあいだ指先で鳥の表面をなぞっていた。

やがて丈太郎は立ち上がり、多美雄の顔をみつめた。多美雄の顔には表情がなかった。

丈太郎は検事を長く務めるあいだに、わずかな表情や仕草から相手の感情や思考を推し量る能力が身についた。しかし、今の多美雄には何も感じなかった。

短く鳴いて、鳥が飛び立っていった。永瀬はふたたびレリーフに目を落とした。十五年前の初恵の声が蘇《よみがえ》る。

――子供の名前、瑠璃ってつけようと思うんですけど。どうかしら。

何冊か図鑑を開いて、その写真を永瀬に見せた。

――六月生まれでしょ、季語の中に瑠璃鳥っていうのがあるんです。もとは「オオルリ」っていうんですけど、この鳥です。青くて綺麗《きれい》な鳥でしょう。それと、瑠璃って、ほらわたしの好きな洋画の青い絵の具の材料になっている石の名前なんです。西洋では「天空のかけら」っていうんですって。素敵でしょう。

初恵にはめずらしく、丈太郎の前で歌を口ずさんだこともあった。

――あなたも、ご存じでしょ。ほら、勇気凛々《りんりん》瑠璃の色、っていう歌。ぼくらは少年探偵団、っていう歌だったかしら。あ、いやだ。でもね、凛とした人に育って欲しいんです。

レリーフから多美雄の顔に視線を戻した。相変わらず無表情に丈太郎をみつめ返している。永瀬の転勤が決まって、初恵が松本に残りたいと言い出したときもこの鳥をひきあいに出した。

――少し奥に入った山に登ると、オオルリの声が聞こえるんですって。あなたご存じでした？　とっても澄んだ綺麗な鳴き声らしいの。わたし、この土地を離れたくありません。

感情を殺した声で多美雄に質問する。

「さっき聞いた場所の名を、もう一度教えてください」

「楡の木澤洞門」

聞き間違いではないことを確認した。

「もうひとつだけ聞きたい。二年ほど前、小宮がこの土地に戻った」

多美雄は答えずに、首をかしげて先を促した。

「女連れだった。しばらくしてその女から、小宮の行方を捜して欲しいという願いが出された。知ってますか」

「いつのまにか取り調べですか？」

多美雄のふざけたような口調を無視した。

「今日は取り調べではない。強制することもできない。だから教えてくれないか。小宮はどこに消えた」

多美雄はポケットに手を入れたまま、聞こえていないように庭をながめている。永瀬はその横顔をみつめながらゆっくりとことばを吐いた。

「小宮の真意がずっとわからなかった。わからないはずだ。かれも駒のひとつだった。あの男をけしかけて警察関係者の子供をさらわせる計画を誰かが立て、時期を狙っていた。ひょっとするとどの子供にするかも、まだ決まっていなかったのではないか。しかし、小宮は計画を聞き、下見をして瑠璃を見たとたん我慢できなくなり、芦川を利用してさらってしまった。予定は変更されて事件の隠蔽《いんぺい》に力がそそがれた。事件はなかったことになった。ようやく世間が忘れそうになったときに舞い戻った小宮は、邪魔な存在でしかなかった」

多美雄がふりむいた。

「ねえ、永瀬さん。罪なんてものは人間が勝手につくり出したものだ。大部分の、あるいは、権力を持つ大部分の人間にとって都合がいいようにね。わたしに言わせればくだらない。法の番人などと気取って権力を笠《かさ》に着ているあなたがたも同様」

竹本はわずかに笑みを浮かべて続けた。

「事実と真理は違う。美は真理だ。理屈はいらない。わたしが具現化できているとは言わないが、すくなくとも鑑賞はできる。初恵さんも鑑賞眼を持っていた。美を解さない人間に人を裁くことなどできるとは思えない」

永瀬は遮り、反論した。

「自分勝手に生きたいだけの人間がよく持ち出す屁理屈《へりくつ》だ。取り調べでうんざりするほど聞かされたよ。矛盾を指摘してもいいが、今はそんな気分ではない。ただ、すくなくとも初恵は社会ルールを自己都合で逸脱する人間ではなかった」

竹本の自分を見る目が、憎悪の光を帯びたように感じた。

「もうひとつ、納得のいかないことがあった。事件の前とあとではあきらかに主導者が違う。誘拐などという短絡的な手を考えたのは川添あたりか、つながりのある地場のやくざ者だろう。しかし、その後の隠滅の手際は見事だ。川添が誰かに相談したとしか思えない」

木立の向こうに見える洋館に視線を向けた。

「脳梗塞《こうそく》だと聞いた」

「親父のことか？　そうだ。ひとりじゃおかゆも食えない。だがおれは、あれが罰だなんて思わない。それとも、連れて行って取り調べますか。わたしら親子」

「どれほどそうしようと思ったかわからない。だが、きみの言うように真理より大切なものも世の中にはあるのかもしれない」

「気が済んだら、どうぞお引き取りください。このつぎは、……ほら、なんでしたっけ。ドラマでやってる。令状か、あいつをお持ちください。どうしてもわたしを罰するというのならそれも結構。死刑というならそれもまた結構。特別未練のある世界でもない」

もう一度笑いを浮かべるとさっと背を向けた。すたすたと母屋《おもや》のほうへ歩いていく。テラスの上に履き物を脱ぎ散らかして家の中に消えるまで、永瀬はその背中をにらんでいた。

竹本の屋敷を出て、しばらく歩いたところで雑貨屋をみつけた。店先の公衆電話からタクシーを呼んだ。

運転手に「松本駅まで」と告げたあと、途中で花屋を見かけたら声をかけてくれとつけ加えた。すぐに永瀬はシートに背をあずけ、きつく目を閉じた。

「瑠璃。初恵」

小さくつぶやき、体を焼き尽くしそうな怒りを静めることに全霊を傾けた。

10

長野から東京に戻ってしばらく、永瀬はふさぎ込んでいるように見えたらしい。法務局の仕事場でも「お疲れのようですね」と声をかけられたし、初恵も気にかかったようだった。

「久しぶりに出張でしたし、お仕事でなにかやっかいなことでも？」

ふだん、ほとんど仕事の中身には触れない初恵が、めずらしくそんなことを聞いた。初恵には出張で諏訪支部に行くと伝えてあった。

「いや、トラブルというほどのことでもない。出張の用件は無事終了した」

「それなら、いいですけど。そういえば、どうでした？　信州」

「どうということもなかったよ。夜は温泉にでもつかって、のんびりしようかと少しは楽しみにしていたんだけどね。忙しくて、それどころじゃなかった」

「残念でしたね」

永瀬の前に茶を置くと、書斎に戻っていった。法務局の仕事でなぜ長野に行く必要があったのか、疑問に思わないのだろうか。あるいは感づいていて触れないのだろうか。あるいは義理で聞いてみただけで、永瀬の行動などどうでもよかったのか。初恵の顔色から本心をうかがうことはできなかった。

　このところ、ほとんど切れることなく挿し絵の仕事が入ってきているようだ。永瀬も家に仕事を持ち帰ることが多かったが、たまに初恵のほうが遅くまで書斎にこもっていることもあった。家事は母親にまかせがちになったが、「張り合いがあって、ぼけ防止にいいわ」と母親自身は喜んでいた。


　長野訪問から三日後の昼、勤務先に書留が届いた。封筒には諏訪支部の名がすり込まれている。

　裏を返した。やはり友田の名があった。ということはもう調べがついたということだろうか。ペーパーナイフで封を切る。事務的な便箋《びんせん》が二枚出てきた。

　一枚目には時候の挨拶《あいさつ》と、ひさしぶりに歓談した夜の感想が綴《つづ》ってあった。二枚目に例の女のことが書いてあった。松原秋恵《まつばらあきえ》という名らしい。最終居所が記してあった。

「わりと簡単にたどり着くことができました。昨年、出生届けが出ています。男子で名は賢太《けんた》。父親の名をとったのでしょう。転出届けが出ていないので今でもその場所に住んでいる可能性が強いと思われます」

　お役に立てたでしょうか、と締めくくってあった。


　二週後の日曜日に、永瀬は事前に調べた住宅詳細図を手に、板橋区に住む松原秋恵を訪ねあてた。

鉄筋三階建てのこぢんまりとした賃貸マンションに住んでいた。

チャイムを鳴らすが、応答がなかった。約束をしていないのだから、やむを得ない。時計を見ると十一時をわずかにまわったところ。買い物に出かけていることは考えられる。しばらく待ってみることにした。

マンションの入り口が見えるバス通りの向こう側に、ベンチが置いてあるのを見つけた。乗客のじゃまにならないよう、はしに座って待った。二十分ほど経ったころ、通りの反対がわを、簡易型ベビーカーを押して歩く女を見つけた。永瀬は立ち上がり、すぐ前に立っている歩行者用信号機のボタンを押した。

「すみません、散らかっていて」

秋恵は、永瀬が声をかけた瞬間こそ驚いたようだったが、特別嫌な顔もせずリビングに通してくれた。

自分はもう何年も前に小宮賢一さんと親交があった。長野にいらっしゃるとばかり思っていたら、風の便りで行方不明になったと聞いた。長野の松本まで行く用事があって、松原秋恵さんの居所を知ることができた。

そんな、永瀬のつくり話をそのまま信用したようだった。

とくに、松本では警察にまで聞きに行って秋恵が出した捜索願いの存在を知った、というくだりで信用したようだ。事情を知るものからいえば、関係者でもない人間に捜索願いの詳細を警察が漏らすなど、あり得ないことだったが。

秋恵は幼い顔つきの女だった。来年三十になるはずだが、二十歳そこそこで通るかもしれない。小宮賢一の嗜好《しこう》を思い出して息苦しくなった。

「このお子さんは賢一さんの？」

秋恵はわずかに照れた表情を浮かべた。

「父親に似ないといいんですけど」

ベビーカーで寝ていた一歳の賢太は、部屋のベッドに移すときに少しぐずったが、秋恵が添い寝するとすぐに寝ついた。

この子を初恵の好きにさせれば、彼女の気は済むだろうか——。

ちらと浮かんだそんな考えを振りはらった。小宮がどうあろうと、この二人に罪はない。

秋恵が寝つかせているあいだ、身についた習性で部屋の中をさっと観察した。高級家具や電化製品はないが、漠然と想像していたよりも暮らし向きはよさそうだった。

秋恵が長野で見聞きしたことは、十分もたたずに聞き終えた。小宮が漏らしたほら話についても、なんとか具体的な内容を思い出してもらおうと思ったが、秋恵は首をかしげるばかりだった。

「あんまりよく覚えていないんです。向こうに帰ればおれもちょっとした有名人なんだとか、議員だっておれには頭が上がらないとか、そんなことばっかり言ってました」

それで十分だろう。

「なにか思い出したことがあったり、困ったことがあれば連絡してください」

メモ用紙に自宅の連絡先を書いて渡した。

いよいよ帰ろうというときになって、壁の隅に一枚の絵がかかっているのを見つけた。

青い鳥の絵だった。

「あれは?」

「え」

永瀬の視線をたどって、絵のことだと理解したらしい。

「ああ、有名な画家の先生らしいんです。むかし、彼に……彼ってもちろん賢一のことですけど、世話になったからって、ときどきお金とかお米とか送ってくれるんです。あの絵も売れば何十万円にもなるって言われたんですけど、なんとなく気に入って」

「世話?」

「そうなの」

秋恵がぷっと吹いた。

「あたしはなんとなくずるずるつきあったけど、あとから思えば賢一ってクズみたいな男だったでしょ。そんな有名な先生がどんな世話になったのか、不思議でしょうがないの」

幼い顔つきのわりに、はすっぱな物の言いかたをした。

この日を境に、永瀬は瑠璃の事件をさぐる行為を一切しなくなった。夫婦のあいだでも、ずっと後に初恵が臨終を迎えるそのときまで、娘の名が出ることはなかった。

11

時間の感覚がない密室のベッドで永瀬丈太郎はほんのいっとき覚醒《かくせい》した。計器類のグラフは相変わらず弱々しい波線を描いているが、最高が三十台まで落ちていた血圧が一時的に六十台までもちなおした。

ここはどこで自分は何をしているのだろう――。

音もない闇の中、高熱に浮かされた子供のようにぼんやりとした頭で、永瀬は考えた。濃霧に包まれた意識が晴れていくにしたがって、ようやく火事にまきこまれたことを思い出した。するとと自分は病院に運ばれ、ここはベッドの上なのかもしれない。

あらためて全身の感覚がほとんどないことに気づいた。呼吸も自分の意志で行っているようではなさそうだ。

朦朧《もうろう》とした意識の中、初恵と出会ったころから今までのことを、ずっとたどっていたような気がする。

初恵が息を引き取る数日前に、彼女と最後の会話をしている場面までたどり着いたところで目が覚めた。

あのときの初恵は、浮き出た頭蓋骨《ずがい》の形がわかるほどにやせ衰えていた。癌の病巣が全身に転移し、延命の望みがまったくない中で、彼女は気丈に振る舞っていた。

死期を悟ったのか、あの日見舞った永瀬の手を自分から握った。骨の表面に直接皮が貼りついたような指だった。

「お礼を言わないと」

「なんの礼だい」

「ずいぶん、好き勝手なことばかりさせてもらって、感謝しています」

「わたしは別になにもしていない。君の人生は君が歩いてきたとおりだ」

「相変わらずね」

ふっ、と紙のように薄くなった鼻梁《びりょう》から息をもらした。

「あなたに聞きたいことと、お願いがあります」

「なんだろう」

永瀬は痛まない程度に初恵の手を握り返した。

「瑠璃のことです」

心拍数がわずかに上がるのを感じた。

「あなたは人の嘘を見抜く天才だったそうですけど、ご自分は世界一嘘が下手なかたよね」

「なんだい、今さら」

「あれほど瑠璃を愛していたし、行方不明になってから痛々しいほど心配していたのに、いつのまにか瑠璃の話題に触れなくなりましたね。それればかりか、瑠璃を思い出すような品物は近くに寄せつけなくなった。あなたは瑠璃がどうなったかご存じだったのね」

初恵が苦しそうに深呼吸した。

それはきみもおなじことじゃないか——。

今、命の炎が尽きようとしている人間相手に、言い返すことはできなかった。

永瀬は苦しそうな妻に、透明なプラスチックの呼吸用マスクをあててやった。初恵は礼を口にする代わりに瞼《まぶた》を閉じ、数回深呼吸した。やがて指先を動かして、マスクをはずしてほしいと合図を送った。

「わたしも、うすうすは、感づいていました。認めたくなかっただけです。だから、あてつけのように、青い石を……、石を買い集めました。何も説明してくれないあなたを、本当は心の底で恨んでいました。えも、えも……」

しゃっくりのように息がつかえて呼吸が止まりかけた。永瀬はあわててマスクを当てた。

初恵が胸を上下させて息を整える。

「無理に長く話すと体によくない。それに興奮すると疲れてしまうよ。今日はこのくらいにしよう」

「いいえ。もう命を長らえる理由が見あたりません。もう少しだけしゃべらせてください。

……瑠璃は、あの子はもう死んでるんですね。ほんとうはずっとむかしから、そう思っていました。……どうか、教えて」

永瀬の手を握る初恵の指は痛いほど力強かった。永瀬は両目を閉じて、小さく一度うなずいた。初恵の指先からふっと力が抜けた。

「どうもありがとう。……今まで話してくださらなかったのは、きっとわたしのためでしょう。ひとつだけお願いがあります」

初恵はまた、マスクをあてて五分ほど息を整えた。

「唯一の心残りは瑠璃に花を添えてやれなかったことです。あの子はとてもお花が好きでした。大人になったらお花屋さんになるんだと言ってました。……あの子が眠る場所にお花を捧《ささ》げてあげてください。最後のわがままです」

言いたいことをしゃべり終えて、初恵は力つきたように目を閉じた。永瀬はマスクをあててやってから、初恵の胸を軽く、ごく軽く叩《たた》いた。

「わかった。約束する。あの子の魂が眠る場所にとびきり大きな花束を捧げに行くよ」

初恵は深いため息をついて目を閉じた。

「やっとあの子に会えるのね。待ち遠しかった。……ずいぶん長かった」

閉じた初恵の目尻《めじり》から、涙が伝った。

検察官の仕事を長く続けるうちに、永瀬は死というものを状態として受け止める習癖が身についた。

死は生命の完全なる終焉《しゅうえん》であって、魂や霊などというものはどこにも存在しない。ずっとそう考えていた。成仏できない霊がいつまでも死体に宿っているなどと考えていては、正確な仕事はできないというのが主義だった。

初恵の願いをきいた直後から、わずかに考えが変わった。

もしかすると、あるのかもしれない――いや、正確には、そこにあると思う人間の精神作用の反射として魂は存在するのかもしれない。だとすれば、初恵が死んだとき瑠璃の魂もなくなることになる。それでも約束だけは守ろうと決めた。

思い入れのある場所は二カ所。そのうちのひとつはすでに済ませていた。もうひとつ……そうだ、あの場所は何年か前に献花に行って大怪我をした。ずっと心残りだったが、去年知り合いの少女につきあってもらって、なんとか思いは遂げることができた。

あの少女の名はなんといった――。

頭の中をいくつもの人名が猛烈な速さで通り抜けていく。永瀬はそのうちのひとつを掬《すく》った。

美緒。

美緒という名の少女だった。瑠璃によく似ていた。最初に出会ったとき、まるで瑠璃の生まれ変わりではないかと息を飲んだ記憶がある。初恵に会わせたらなんと言っただろう……。

ふたたび意識が遠のきかけたとき、指先に何かが触れた。温度も硬さもわからない。だがおそらくそれは誰かの指先だろうと思った。自分が初恵にしたように、誰かが自分を看《み》取《と》ろうとしているのか。

礼を言おうとしたが、かすかに口が動いただけだった。

瑠璃、もしかすると瑠璃なのか。

元気にしていたか。

寒くないか。泣いていないか。

いつもきみが泣くと、つぶらな瞳から宝石のような雫が落ちた。

瑠璃。きみの誕生日に本を買ってあげたことを思い出す。ぎこちなく、しかしうれしそうにナイフとフォークを使っていたな。こんどは美味《おい》しい寿司《すし》にしよう。傘は持ったか。

そうだ、こんどは大阪城を造るかい。大作になるぞ。花壇には花を植えて……。

初恵、瑠璃、わたしは……。

＊＊＊＊

マニュアルどおりひととおりのチェックを終えて、看護師は、ほっと息をもらした。ゴム底のすれる音がエレベーターのほうへ遠ざかって行く。

薄暗い部屋に浮かぶ計器の数字が、ふたたび血圧の低下を示した。白いシーツの下に横たわる永瀬の脳裏に何が浮かんでいようと、はたからは眠っているようにしか見えなかった。

第三部

1

わたしと薫さんがN医大附属病院にタクシーでかけつけたとき、丈太郎は集中治療室でまだ生きていた。

応急の手当ては終わったらしいが、本格的な手術がはじまったようすはなかった。詳しいことをほとんど知らされないまま、わたしたちはロビーで待ち続けた。ときおり、白衣を着た職員が立ち止まり、何か話しかけようとするそぶりを見せるが、結局ひと言もしゃべらずに去っていく。

日付が変わるころに看護師を伴って現れた医師が、状況を説明してくれた。

火傷《やけど》は一部でかなり深いところにまで達し、右手は皮膚の移植手術が必要だし、何本かの指は場合によって切断することになるだろう。ただ、火傷そのものは命にかかわるほどの重傷ではない。問題なのは熱い煙を吸い込んだことで、気道熱傷といって気管支が焼け自力で呼吸ができない状態にあることだ。

「胸骨柄《へい》のすぐ上」と、医師は自分の喉《のど》のあたりを指差した。そこを切開し管をつなぎ、人工肺から直接酸素を送り込んでいる。さらに一酸化炭素を吸ったために、中毒を起こして現在のところ意識不明である。終始レポートを読み上げるように、淡々と説明した。

「きわめて危険な状態です」

初めに「場合によって切断」と言ったのは、「生きていれば」という意味なのだと、ようやく理解した。

やつれた印象を与える顔つきの医師は、軽くお辞儀をして去った。一度も立ち止まることなくぺたぺたとサンダルを引きずるように歩いて通路の奥の闇に消えた。

薫さんは、あとに残った看護師にいろいろと説明を受けたり質問されたりしていた。

ご家族のかたですか……、それじゃどなたか……、近しい親戚《しんせき》のかたがいらっしゃいましたら、今のうちに……。

夜が明けて、二人とも一度家に戻ろうということになった。わたしを家まで送ってから、薫さんは自分のマンションに向かった。

音をたてないように玄関のドアを閉めた。母は自分の寝室で寝ているようだ。声はかけない。母は丈太郎のことをあまり快く思っていない。わたしが彼の屋敷に入り浸るのが面白くないのかもしれない。あるいは借りができたことを、うしろめたく感じる反動かもしれない。

じっとしていると、視界がわずかに揺れる。自分の頭がふらついているのが原因だった。ベッドに入る気分になれない。水を一杯飲み、床に寝転がるとすぐに携帯電話が震えた。フラップを開いたときに時刻が見えた。知らないあいだに一時間近くうとうとしていたようだった。

「何かあるといけないし、あたし、やっぱり病院にいるね」

携帯電話を通したせいでなく、薫さんの声は割れていた。

わたしは、どうしても仕上げなければならない仕事があって人には頼めない、穴を開けるわけにはいかない、夕方早めに顔を出すと答えた。

ぼうっとしたまま出社したわたしは、今日できれば早退したいのだと告げた。わたしの顔を見たチーフはなぜだとも聞かなかった。

午後の三時過ぎに病院に着くと、薫さんはまるで昨日からずっとそこにいるように座っていた。よく見れば、服だけは着替えたようだが、待合室で順番待ちをしているほかののどの患者よりも顔色が悪かった。

「大丈夫?」

声をかけられて、初めて気づいたようにわたしを見上げる。

「うん。……あたしね、自分で決めた、いざというときのぎりぎりの判断基準があるんだ。それはね『死ぬか死なないか』なの。あたしはこのくらいじゃぜんぜん死なない。あとで寝だめすれば大丈夫。でも、永瀬さんは死んじゃうかもしれない」

独り言なのか、わたしに説明しているのか、熱で浮かされた人のように、そんなようなことをしゃべった。

「それとね、警察が来たよ。事件の可能性があるって」

ぼんやりしていた視線をわたしに向けた。

「事件？　放火っていうこと？」

「かもしれないって」

放火ならば犯人がいることになる。容疑者はいるのだろうか、目撃者や証拠が残っているのか。薫さんはその先を話さない。わたしもそれ以上聞かなかった。

日が沈むころ、親族ということにしてもらって、ほんの短時間面会が許された。実際には面会などというものではない。数分間、白い布に包まれた塊をながめることができただけだ。変わり果てた姿というものがあるならば、このときの丈太郎がそうだった。

枕元に立つ金属製のスタンドに設置されたモニターには、アルファベットの略字や二桁《けた》のデジタル数字がいくつも点滅している。ピッピッという単調な機械音を発しながら、色の異なる折れ線グラフが三本流れていく。

グラフの波形がときどき乱れるのと、断続的に聞こえる、おそらくは人工呼吸器がたてるプシューという音が、丈太郎の生命の証《あかし》だった。

点滴用のスタンドには、薬品の見本市のようにいくつもの袋がぶらさがり、それぞれから管がのびていた。行き先は白いシーツの中、まだかろうじて丈太郎である肉体だった。

顔は包帯とマスクに隠れてほとんど見えない。包帯のすき間から細く黒い物が飛び出しているが、髪の毛なのか焦げた皮膚なのかわからなかった。

右手の先が布の脇からのぞいている。包帯の先にほんの少し指先が見える。いつも見慣れた白く神経質な指先ではなかった。赤黒いとしか形容のできない、丸く細長い肉塊だった。

「ケンジさん」

嚙《か》みしめたはずの歯のすき間から、ひとりでに声が漏れた。丸く変形した傷だらけの指で、赤黒い指先に触れた。想像したよりも温かかった。

「薫さん。ケンジさんの指、なんだか動いたみたい」

「美緒ちゃんだって、わかるのかもね」

それは気のせいではなかった。そっとふれたわたしの指先で丈太郎はまだ生きていた。わたしはもう一方の手で薫さんの腕を握りしめ、唇の内側を嚙んでこらえた。

看護師に促されて治療室を出るまで、薫さんの腕から離れずにいた。

「痛いよ。美緒ちゃん」

廊下に薫さんの声が響いた。

「ごめんなさい」

指先の力を抜く。

薫さんがさする腕には、真っ赤な指の跡がついていた。

どちらからともなく、通路にあるベンチに腰を下ろした。薫さんは勢いをつけて背もたれに身体をあずけた。

「だめかもしれないって。だから、右手の手術もお預け」

壁に頭を預けた薫さんが、蛍光灯をみつめたまま話しかけた。

「皮膚の移植をしてあげようよ。しゃべれないだけで、痛がっているかもしれないよ。可哀相だよ。もしも合うならわたしの皮膚使って」

わたしはずっと薫さんを頼って暮らしてきた。今このときでも、彼女にすがれば何かの望みがあるかのように思った。

「あたしも真っ先に、先生にそれを言ったよ。でも、生死の境っていってもいいくらいの状態だから、手術は無理だって……」

言葉が途中で途切れたので、薫さんを見た。目を閉じたまま、後頭部を小刻みに壁に打ちつけていた。

いつのまにか、待合いロビーには人の気配がなくなっていた。時計を見ると外来診療は終了している。夜間の見舞いに来た人が、待ち合わせでちらほら見えるだけだった。

結局薫さんは、そのまま病院の待合室でもう一夜をすごすことに決め、わたしは終バスで帰った。

翌朝、火事の後に初めて丈太郎の家を訪れた。

どうしても焼け跡のようすを見たくなり、会社には遅れると連絡を入れた。薫さんからは携帯にメールが来た。夜通し病院にいたので、一度着替えに帰宅してそのあとまた病院に戻ると書いてあった。

慣れた道を永瀬邸に向かって歩いて行くと、数十メートル手前から独特の臭いが鼻をついた。バーベキューを思い出させる炭の焼けた匂い、ビニール類が燃えるときの刺激臭、そのほかにも原因のわからない不快な匂いに、あたり一帯が満ちていた。

最後の角を曲がると、不思議な光景があった。

初めに気づいたのは、いつも見慣れた赤い屋根がないことだった。ぽっかりと空いた空間が奇妙な印象を与える。

敷地に近づくにつれ、なまなましい焼け跡全体が見えてきた。ブロックの塀を覆いつくす蔦《つた》には変わりがなかった。庭木にも変化は感じられない。その向こうの建物だけが、真っ黒な残骸《ざんがい》になっている。一階の三分の二ほどが焼け、焼け残った二階がその上にのしかかるように崩れ落ちている。真っ黒な柱や梁《はり》が、巨大な生物の骨格のように突き出ている。焼けてすすけた壁と、何ごともなかったかのように真っ白な壁のコントラスト。

門の近くで、近所の住人たちが数人、お互いのひそひそ声にうなずきあっている。塀があるので、野次馬が敷地内にはいる心配はなさそうだった。便宜的に貼られた黄色いテープの結界内で、制服姿の人間が五名ほど作業をしている。二人がクリップボードのような物を持ち、ひとりは見たことのない小さな機械を持っている。残り二人は金具のような物で、ときどき黒い塊をつまんでひっくり返している。わたしは何も考えることができずに、立って見ていた。

制服の背中に書かれた文字が読めた。

警視庁——消防ではなく警察だった。灰をほじくり返している男に、よほど「なにがあったのですか」と聞こうかと思った。しかし聞いてみたところで教えてくれるはずがない。わたしは、深く考えることもなくテープをくぐって敷地の中に入った。一昨日まで、自由に出入りしていた門から。

「ちょっと」

制服を着た職員のひとりは女性だった。

「ここは立ち入り禁止です」

帽子の下で眼鏡が光った。まだ若そうに見えた。根拠もなく親近感がわいた。

「知り合いなんです」

声がかすれて、聞こえなかったようだ。

「親族のかたですか」

ふたたび彼女の聞き返す声があたりに響く。のこりの職員もあまり興味がなさそうにこちらを見ている。毎回見慣れた光景なのかもしれない。

「違います」

「調査が終わるまで立ち入り禁止です。すぐに出てください」

これ以上の問答は無駄だと考えた。わたしは入ったときとおなじように、ぼんやりとテープの下をくぐった。

どこを彷徨《さまよ》ったのか覚えていない。

電車で二駅の会社まで、二時間かかって着いた。

病院のベッドに横たわっていたものについて考えていた気がする。

あそこにいるのは丈太郎ではない。

真夏の強烈な日差しの中で、パナマ帽をかぶり麻の上着を着て毅然《きぜん》と立っていたわたしの知っている丈太郎ではない。最も長引いた裁判と、一番短く済んだ裁判の裏話を淡々と教えてくれた丈太郎ではない。去年の夏、長野の渓谷へ向う途中、「実は今まで美緒さんにはだまっていたのだが、高いところが苦手なのだよ」とニコリともせず告白した丈太郎ではない。


薫さんを愛する塚越社長は、わたしにも仕事を紹介してくれた。

『デザイン　アース』という名の小さな印刷会社だ。パートタイマーの増減はあるが、社長も含めて社員は十五人前後しかいない。この人数で営業からデザイン、データ制作、印刷、折り込みの手配までする。取引の相手もほとんどが、自前の広報部門を持たないような零細企業だった。スーパーツカコシは上客なんだよと薫さんに聞いた。

「きみはガッツがあるか」

この印刷会社の水谷《みずたに》という社長に初めて会ったとき、いきなりそう聞かれた。

「わかりません」

「薫さんはあると言っていた。あの人が保証したならあれこれ聞く必要もない」

社長がうなずいて、面接はそれで終わった。

高校を卒業してすぐ『アース』に見習いとして入社したわたしは、ここで初めてDTPソフトに触れた。デ《D》スクトップパ《T》ブリッシ《P》ングとは、パソコンを使って印刷物のもととなるデータを完成させる作業のことだ。普通は、一年か二年、デザイン学校のようなところに通うのだが、わたしはいきなり実践で慣らされた。

入社当日、いきなり機械の前に座らされたわたしは、途方に暮れていた。

「こいつを今週中に読んで……」

市販のマニュアル本をぽんと目の前に置かれた。

「見よう見まねでやってみな。学校じゃ余計なことも教える。実務に必要なことだけ憶《おぼ》えればいいさ」

この社長は今年三十二歳だと聞いた。初代社長である父親から二年前にその職を継いだ。

「どうせ継いだだけの会社だ。潰《つぶ》れてもともと」というのが口癖だった。塚越社長とは飲み仲間だと薫さんが教えてくれた。

あるとき突然、水谷社長が「これをつくってみな」とチラシの原稿を差し出した。入社してひと月も経っていなかった。わたしはできないと断った。

「まあ、練習だと思ってやってみなよ。材料費のかかるもんでもないし」

マニュアルと首っ引きで一日がかりでつくった。近所にある居酒屋のビラだった。季節限定メニューが並んでいる。

「うん……。ま、こんなもんだろな」

できばえを見た社長は、二度ほどあごをさすった。

「マグロの色がいまいちだけど、考えてみたらあそこの刺身は活きが悪いんで有名だった」

奥歯を見せていかにも愉快そうに笑った。


「おい、杉原くん、大丈夫か」

遅刻して現れたわたしの顔色を見た全員がそう声をかけてくれた。わたしが作ったいくつかのファイルは、おそらく使い物にならなかったはずだ。わたしの知らないうちに、別な誰かが直してくれたに違いない。

「今日はもういいから帰りな。社長には話しておくから」

時計の針が定時を回るなり、チーフがわたしの肩をたたいた。

人工の光でうす明るい空に負けず輝く、宵の明星をながめながら、ひとりでもう一度永瀬邸を訪れた。黄色いテープは貼られたままだが、警察の職員はいなかった。

この永瀬邸は、わたしにとってほとんど故郷のような存在だった。

わたしはテープをくぐりぬけて中に入った。ほぼ真円に近い月が庭を照らしている。塀のすぐ外には街灯も立っている。懐中電灯はなかったが、足もとを見分ける程度には明るかった。

炭の焼けこげた匂いはまだ強く漂っている。母屋《おもや》の脇に、中から運び出したらしい黒焦げの木材が積み上げてある。

壁の半分はくずれて家の中が見えている。わたしは玄関だった場所から靴を履いたまま家に上がった。もとが何だったのかわからないような、すすけた残骸が積もって、床はほとんど見えない。鋭利なものを踏み抜かないよう月明かりでたしかめながら、一歩ずつゆっくりと進む。爬虫類《はちゅう》のうろこのように細かくひび割れた黒い柱が、月の光を吸い込んでいる。斜めに倒れかかった柱の下をくぐる。ばき、と音をたてて陶器のようなものが割れた。

リビングのあった位置には二階がのしかかっていた。あの下にいつも丈太郎が腰かけていたソファがあるのだろうか。それとも跡形なく燃え尽きただろうか。丈太郎の書斎も原形を止《とど》めていなかった。壁が壊れ庭が丸見えだ。部屋中に水をかぶったらしく、本のほとんどは使い物にならないかもしれない。机の上にも木材の燃えかすやすす焦げた瓦《かわら》の破片がちらばっている。初めてこの家を訪れたとき、充が目を輝かせて見入ったジオラマは、燃えかすすら見あたらなかった。

初恵さんの書斎をのぞいた。天井がくずれていないためか、ほかの部屋よりはいくらかましだった。床も机も見える。ただ、リビングに接した本棚は無惨だった。中身の半分ほどが床に落ち残りのほとんども焼け焦げている。わずかに背表紙が読める本も、もう使い物にはならないだろう。ほとんどが水を吸って湾曲していた。

ライティングデスクは多少焦げ跡がついた程度で形は残っていた。天板が開いている。やはり水をかぶっていたが、部屋全体にくらべればきれいな状態で残っていた。中は乱雑に散らばっていたが、何百回となく見慣れたわたしはすぐにある物がないことに気づいた。

石は――？

ラピスラズリはどこだろう。机を埋め尽くしていた青い小石がひとつもない。放水で散ったのだろうか。しゃがんで床を探してみる。ガラスの破片や炭化した木片などが散らばっているが石は見あたらない。

じっと目をこらし、ようやく一粒見つけた。うずらの卵ほどの大きさだ。どういうわけか、あれほどあった石がほかには見あたらない。

わたしはたったひとつだけ見つけた石をつまみ上げた。ジーンズにこすりつけて汚れを拭《ぬぐ》う。月の光を浴びて瑠璃――ラピスラズリがしっとりと光彩を放っている。石の上に、ぽつりと雫がおちた。放水のなごりではなく、雨でもない。ジーンズの上に丸いしみがだんだんと数を増してゆく。久しぶりの涙だった。

もしかするとそれは、わたしの目を透して彼女が落とした涙かもしれなかった。

2

翌土曜日、会社は休みだったが、わたしは病院に丈太郎を見舞いに行かなかった。相変わらず食欲がない。ホットミルクに砂糖を溶かして胃に流しこんだ。最低限の身支度をしてふらふらと表に出た。

目的があって歩きはじめたわけではなかった。足がひとりでに永瀬邸に向いた。黄色のテープはそのままだったが、警察や消防の制服は見当たらなかった。ほとんど無傷に残った門越しに、廃墟《はいきょ》のような庭をながめる。午前中に作業したのだろうか、リビングを押しつぶしていた二階が解体され、庭に降ろされていた。そのあたりに茂っていた半ば野生化したローズマリーが下敷きになったはずだが、もはや残念がる人間もいない。

何かを探すわけでもなく、ただぼんやりと、前衛彫刻のオブジェを思わせる黒こげの柱をながめたあと、一度開けかけた門を閉め、近所をぶらぶらしながら時間をつぶした。

気づくとふたたび門のところに立っていた。

深い理由もなく、鉄の門を開き黄色のテープをくぐろうとしたわたしに、うしろから声をかけてきたものがあった。

「いやあ、驚いた」

上半身をかがめたままふりかえる。ほおがそげた感じの、年輩の男が立っていた。男は門の中や塀のまわりをひととおり見回してから、ようやくわたしにたずねた。

「あなた親戚《しんせき》のかた？」

「どなたですか」

くぐりかけたテープから身体を起こす。

「ああ、こりゃ失礼」

男は右肩に提げていた茶色い革製のショルダーバッグから、名刺入れを取り出した。

「石神と申します」

渡された名刺を見る。

――西信濃《にししなの》印刷所　工務部　参与　石神浩之
所在地は長野県松本市になっている。松本という文字に記憶の中であるものが蘇《よみがえ》る。

「初対面でそんなにじっくり名刺をみつめてもらったのは初めてだ。めずらしいことでも書いてありますか」

ざらざらした声に顔を上げると、男が目尻《めじり》の皺《しわ》を深くして笑っていた。疲労が溜《た》まっているのか、なんとなく顔色があまりよくない。

「なにか」

名刺を手にしたままにらみ返す。

「永瀬さんには、松本時代にお世話になっていたんですよ」

「松本で？」

「まあ、せっかくだから中に入りませんか。警察もいないようだし」

石神と名乗った男は、まるで自分の家でもあるかのようにテープをひょいと持ち上げた。わたしに先に入るよう促す。その親しげなしぐさに、さらに不快感は増したが、好奇心が勝った。

「その前に聞いてもいいかな。永瀬さんは？」

まだ、生きている、と答えた。やっぱりそうかとうなずいている。

「さっき近所で聞いたら『まだお葬式は出してないみたい』と言ってたからね。……で、永瀬さんは今どこ」

そっちこそどこの何ものだと聞きたかったが、この石神という男のほうが会話の主導権を握っていた。わたしはしかたなく、病院名と症状を簡単に説明した。

「火事の原因はわかったの？」

首を振った。

「実は昔記者をしていてね。長野の地方紙だけど。名前を言ってもたぶんきみは知らないだろう。さっきの名刺にあった印刷会社は、その関連会社で今の勤め先なんだ。まあ、そんなことはどうでもいい。もうあれから三十五年にもなるな。……ずっと昔に悲しい事件があった。今、思いかえしてみても悪夢を見ていたようなそんな気分だ」

「瑠璃さんの事件ですか」

焼け跡に向けていた視線をわたしに戻した。口の形が「ほう」と言った。

「永瀬さんに聞いた？」

急いで頭を左右に振る。自分の顔色のことについて考えた。多少は化粧をすればよかったかもしれない。

「だろうね。あの人は自分から身の上話をするようなタイプじゃなかったからな。その事件当時、少しばかり世話になったというか、おつきあいがあったんだ」

石神が庭に生えた草の先をちぎって、空に放った。数枚の切れはしが風で散っていった。

「若いやつらは煙たそうな顔をするが、今でも週に一度は新聞社に顔を出すんだ。変わった事件でもないかってね。あそこにいるとなんとなくほっとするんだ。そこで、ここの火事について知った。時事通信からまわった記事で、誰も興味はなさそうだった」

記事を読んでわざわざ来たのだろうか。

「東京に住んでる姉にずいぶん不義理をしたから、顔出しついでにと思ってね。いいかげんなやつだと思うかもしれないが、この年になるとそんな理由でもないと、なかなかふんぎりはつかない。きっと永瀬さんなら気にしないと思う」

初めに抱いた嫌悪感が半分ほどに縮んだ。丈太郎とつきあいがあったというのは嘘ではなさそうだった。

「あの」

「あ、すまん。つい」

わたしの呼びかけに、石神はポケットから取りだした煙草をとがめられたのだと勘違いしたようだった。くわえた煙草をあわてて箱にしまい、白髪の交じった髪を指先で掻《か》いた。

「さすがに火事跡じゃ不謹慎かな」

違います、と答えた。

「永瀬さんは気にしないと思います」

え、と声に出して石神はまたわたしを見た。ゆっくり口のはしが歪《ゆが》んだ。笑ったのだと気づいた。ふうんと何かに納得している。話そうかどうしようか迷っているようだったが、結局しゃべりはじめた。

「永瀬さんと知り合ったのは、瑠璃ちゃんの事件でなんだよ。あるきっかけで懇意にしていただいた。あの人は野武士みたいなところがあってね、こっちが忘れたようなことにも義理堅かった。瑠璃ちゃん事件の一年後、検察内の大異動があって永瀬さんも転勤になるとき、わたしはいろいろ情報をもらった。長野県内にはびこる巨大な汚職構造のネタだ。証拠が摑《つか》めなくて検察が歯がみしていたところに、ウチの社が抜いた記事でけっこうセンセーションを巻き起こしたよ。リークもとはどこだと、あちこちからずいぶん責められたけど吐かなかった。検察の現場の人たちはおそらく気づいていただろうけどね」

そのことも薫さんから大まかなことは聞いていた。

「でも、結局悪いことをした人たちは、野放しのままだったんですね」

石神記者がわたしを見て笑った。

「きついね。たしかに、あのとき検察が追っていた農地転用疑惑はお宮入りになった。しかし、中心人物たちはその記事がもとで、泥まみれになって、求心力を失ったよ。すくなくともわたしはそう信じている。県議の佐々岡は二年後に、現役議員としちゃ異例の本人がからんだ選挙違反で実刑判決を受けた。中央に打って出る夢もあったらしいが、結局政界からは身を引いて二年前に脳梗塞《こうそく》で倒れた。川添土建は脱税で告発され、五年後に倒産。社長の川添は倒産前に私財を保全したらしかったが、バブルの崩壊でそっちのほうも文字どおり泡と消えたらしい。今では行方不明だ。もう生きてはいないかもしれない」

どこか遠くの別世界でおきた話のように聞いていた。彼らと戦った、正確には戦う前に身をひかざるを得なかった丈太郎のことを考える。

「お願いがあります」

石神はだまってこちらを見ている。何かを探ろうとする目つきだ。特に悪意があるわけでもなく身についた習癖かもしれない。

「瑠璃さんの事件について詳しく知りたいんです。事件のことを取材した記者さんなら詳しいですよね。教えてください」

頭を下げた。

「もう、忘れたな」

そっけない答えに、こんどはわたしが「え」と声に出した。石神が一旦《いったん》しまった煙草を出してくわえるところだった。火をつけて最初の煙を吹き上げたところで、バッグから携帯の灰皿を出した。

焼け跡、庭の樹木、そしてわたしの順に視線を走らせる。

「細かいことはさすがに忘れた。瑠璃ちゃんという女の子が突然姿を消して、結局行方もさらった犯人もわからなかった事件としか記憶にない」

その程度ならわたしも薫さんに聞いて知っていた。三十五年も経っては人の記憶は風化する。

うつむいた先に、焼け焦げのついた本が半分泥に埋まっていた。掘り出してみたところで、もう読むことはできないだろう。それでも脇に落ちていた枝で泥をほじり本をつまみあげた。

「新聞記事を読むといい」

本についた泥をおとしているわたしに石神が声をかける。

「記事？」

「そう。当時の記事。わけあって、ウチは他社より詳しい内容が書けたんだよ。もしも昔の記事で調べようと思うなら、大手の新聞じゃなくて長野の開智新報がいいよ。おれの書いた記事だ。といっても入手しづらいか」

口のはしが歪んだ。

「忘れた？」

「ああ」

「忘れた」

「よしわかった。松本に帰ったら、マイクロフィルムで探してあげよう。そして、コピーを送ってあげるよ。ほい」

いつのまにかバッグから取り出したメモ帳とボールペンをわたしの目前に突き出した。少しだけ迷ってから、わたしは名前と住所を書いた。

石神と名乗った元記者は「それじゃ、お元気で」というような挨拶《あいさつ》を残してテープに手をかけた。

「あのう」

「なにか」

石神はテープの向こう側で、ショルダーバッグのストラップをひょいと背負い直してふりかえった。

「記事、かならずお願いします。手数料が必要なら払います」

石神はしばらくわたしの顔を見てから笑った。

「送ることは約束する。手数料については考えておくよ」

あまり顔色のよくない笑顔を残し、背中を向けて手を振りながらいってしまった。

石神と名乗った不思議な男が去ってほとんど間をおかずに、ポケットがブルブルと震えた。薫さんからメールが届いた。

《かなり危ない状態　来られる？》

《すぐに行きます》

わたしはひんやりとした鉄門を閉めて丈太郎の入院先に向かった。

薫さんはロビーにいて、わたしを先に見つけ手を振った。

「由佳ちゃんは、大丈夫？」

最初に母の心配をしてくれた。母も丈太郎のことは知っている。入院のことを聞いて、とおり一遍の心配はしてみせている。が、母が自分のことでせいいっぱいなことはわかっていた。このところ目つきが落ちつかないのでわかる。きっとそう遠くないうちに発作が出るだろう。

「まあまあです。それよりケンジさん、どう？」

「あんまりよくない。さっき、血圧の上が三十台まで落ちたらしいから、もう危ないかもしれない」

「親戚《しんせき》は？」

機会のあるたびに「身寄りはない」と丈太郎は言っていた。それでも聞かずにいられない。

「警察で調べて、広島に従弟《いとこ》がいるらしいことがわかったんだけど、すぐには来られないみたい」

その従弟とどの程度のつきあいなのか知らないが、あの屋敷の名義が初恵さんの弟にあるのだとすれば、あわてて飛んでくるようなことはない気がする。

わたしと薫さんはそのままロビーのベンチに座り、何というあてもなく待った。よく選ばないで買ったために、甘すぎて飲めない缶コーヒーはほとんど中身を捨てた。

「お腹空いたね」

時計を見る。午後の七時だ。

「そうだね」

ほんとうはあまり食欲はなかったが、薫さんにつきあおうと思った。考えてみれば、朝にホットミルクを飲んだきりだ。ひょっとすると薫さんも似たようなものかもしれない。

「なんだか、オムライスが食べたい」

薫さんが笑顔でわたしを見る。

「ほら、歩いて三分くらいのところに、おいしそうな洋食屋さんがあったでしょ。あそこに行こうよ」

そうね、と答えた。出入り口の自動ドアを抜けたところで、薫さんがわたしに腕をまわしてきた。外の空気は夜の匂いに変わっている。腕を組んだまま並んで歩いた。両側に欅《けやき》の並木が続く敷地内の歩道を抜け、病院の正門を出た。

「あっち」

薫さんの指差すほうへ歩く。わたしの腕にからめた薫さんの皮膚が冷たかった。

病院の塀代わりになっている、針葉樹の植え込みが続く。途切れたところから急に商店街に変わった。三分も歩かないうちに、ヨーロッパの街角にありそうな、カラフルなひさしを突き出した洋食屋があった。ライトアップされた大きめの黒板に手書きのメニューが並んでいる。薫さん期待の特製オムライスは『オススメマーク』つきだった。

四人がけには少し狭そうな丸いテーブルに、向かい合わせに座った。テーブルクロスはブルーのチェックで、洗いざらした風合いがいいねと薫さんが手のひらでさすった。テーブルのすぐ脇に木製の出窓があって、ミニチュアの人形が並んでいる。パン屋の建物、白い帽子を被《かぶ》ったパン職人、買い物途中の母子《おやこ》連れ。子犬を連れた老紳士。みな実際の人間以上に活き活きとしている。ぼんやりながめていると薫さんが「決めた」と大きな声を出した。

初めからきまっているくせに、メニューをはしからひととおり目を通していた。

「決めた。あたしはこれね。特製オムライス」

指先でつついている。わたしもおなじ物に決めた。

「すみません。お願いします」

薫さんが手を上げて、不自然なほど元気な声で注文した。

「ねえ、ねえ。オススメマークもなくて特製でもない、たとえばこの『エビフライ定食』って頼む勇気ある?」

注文し終えたあと、薫さんが店中に聞こえるような声で聞いた。

料理を待つあいだ、薫さんの口からは途切れることなく『ローズ』を訪れる変わった客の話が飛び出した。愉快な彼らと薫さんのやりとりを想像して、丈太郎のことをいっとき忘れかけた。

薫さんは出てきたオムライスをひと口ほおばるなり、手を口もとにあて「あっちち、でもおいひい。これおいひいよ」とケチャップのついた唇をもごもごさせながら言った。

「そんなにあわてなくたって、いいじゃない」

何日かぶりに二人で声をたてて笑った。

薫さんはスプーンを口に運ぶ速度を落とさない。この店に入った直後ぐらいから、なんだか妙に元気よく、そしてせわしないことに気づいていた。沈黙が降りてくることを恐れているのかもしれない。わたしはその理由について考えた。薫さんの勘はよくあたる、そう思ったときだ。

ブーッ、ブーッ。

低い振動音が、薫さんのバッグから流れた。

会話が止まる。やはり薫さんの勘はあたったらしい。特製オムライスを最後まで食べることはできなくなった。

「病院からだ」

携帯電話の表示を見た薫さんが、中途半端な笑顔のままわたしを見た。わたしにも、それがタイムアウトの知らせだとすぐにわかった。

「美緒ちゃん出て」

わたしは、突き出された薫さんの携帯を、手のひらで押し返した。

「やだよ。絶対出ない」

薫さんはナプキンで口もとをぬぐい、こわごわと携帯を耳にあてた。

「もしもし……、はい、そうです。はい……、はい。ええ……」

薫さんの声は途中からかすれてしまい、涙をぽたぽたとテーブルクロスに落としはじめた。口もとに手を当て、首だけを振っている。電話の内容は簡単に想像がついた。

わたしも、特製オムライスを半分ほどしか食べ終えていなかったが、口をぬぐい席を立ってゆっくりトイレに向かった。カンヌキ型の鍵《かぎ》をしめ、大きく深呼吸する。唇の内側を嚙《か》んだ。おもいきり壁を殴りかけて、自分の部屋ではないことを思い出した。気がつけば何年かぶりで指先を嚙んでいた。丈太郎と約束してやめた癖だった。

約束した相手は、いなくなってしまった。止める理由が見あたらなかった。

扉の外に声がもれないよう、水を何度も流した。

わたしは、丈太郎のために祈る言葉を持っていなかった。狭いトイレのドアに背中をあずけ、ただ指を嚙みながら、病んだ獣のように声を殺して泣くことしかできなかった。


丈太郎の葬儀は、公営の斎場で簡素に行われた。

遺体が納められた一番安い棺《ひつぎ》に、ごく限られた人たち——ほとんどは『ローズ』の顔見知り客だった——が一輪の白い菊を供えて終わりだ。

読経《どきょう》もなければ焼香もない。薫さんが持参したCDプレイヤーから静かにクラシック音楽が流れているだけだった。

初恵さんの弟であの家の所有者——事実上、唯一丈太郎の親族ともいえそうな宇佐見《うさみ》という人物は、仕事の都合で来られないと聞いた。買いつけの商談にヨーロッパへ行っているらしい。

「解剖もなかったね」

薫さんが遺影を見ながらぼんやりと言う。

「この前、ニュースで見たけど、最近は明らかに事件性のある死体でも、なかなか解剖しないんだって。問題になってるみたい。人手不足らしいよ」

「へえ、詳しいね。美緒ちゃん」

「原稿待ってるあいだ、手持ち無沙汰《ぶさた》だから新聞読んでる」

遺体のつき添いとして、二人だけ泊まることになった深夜の斎場で、とりとめのない話をしているうちに、眠ってしまった。

翌日、丈太郎が灰にされているあいだ、二人は会話もなく待合室のソファに倒れるように座り込んでいた。わたしは外の空気を吸いたいと告げて建物を出た。駐車場の脇に小さな公園があった。葬儀に退屈した子供を遊ばせるための施設かもしれない。

ベンチに座り、蟻が何かの切れ端を運んでいくのを、ぼんやりと見ていた。ときおり車の流れが途切れると、驚くほどの静寂が訪れる。それほど郊外というわけでもないのに、街の騒音が聞こえなかった。遠くでさえずる鳥の声だけが耳に入る。

どれほどの時間が過ぎたのか、ゆっくりと流れてゆく白い雲をながめながら思った。火葬場に、煙突がない。子供のころ、死体を焼くと煙が出ると聞いた気がする。丈太郎であった肉体が、煙となって天にのぼるとき、いったいどの道を通っていくのだろう。泣かないと決めたはずだったが、丈太郎がむごい目にあってから、歯止めがきかなくなった。

薄い雲がゆるい風に流されて、青空に溶け込んでゆくその境界あたりをながめながら、わたしは目のまわりがこすれて痛みに耐えられなくなるまで、指でぬぐい続けた。

3

壺《つぼ》に入った丈太郎を抱えて、薫さんはマンションに戻った。

わたしも自分の家に帰った。郵便受けに大きさも重さも週刊誌ほどの封筒が入っていた。速達扱いになっている。裏を返す。あの石神という男からだった。わたしは階段をかけのぼり、鍵《かぎ》を締めるのももどかしく、封筒をかかえて自分の部屋に入った。はさみで口を切り、中身を引き出す。

何枚かのクリアファイルに仕分けられた新聞記事と、手書きの手紙が入っていた。石神自身が書いたものだった。

初めに丈太郎の容態を気遣う文章があった。行けるかどうかわからないが、状況に変化があったら知らせて欲しいと書いてあった。

――瑠璃ちゃんの事件が載った記事を送ります。おおまかに時期ごとに分けてあります。すなわち、誘拐の報道規制が解かれた直後の混乱期、小宮賢一が逮捕された前後、不起訴が決まったあたりの後追い記事です。とにかく、五里霧中という表現がぴったりの事件でした。記載された以外にもいくつかわかっていることがあります。興味を抱いたことがあれば連絡ください。

そんな趣旨の手紙だった。

自分のことに精一杯で、丈太郎の葬儀について連絡するのを忘れていた。記事の礼もかねて手紙を書こうと思った。

まずは、順を追って記事を読むことにした。ファイルから出してみて気づいたのだが、ところどころ傍線が引いてあって、別紙の該当する番号を見ると石神の注釈が添えてあった。横柄な態度に似合わず、親切な人物なのかもしれない。

夜が白んで窓の外に人の気配が戻るまで、わたしは記事を繰り返し読んだ。

翌日以降も、帰宅が深夜にならないときは、帰りがけに焼け跡に寄った。

永瀬家を襲った事件は悲しいできごとだったが、三人ともすでに死んでしまった。屋敷は初恵さんの弟が処分して、更地にしたうえで売りに出されるそうだ。三人が生きた証《あかし》はのこらない。

丈太郎の葬儀が終わって十日ほど経った土曜日。わたしは午前十時ごろ屋敷をたずねた。平日の昼間、ショベルカーのような重機が作業しているのは知っていた。今では数本の大きな庭木をのぞいて、ほとんど更地になっている。

こうなってしまっては、門の中に入る意味もない。

「ああ、本当だ。いたいた」

いきなり聞こえた声にそちらを見る。男が近づいてくる。見覚えはない。年代は三十代半ばあたりだろうか。

「失礼ですが、杉原美緒さん?」

真っ白いシャツの上に、薄手の青いブルゾンを羽織っている。下は色の抜けたジーンズ。使い込んだショルダーバッグを右の肩からぶら下げている。

わたしは、どちらさまですか、と視線でたずねた。

「いや、失礼。石神と申します」

胸ポケットから取り出した名刺入れから一枚抜き、わたしに差し出した。聞き覚えのある名だった。

――新日本新聞　東京本社　文化部　石神真

「下の名は、まこと、と読みます。先日、親父がご挨拶《あいさつ》したと思うんですが。目つきの悪いじいさんです」

「石神さんの?」

「息子です。記者にだけは絶対なるものか、と思っていたんですけどね。因果ですかね。まあ、そんな話はどうでもいい」

石神真と名乗った男はハンカチで汗をぬぐいながら焼け跡を見ている。わたしは相手の顔つきを観察した。

子供のころから、自分に話しかける大人たちが、腹の中で何を考えてそんなことを言うのか、常にそればかりを考えていた。純粋な親切心からか、哀れみなのか、交換条件を出す前触れか。いつのまにか、その程度の判断はつくようになった。

今、目の前にいる男は腹に何もないか、よほど心を隠すのがうまいかどちらかだと思った。

「もとは立派な屋敷だったらしいですね」

「区から寄贈してくれと言われたこともあったそうです」

「それは惜しいことをした。一度、取材させてもらえばよかった」

わたしに向き直って、口を大きく開いた。笑ったようだった。

「なにか」

「あ、そうそう、本題を忘れていた。これ」

差し出したのは新日本新聞の記事の切り抜きだった。

「これがなにか」

「ちょっと読んでみて」

泥棒がビルから落ちて死んだ、という記事だった。事件のあった日付は三日前になっている。

五階建てマンションの屋上から、ロープを伝って五階のベランダに降り、空き巣を働いた犯人が、さらにとなりの家に移ろうとベランダの外側を伝っているときに、手を滑らせて落下したという事件だった。一階部分は専用庭になっていて、もしも枝の柔らかい樹木でも植わっていたら一命をとりとめたかもしれないが、あいにく真下の住人は規約違反のプレハブ倉庫を建てていた。その屋根に落下して、忍び込んだ男は即死した。

「これが何か」

「翌日、その泥棒の名前がわかったんです。そっちの記事は小さいから読んでもしかたない。世間から見たら、ドジな泥棒が自業自得で死んだ、というありふれた事件です。うちの親父がその名前を知って――今でも古巣の新聞社に出入りして、ニュースの盗み読みなんかしてるらしいんですよ。困った年寄りだ。で、興奮してぼくのところに電話してきたってわけです」

まだ意味がわからなくて、首をかしげていた。

「ああ、そうか。そっちの話はご存じなかったですね。……死んだ男の名は松原賢太二十六歳。母親の名は秋恵。もっとも十年ほど前に病死してますがね。松原秋恵は二十七年前、松本に半年ほど住んだことがあります。東京でくっついた男にそそのかされて、男の故郷である松本に帰った」

また松本だ――。

自分の顔に赤みが差していくのを感じた。

「ところが、相手の男は三カ月ほどして忽然《こつぜん》と消えた。行方不明になる心当たりがなかったので、秋恵は警察に届けた。しかし、煙のように男は消えてしまった。秋恵はしかたなく東京に戻った。そのときお腹の中にいた赤ん坊が賢太です。消えた父親の名は小宮賢一。この男のことはご存じだと親父に聞きました。永瀬瑠璃ちゃんを誘拐した犯人として、とりあえず別件で逮捕されたが、証拠不十分で不起訴になったあの小宮です」

遠いめぐりあわせを感じる。薫さんは瑠璃さんをさらっていく若い男を目撃した。その犯人らしき小宮賢一の息子が、都内で泥棒に入って死んだ――。

ぼんやり考えごとをしているわたしに石神が続けた。

「さらに意外なことがわかって、今日ここへ会いにきたんですよ」

石神はメモ帳を出して、読み上げた。

「ええと、ラピスラズリ」

いきなり聞こえた単語に、ふたたび顔の温度が上がった。

「文化部にいながらこういうのは不案内なんですけど、貴石というのが流行《はや》ってるらしいですね。たしかに言われてみれば、幸運を呼ぶ石とかいって水晶だとか瑪瑙《めのう》だとかの携帯ストラップを売っているのを見たことがある。ラピスラズリ、別名瑠璃ともいう。松原賢太の部屋から両手にいっぱいいくらい見つかったらしいです」

おもわず、あっと声を上げた。石神はやっとわかってくれたかという表情でわたしを見ている。焼け残った初恵さんの書斎を見て、あの大量にあった青い石がどこに消えたのかと思った記憶が蘇《よみがえ》る。

「それじゃあ、あの火事は……」

「今、警察では松原賢太が放火したセンで調べているらしいですね。ただ、被疑者が死んでしまったし、現場がこのありさまじゃ今さら立件はむずかしいかもしれない。初動捜査にもうちょっと身を入れないとね。だいたい……」

わたしの頭は混乱していた。石神がまだ説明している声が次第に遠のいた。自分の頭の中をさぐり、知っていることを整理した。

瑠璃さんをさらったと思われた小宮賢一は、証拠不十分で釈放された。一旦《いったん》は逃げるように東京に出たが、何年かあとに恋人と舞い戻った。彼女のおなかには赤ん坊がいた。直後に賢一は忽然と消えて二度と現れていない。そして大人になったその息子が、丈太郎を焼き殺した。どんな因果があるというのか。そういえば、そういえば——。

「あの男！」

思わず叫んだわたしの声に、まだ何かしゃべっていた石神が口をつぐんだ。

「あの男？」

「七年前、公園にいた男。中学生を……」

不審気にこちらを見る石神に説明する。

「たしか七年前、この近くの公園で中学生グループと若い男が喧嘩《けんか》になって、殴られた中学生が死んだ事件がありました。その犯人がつかまったかどうかわかりますか」

わたしの剣幕に、石神がわずかに上半身を反らした。

「いや、記憶にないんで今すぐはわからないけど、なにか関係が」

「あると思います」

「どんな」

「中学生を殴って死なせた男が、たぶん松原賢太」

「なんだって」

石神は一瞬目を伏せて、すぐに顔を上げた。

「そうか。……そうだ、ちょっと待って」

手のひらをわたしにむけて、携帯を開いた。ボタンを押している。

「調べてみますね……。あ、もしもし、おれ。そう、そう。いや、休みだけどちゃんと仕事だよ。ほんとだって。今日の当番は？　……じゃ、おまえでいいや。ちょっと頼まれてくれ。事件の検索。え、……そんなのあとにしろよ。倍にしてかえすから。いいか、メモれよ。時期は」

わたしの顔を見る。七年前の夏だと告げる。石神はそれ以外にもわたしから聞き出しながら相手に伝えた。

「まあ、十分もあればわかりますよ。あいつがコーヒー買いに行くのを我慢してくれればだけど」

返事を待つあいだに、あの日わたしが目撃したことを簡単に説明した。薄墨のようだった記憶が次第に濃くなっていく。兄弟の名も思い出した。翔太と裕二。甘ったるいガムの匂いまで蘇った。

「すると、その若い凶暴な男が松原賢太だったと?」

「工藤翔太の口にした名前が、五年生のときの担任とおなじ名前だったので印象に残りました」

「へえ、記憶力がいいんだね。記者にならない?」

返事に困っているところに、石神の携帯が鳴った。

「あ、おれ。遅いよ。……わかったわかった。それで……。うん……あ、ちょっと待った」

石神は電話を器用に肩に挟んで空いた手でメモをとりはじめた。

「何年だって?」

ときおり、大きな声で聞き返す。十分近くそうしていた。

「サンキュ。また電話するわ。しっかり仕事せいよ。じゃな」

ぱたんと畳んだ携帯を尻《しり》ポケットにしまった。

「ビンゴ」

親指を立てた。

「社会部で調べてあった。あなたが言った公園の乱闘事件から一年ほどあとに、ふたたび乱闘騒ぎを起こした。相手はたぶんそのときの中学生グループだろうね、復讐《ふくしゅう》しようとしたのかもしれない」

メモを読み上げるようにして説明する。

「松原が身を隠していた友人のアパートに、少年が三人押しかけて騒ぎになった。下の階の住人が一一〇番通報して一網打尽。一年前、中学生を死なせた松原の罪状については、当時少年だった上に、もともと喧嘩をふっかけたのが中学生側と証明されて、いわゆる過剰防衛で済んだ。懲役三年で執行猶予四年。検察被告どちらも控訴せず確定。しかし、執行猶予中に傷害事件を起こして計四年二月服役。みっちりお務めだったってことは、模範的とは言いがたかったんだろうね。先月出所してすぐにこの始末じゃ、まあ想像がつくね」

賢太という名の小宮の息子が粗暴であることはわかった。わたしも見たことがあるから納得できる。問題は、丈太郎と彼の接点だ。あの日、公園で硬い表情をした丈太郎が渡していた封筒には金が入っていた。遠い記憶だが、丈太郎に媚《こ》びている風はなかった。あえていえば……できの悪い息子に金を無心された親のようだった。

二人ともだまってそれぞれの考えごとをしていたが、石神の携帯が鳴って中断された。

「はい、もしもし」

背中を向けて声をひそめている。わたしには関係のない話らしい。数分話しこんでいたあと、しかめ面でふりかえった。

「まったく」

急に出社しなければならない、と続けた。

先日インタビューを済ませて明日その記事が載る予定の歌手が、記事の内容にクレームをつけてごねているらしい。掲載したら訴えると騒いでいる。デスクの自分が行かないとけりがつかない。そんな説明をした。

「ま、この商売には休みもなにもないから。記者になりたいなら、覚悟してね」

大股《おおまた》で三歩ほど歩いて、ふりかえった。

「この話はどっちかといえば社会部の管轄だから、わたしがすぐ記事にする云々はないと思ってください。ただ、親父が連絡を待ってるので、今のやりとりを報告することになります。また連絡が来るかもしれませんけど、適当にあしらってください。もしもわたしに用事があれば、その名刺の携帯に電話ください」

言い終えてまた背中を向けた。

「あの、電話は何時ごろなら都合いいですか」

半身だけふりむいた。

「何時でも。この仕事は、出られるときが都合のいいときです」

夕方、『ローズ』に寄って、ぼんやりと薫さんがかける音楽を聴いていると、カウンターにすっと白い物が出てきた。封筒に見えた。顔を上げる。化粧気のない顔で薫さんが微笑んでいた。

「先生の手紙」

「手紙？」

「そ。ほら、癌だったでしょ。死期を自覚してたから、自分が死んだらこれを美緒さんに渡してくれって頼まれてたの。こんなに早まるとは思わなかったでしょうね」

――丈太郎からの手紙。

わたしは、壊れやすいガラス細工に触れるように、そっと指先を封筒にのばした。あまり厚くない。糊《のり》づけしていない封筒をあけ、中の手紙を取り出す。三つ折りにした便箋《びんせん》二枚に見なれた丈太郎の筆跡で書いてあった。

＊＊＊＊

死生命有り、とは永年私の嫌いな言葉でした。

これは論語に出てくる言葉で、人の生き死には天命による、というような意味です。人間は生かされているのではなく、自らの意思で生きている。それこそが私の信条でしたから、受け入れ難く思っていました。しかし、最近少し違うことも考えるようになりました。

ご承知のとおり私の病はほぼ末期の様相を呈しています。初恵とおなじ病とは皮肉なものです。手術をはじめ、一切の延命治療を固辞していますので、今年の紅葉は見られないと医者に宣告されました。もっとも今迄《まで》も、紅葉にしろ桜にしろじっくりながめたことなどありませんでしたので、そのことに特別の感慨はありません。

この手紙は、薫さんに後処理を依頼した荷物の中に入っています。私の頼みが聞き届けられたとすれば、今この瞬間私は生きていないでしょう。

私は、人生の終盤において美緒さんという光明に邂逅《かいこう》できたことを喜びます。

いつか私が、この世界に運命などないし、それに近いものがあったとすれば恐ろしく冷酷だ、と言ったことを憶《おぼ》えていますか。その考えは今もほとんど変わりませんが、冒頭に書いたように最後の最後に少しだけ考えかたを変えました。

もしも死後の世界があって、記憶を持っていけるものなら、瑠璃に美緒さんという若い友人のことを話すつもりです。引っ越したばかりで友達の少なかった彼女は、きっとうらやましがることでしょう。美緒さんが輝く瞳《ひとみ》で私から知識を吸収していたとき、私も娘に語るような喜びを感じていました。

美緒さんをみつめながら、もしも瑠璃が生きていたら、と考えてしまった私を瑠璃は許してくれるでしょうか。

病で気弱になったせいか、せんのないことを書きました。

長年の交情に感謝いたします。

永瀬丈太郎

杉原美緒様

＊＊＊＊

わたしは三度読み返してから、丁寧にたたんだ。

家に持ち帰り、ふたたび開いて読み返した。

気がつけば時計は夜中の二時を指していた。途中、母が帰宅して何か声をかけたようだったが、わたしは上の空で返事をした。

ライトを落とした部屋のベッドで、わたしは去年丈太郎につきそって訪れた渓谷を思い出していた。

——美緒さん、一緒に長野に行ってくれないだろうか。

高校三年生の夏休みだった。唐突に丈太郎が切り出した。

「長野って、長野のどのへん？」

本を読んでいたわたしは、顔を上げて丈太郎を見た。

「松本の西、上高地の手前だ」

丈太郎は表情を変えることなく、ソファに置いてあった地図を取り出して広げた。もうずいぶん使い込んでいるらしく折り目が切れかけている。

ない。

指差す先を見るが、もちろんわたしは行ったことがない。

「できれば死ぬ前にもういちど、ここに行きたい」

丈太郎がそんな物の言いかたをするのは初めてだった。わたしは薫さんに相談し、母には事務的に告げて、丈太郎と長野へ向かった。足が不自由な丈太郎をかばうといいながら、ただあとをついていっただけだった。あれは、丈太郎が自分の癌を察知した時期かもしれない。

──もう一度あの渓谷をたずねてみよう。

そう決心した。


「こんどの土曜日なんだけど、仕事出られる？」

ふいに声をかけられて、意識が引き戻された。

顔を向けると、水谷社長がわたしの顔をのぞき込んでいた。ついうとうとしていたらしかった。渓谷への再訪を決めて以来、毎晩あまりよく眠れない。

「あ、すみません」

目をこすりながら、脇に立つ社長を見上げた。

「いいよ。それよりどうかな、都合つく？」

入稿まで余裕のないページ物の仕事が、今日の午後にも入ってくるらしいことは知っていた。わたしは考えた。水谷社長がわたしにしてくれたことを。わたしが明日からもおなじように生活していくには水谷社長の不興を買うわけにはいかないことを。丈太郎の静かな笑顔を。

「すみません、どうしても行かなければならない用事があって、今度の週末は無理です」

渓谷へ行くのは、翌週だっていいじゃないか——。

誰のものでもない、自分の声が聞こえる。たしかに来週にのばすことはできる。しかし、
それまでのわたしの心はきっと死んでいる。戦力にならない点ではおなじことだ。

「本当にすみません」

もう一度頭を下げた。

「あ、そんなに謝ることないって。そうだよね、若い子に休日出勤なんかさせたら、やめられちまうか」

まずい、まずい、と笑いながら行きかけた。

「あの、違います。そういうのとは……」

ふりむいた水谷社長はぼりぼりと頭を掻《か》いた。

「いや……、申しわけないのはこっちなんだよ。ほんとは薫さんから聞いて、込み入った事情なのは知ってたんだ。つい、目先のことで無理をいった。わすれてちょうよ」

おどけて去っていった。

わたしは、三十年以上も前に起きた事件の真相には興味はなかった。初恵さんも丈太郎もいなくなった今、新たな事実をあばくということに意味があるとも思えなかった。ただわたしが知りたかったのは、丈太郎が何を知っていて、自分の中でどう折り合いをつけたのか、ということだった。

これから対峙《たいじ》しようとしている現実を、わたしは受け入れることができるのか。それを計る物差しとして、どうしても丈太郎の過去をのぞいてみたかった。

4

長野行きを三日後に控えた夜、石神浩之から連絡が入った。

息子の真から報告が行ったらしく、興奮気味の口調だった。記事と真の親切に対して礼を言うわたしに「なにか進展はないか。まさか隠してることはないだろうね」とまくしたてた。わたしは隠しとおすことができず、週末松本へ行くことを告げた。石神は、何しに来るのかどこへ行くのか誰に会うのか、ぜひ案内させろ、とますます興奮した。

わたしは渓谷のことはだまっていることにした。午前中人と会うので、よかったら午後にでも、と切り出してみた。

石神は「夜は空けておくように」と二度念を押して電話を切った。

去年の夏休みに丈太郎とあの渓谷を訪れたときは、松本の駅からタクシーに乗った。今回は費用を節約するために、松本駅始発の単線ローカル列車に乗ることにしていた。時刻表を確認する。一時間に一、二本程度の運行だ。およその時間は合わせてきたので、十五分ほど待って乗り込むことができた。

二両編成の電車が市街地の中を縫うように進み、十分も走るうちに景色が開ける。コンクリートの商業ビルは姿を消し、農地のなかに家が点在するようになる。やけに広い田んぼの中に、むかしの宿場跡でもあるのか、歴史のありそうな家屋がところどころ身を寄せあうように密集している。

やがて線路は、観光地へ向かう道路と並んで走るようになった。アスファルト道路とまったくおなじ高さに据えられた枕木の上を電車は進む。去年、丈太郎と訪れたとき、柵《さく》も盛り土もない平坦《へいたん》な線路を不思議に感じた。今、その線路の上から景色をながめる。

低い石垣、蔵造りふうの屋敷が何軒かならんでいる集落をすぎると、そこがローカル線の終点になる。改札を抜け、観光客目当てに停まっているタクシーに近づく。運転手たちが手持ち無沙汰《ぶさた》なのか、車から降りて立ち話をしている。

「すみません」

わたしの呼びかける声に、ベストを着てワイシャツを腕まくりした男達がふりむく。

「乗せていただきたいんですけど」

初めに行き先を簡単に説明した。場合によっては着いた先でしばらく待ってもらいたいことも告げる。

「待つの？　どのくらい？」

答えた運転手が、順番からいくとわたしの受け持ちになるのかもしれない。眼鏡をかけて、事務仕事が似合いそうな男だった。

「たぶん三十分くらいです」

「だったら、待機料金もらうことになるから、帰るときにもう一度呼んだほうが安いよ」

運転手が親切に教えてくれる。今は言えない別な理由で、待機してもらうほうが都合がよかった。

「待機料金は払います。呼ぶときに場所が説明できないと不安なので」

「まあ、今日はあんまり混んでないし、こっちは仕事だからいいけど」

ようやくシートに乗り込んだ。

すぐに道路は上り勾配《こうばい》となり、両側に山が迫る。一年前とほとんど変わっていない。走り出して数分とたたないうちに窓の外は渓谷の景色に変わった。

「楡《にれ》の木澤洞門だって？」

運転手が確認する。去年もその名をはっきり聞いたし、自分で何度も調べたので間違いない。

「はい、赤い吊《つ》り橋の少し先、ダムの一キロほど手前です」

「あんなところに何か見る物があったかな」

「観光じゃありません」

「ここの道は狭いからね、停められなかったらごめんね」

毎日のように通う運転手でも、うっかり見過ごしてしまうような場所なのだろう。

「洞門を抜けたところに何台か車を停められる場所があります」

「へえ、そうだったかな。お姉さん、よく知ってるね。まさか地元の人？」

「去年も来ましたから」

「去年？　そんなに気に入ったの。まさか忘れ物とか」

運転手ははははと声をたてて笑い出した。

たしかに忘れ物には違いないと思った。

落石防止のため、擁壁された短いトンネル状の施設を洞門と呼ぶ、というのは去年丈太郎と乗ったハイヤーの運転手が説明してくれた。

「この先にダムを造ったでしょ。道路を頑丈に造る必要があったんだろうね。普通の山道にくらべて洞門や隧道《ずいどう》が多いね」

言われて注意してみれば、頑丈そうな天井を石柱で支える恰好《かっこう》の洞門がつぎつぎとあらわれたのを覚えている。それぞれに何々洞門と名前が書きつけてあった。

タクシーを拾った駅から十分少しで、景色は目のくらむような渓谷に様変わりしていた。ときおり樹木のすき間から見える谷は、たしかに転落したなら大怪我するに違いない。左手に見覚えのある赤い吊り橋が見え、それも過ぎた。

「たしか、あのカーブの先だったと思います」

頭上の断崖《だんがい》から流れ落ちる、滝とも沢ともつかない水流をえぐるように道は進む。

丈太郎と訪れたとき、この景色に見覚えがあるような気がした。それも一度か二度見たという感覚ではなかった。しばらく考えて思い当たった。

——もしかすると、あの渓谷のジオラマは……。

丈太郎は横顔をのぞき込んだわたしに、かすかに笑ってうなずき返した。


「あれかな」

運転手の声で回想から引き戻される。

前方に洞門が見えた。前面に書かれた名称はまだ読めないが見覚えがあった。

「たぶんあれです」

「おお、そうだ。椈の木澤洞門だ。そう書いてある」

運転手の口調はうれしそうだった。

洞門を抜けてすぐの道路脇に、車両数台分の駐車スペースがあった。

「これは見晴らし台というより、すれ違いのスペースだね。このあたり狭いから」

運転手がサイドブレーキを引きながら説明する。

「それじゃ、とりあえずこれ、お渡ししておきます」

一万円札を渡した。往復の料金に待機料を払って充分余裕があるはずだった。

「いいよ、あとで」

押し問答の時間が惜しくて、摑《つか》んでいた札をしまった。未払いであるほうが、わたしが戻らなかったとき、真剣に捜してくれるかもしれない。

一年ぶりの土地に降り立つ。じゃり、と足もとの砂が鳴った。すでに秋の気配が漂いはじめた森の香りを吸う。名も知らない鳥のさえずりが聞こえる。車止めの縁に立つ。手すりの向こうは斜面が急角度で谷に向かっている。


――ここから降りられるだろうか。

丈太郎の独り言が耳元に蘇《よみがえ》る。

一年前、丈太郎とわたしを乗せてこの場所にやってきたハイヤーの運転手は、困ったような顔をしていた。

「ここがそうですけど。どうします？」

「少し、あたりを見て回りたいと思います。待っていてください」

丈太郎が答えた。

運転手が外からドアを開け、丈太郎は杖《つえ》を頼りに自力で降り立った。わたしもすぐあとに続く。ガードレールもない崖《がけ》際に立ち、丈太郎はこわごわ下をのぞいた。実は高いところが苦手だと、途中の列車の中で聞いていた。

「ここから降りるのは無理だろうね」

「たぶん」

わたしものぞきながら答える。

ふん、と丈太郎が笑った」

「あれは美緒さんと出会う前の年だった。わたしはここから無謀にも降りようとして足を滑らせた。そして、この怪我をした」

杖で、不自由なほうの足首を叩《たた》く。

「今回はやめておこう」

丈太郎は運転手に声をかけて、助手席においてある花束を持ってくるよう頼んだ。松本駅の近くで買った花束だ。両手で抱えなければ持てないほど大きかった。

「ここから落とすんですか？」

人のよさそうな運転手が崖下をのぞく。

「降りられれば話はべつなんだが」

「いやあ、無理無理」

花束を抱えた運転手が、顔の前で片方の手をひらひらと振った。

「とは言うものの……、ゴミ捨ては厳禁だけど。まあ花束だし」

「申しわけない」

「いや、わたしに謝られても。とにかくそれじゃ、なるべく目立たないところに」

運転手がきょろきょろ見回しているあいだに、わたしと丈太郎二人がかりで花束を崖下に放った。

わたしは花束の理由をとうとう聞かなかった。

去年、大人の男二人が「降りられない」と判断したので、簡単に降りられるとは期待していなかった。

駐車スペースを抜けて、路肩が極端に狭い道路のはしを歩きはじめる。山側からしみ出た水が路面を濡《ぬ》らしている。通り過ぎる車があるたび、ガードレールにへばりつくように身をよける。観光バスはまるで鼻先をかすめるように、通り過ぎていった。

あっけにとられたような表情でこちらを見ている運転手に片手を上げて「心配ない」と合図を送る。五十メートルほど歩いたあたりで、樹木のまばらな場所を見つけた。地表がVの字型にえぐれている。身を乗り出してみると伏流水が湧き出して小さな流れをつくっていた。もとは大きな流れがあったようで、沢になっている。土は洗い流されて、角のとがった石がごろごろ転がっている。これが「楡の木澤」だろうか。腰をかがめて下をのぞく。沢におおいかぶさるようにのびた枝のはるか下に河原が見える。

一番つくりのしっかりした、スニーカーを履いてきた。交互にガードレールに乗せ、紐《ひも》をきつく締め直す。リュックの前紐をはめる。滑り止めのついた軍手をはめた。

ガードレールをまたぎ、コンクリートの端ぎりぎりに立つ。水でえぐられた河床まで、一メートルほどの段差がある。少し考えてから、こまかい砂利の多そうなあたりをめがけて飛んだ。

着地した両足はそのまま一気に二十センチもすべった。バランスをくずして尻《しり》をつき、背中のリュックごとたたきつけられた。

そのままずるずると一メートルほど沢を滑り落ちる。肘《ひじ》のあたりを多少すりむいたが、大きな怪我はしなかったようだ。すぐに立ち上がり、リュックをはずしてみる。濡れた落ち葉がこびりついていた。尻やもものあたりから、じんわりと水がしみこんでくる感覚があった。

わたしはリュックを背負いなおし、先へ進むことにした。

若木の幹やのび出した枝を摑んで、一歩ずつ足もとを確かめる。大きな石ほど不安定なことがわかった。足を乗せたとたんにぐらとかたむいて倒れそうになる。あわてて枝を握りしめる。一メートルほど滑り落ち、握った枝がいっぱいにしなったところで、ようやく落下が停まる。

そのくりかえしが何十回も続いたような気がしたころ、視界に河原の大きな丸い石がはっきりと見えた。

わたしは残り少ない燃料を焚《た》きつけ、一気にかけ下りた。一歩踏み出すたびに、ざざっと石の群れが滑り落ちる。尻餅《しりもち》さえつかなければ爽快《そうかい》だった。どうやって上まで戻るのかは、考えないようにした。

急に世界が変わった。

見晴らしのいい河原に、丸く白っぽい、そしてひとつひとつがとても抱えられそうにないほど大きな石が、ごろごろと転がっている。何度か見かけた多摩川《たまがわ》の河原とは、まったくようすが違っていた。バーベキューを楽しんでいる家族も、バドミントンに興じているカップルもいない。両側には見上げるような緑の生い茂った断崖。人影のまったくない異世界のような風景に、胸の奥が誰かの手に握られるような感触があった。

この河原で何を探せばいいのだろうか。

もしかすると何もないのかもしれない。ただ、あのとき、丈太郎が運転手に聞いた言葉を覚えていた。

――楡《にれ》の木が見えませんか？

――どんな木ですか。

――ハルニレといって、葉の形は欅《けやき》に似ています。むかし、このあたりに楡の巨木があったのでこの洞門の名がついたと聞きました。

はたから見ていて危険を感じるほど、崖から身をのり出した運転手が下をのぞいた。

「お客さん、もうしわけないですね。木の葉っぱばっかりで、どれがどれやらわかりません」

丈太郎は落胆しながらも、笑って礼を言っていた。

楡の木が目的物なのか、その近くに何かがあるのか。とにかく楡の木を探すことにした。

自分が降りてきた斜面をふりかえる。石の河原は突然終わって樹木の生い茂った斜面がかけ上がっている。さっきの洞門の下あたりまで戻りながら、その境界付近を中心に探した。見あたらない。

そのまま下流に向かう。

あれかもしれない——。

十メートルほど先に、記憶に焼きつけてきたハルニレらしい木を見つけた。岩によろめきながら走り寄る。リュックから植物図鑑を取り出す。素人にも識別しやすいように、葉の拡大写真が載っている図鑑だった。付箋《ふせん》をつけておいたページを開き、その写真を葉のとなりに並べる。間違いない。

脈が速くなるのを感じた。ここだ、ここに丈太郎は降りたかったのだ。

それでは、なんのために——。

瑠璃さん以外に理由はないと確信していた。瑠璃さんは行方不明だということになっていたが、じつはここに埋まっているのではないか。何かの事情から丈太郎はそれを知ったのではないか。ここへ来る途中そんな思いが頭から離れなかった。

木の根本のあたりを探す。日当たりがよい場所のため、下草が生い茂って地面が見えない。落ちていた枯れ枝で草をなぎ倒すように払う。

こつん、と何かに当たった。

木の感触ではなかった。枝を放り投げ、軍手をはめた両手でかき分ける。人工物があった。

「なにこれ」

思わず口をついて出た。

周囲の草を引き抜いて、姿がはっきり見えるようにむき出しにした。おそらく長いあいだ日の光をあびていなかったはずだ。

高さは五十センチほどだろうか。真っ黒に変色してしまった鳥の像だった。羽を半分ほど広げ、今まさに羽ばたこうとしている鳥の像だ。

人間が近寄ることすら困難な場所に、なぜこんな物が。

わたしは鳥のどす黒い表面をハンカチでこすった。簡単には汚れは落ちない。落ちないとわかっていても、全体を拭《ふ》いた。かすかに地の素材があらわれた。ブロンズかもしれない。さらにこするうち、こちらからは見えない背中側にざらざらとした感触があることに気づいた。直接指先で触れる。

文字だということがわかった。

像のすぐうしろは楡の木の太い幹だ。裏側に回って読むことはできない。わたしはもう一度右手の人差し指をあてた。爪の短いその指先でゆっくりと文字をなぞった。込み入った文字だ。何度もなぞってようやくわかった。

瑠璃鳥《るりちょう》。そう刻んであった。

やはりそうだった。瑠璃さんと何かの関わりがあることは間違いなかった。

当然、丈太郎は知っていたことになる。二度までこの地を訪れて花を捧《ささ》げようとしたのは、それなりの意味があるとしか考えられない。去年の再訪で、丈太郎はかなうことなら、ここまで降りたかったのではないか。万が一のことがあったときのために、わたしを同伴したのではなかったか。

それほどまでに来たかった理由は、ひとつしか考えられない。

瑠璃さんはここに埋まっている——。

「おおい、大丈夫か」

突然の男の声に我に返った。

声が聞こえてきたほうを見る。つなぎの作業服を着て頭にヘルメットを載せた男が二人、こちらに歩いてくる。

足には長靴をはき、足場の悪い河原を注意深く進んでくる。

「なんでしょう」

答えたわたしに、背の低いやや丸い顔のほうが答えた。

「なに、ってあんた、どっから降りたの?」

「あのへんです」

二人そろって私の指差したあたりをふりかえった。二人で何かぶつぶつ言い合っていた。

「あんた、今流行《はや》りのフリークライマーとかいうやつ?」

年若の背の高い男が聞く。

「違います、ちょっと用事があって」

「用事?」

二人の声がぴったりそろったことがおかしく、三人同時に笑った。

「なにか?」

もう一度聞き返す。

「いやね、若い女が河原に飛び降りたらしい、自殺かもしれない。とにかく調べてくれって警察に連絡がいったらしいんですよ。それで、警察からこっちに連絡がまわって、ちょっとようす見てくれないかと……」

運転手が心配し通報したのだろう。時計を見る。夢中になっているうちに、一時間も過ごしていた。やはり事情を説明しておけばよかった。

「すみません、どちらのかたですか」

「ダムの職員です」

半分ほど口を開いたわたしにもう一度くりかえした。

「すぐこの先にあるダムの職員ですよ。ちょうど巡回中だったんで、ようすを見るように言われてね。……それより、このあたりもうちの管理下で、立ち入り禁止区域なんですけどね。ま、とにかく戻りましょう」

気づけば、若いほうの職員が携帯で連絡をとっていた。大丈夫です、という言葉が聞こえた。

「あっちに、職員用通路がありますから」

わたしの手を引こうとした男に聞いた。

「すみません、ひとつ教えてください」

「なにか」

歩きかけた男がふりかえった。人がいいのか、顔に怒りは浮かんでいない。

「普通の人がここに降りるにはどうしたらいいんですか？」

「ここに？」

よほど気があうコンビなのか、二人でまた声をそろえた。

「こんなところに降りてくる物好きはいないなあ」

「いえ、そうじゃなくて、可能かどうか」

腕を組んで考えている。

「どうしてもっていうなら、あなたが降りたとかいうその沢を下るしかないんじゃないですか？　わからんけど」

「昔はね、道があったみたいだけど」

若い方がぼそっとつぶやいた。そちらを見る。

「道があったんですか？」

「ああ、びっくりした」

わたしの叫び声に、男が腕をほどいて一歩下がった。

「なんですか、……まさか埋蔵金伝説でもあるんですか。おたく、テレビのかた？」

わたしの恰好《かっこう》を値踏みしている。テレビ取材の下調べとでも思ったのだろうか。

「このあたりに昔の石碑があると、本で読んだので探してみたくなったんです」

相手にあわせて話をつくった。

「石碑ですか」

「それより、道があったというのは本当ですか」

わたしと若い職員のやりとりを聞いていた年上が割り込んだ。

「あったけど、そんな昔じゃないよ。ダムを造るにあたって、このあたりはいくつか支道をつくったんですよ。直接河原に降りられるように。ほら」

指差されたあたりを見たが、何を指差したのかわからなかった。

「あそこ、あのあたり。帯状に植生が違っているでしょう。見えます？」

指の先を見る。言われてみれば、幅二メートルほどの帯状にぼんやりと緑の濃さが違っている。

「なんとなくわかります」

「以前、あそこに道があったはずです。今じゃすっかり木が生い茂っていますけどね」

「それは……」

声がかすれたので、もう一度言い直した。

「その支道は、三十年くらい前にもありましたか」

腕組みして考えている。

「記録は残っていないでしょうが、事情から考えるとあったはずですよ」

わたしは、職員の両手を握って礼を言いたくなる気持ちを懸命にこらえた。

ほとんど間違いはない。

この河原は瑠璃さんの死に大きな関係がある。そしてここに埋まっている可能性もある。誰にそれを相談すればよいのか。

タクシーの運転手には礼と謝罪の意味をこめて、多めの金額を渡そうとした。彼はまったく怒っておらず、わたしが無事だったことを喜んでいた。料金も待機の代金も含めた規定の金額以上受け取ろうとしなかった。

「もう二週間くらいあとだったら紅葉もはじまったのにね。よかったらまた来なよ」

別れ際に手を振った。

わたしは言葉で答えずに頭を下げた。窓から手を振ってタクシーは待合い場所に帰っていった。

タクシーを見送った後、ダムの脇に立つ管理事務所の入ったビルに連れて行かれた。二人の職員は、わたしが適当に思いついた古い石碑の話を信じたようだった。

「そんなに歴史ある渓谷だと思わなかった」

二十分ほど事情を説明し、名前と住所を記入して解放された。親切にもう一度タクシーを手配してくれた。彼らの親切に嘘で応えたことに、胸の痛みを感じた。右の人差し指がうずいた。親指で軽く押さえながら、何度も礼を言った。

呼んでもらったタクシーが来るまでのあいだ、事務所のベンチに腰掛けてずっと考えごとをしていた。

あの鳥は誰がつくったのだろう。少なくとも丈太郎は事情を知っていたはずだ。ただ、ブロンズ像はペーパークラフトのようにはいかない。普通は芸術家と呼ばれるような人種がつくるものではないか。

誰かに依頼したのだろうか。一年前の、丈太郎の行動を思い返す。

やはり彼ではない。

丈太郎はおよそこのあたりとは知っていたが、具体的にどこかは知らなさそうだった。だから八年前も探しているうちに転落したのではないか。ならば、誰が。それにあの鳥はどこかで見覚えがある。いったいどこだったのか。

タクシーのシートに背をあずけ考え込んでいた。目的地のローカル駅に着く直前にようやく思い出した。

中学生が殴られ死んだ事件があったあの日に、初恵さんの部屋で見た画集だ。やけに青っぽい絵が多かった。あの中に、似たような構図の鳥の絵があった。

そして、初恵さんが隠していた、その画家と彼女が一緒に写った若き日の写真。

あの画家の名はなんといっただろう。人差し指を噛《か》んでいることに気づき、あわててやめた。第二関節の甲にはっきりついた歯形をみつめているうちにふいに思い出した。もう少しで声を上げそうになった。

——竹本多美雄、長野県出身。

ようやく、つながった。彼の住んでいる町の名はなんといっただろう。たしか、松本の近くだったはずだ。

5

待ち合わせの喫茶店はすぐに見つかった。

午後二時の約束に、十五分早く着いたのだが、先に石神が待っていた。

「こっちこっち」

入り口が見えるテーブルに席をとり、手を上げてわたしを呼ぶ。そう広くない店中にしわがれた声が響いた。テーブルに歩み寄り、お辞儀をすると笑顔になった。

「ま、座りなさいよ」と椅子を指した。照れ隠しか、短めに切りそろえた白髪まじりの頭をかりかりとかいた。

「どお？　いいながめでしょう」

石神は、わたしがコーヒーを注文するなり、窓の外を顎《あご》でしゃくった。つられてわたしも窓に広がる景色を見る。あまり背の高くない町並みの向こうに、青く煙った信州の山脈が見える。身をのりだしたせいか、さっきうちつけた尻《しり》と背中がわずかに痛む。

「そうですね。今日、天渡渓谷に行ってきたんですが、空気が違う気がしました」

ここまでの努力が無駄になった。

「天渡渓谷？　今日行ったの」

石神がふだんより甲高い声を上げて、目をむいた。今回松本を訪れた目的についても、まして天渡渓谷に行くことは何も話してなかった。

今まで機嫌がよさそうだった石神の目が細くなった。わたしは、午前中訪れた渓谷のことと、そこで見たものを簡単に説明した。

「背中とお尻が濡《ぬ》れて、ようやく乾きました」

「ふうん」

石神はカップに口をつけてずずっと音をたてた。

「冷たいね」

組んだ足の先をこまかく揺すっている。

「どういう意味ですか」

「永瀬さんと瑠璃ちゃんの件でここまで来たのに、おれを誘わないなんて冷たいんじゃないの。……失礼する」

伝票を摑《つか》んで腰を上げようとした。

「すみません。何か見つかるという自信がなかったので、ひとりで行きました。お話を聞かせてください」

頭を下げた。

「なんてね」

「え」あわてて顔を上げると石神はまだそこに座っていて、にやにやと笑っている。

「嘘だよ。仕返しにからかってみただけさ。それより、さっそくわかっていることを整理してみよう」

わたしはどう答えてよいかわからず、ただうなずいた。

石神はショルダーバッグから、自分でまとめたらしい表やノートをとりだして、ひとりでしゃべりはじめた。

「まず、事件は昭和四十七年の四月に起きた。当時、青葉公園と呼ばれていた場所で、永瀬瑠璃が誘拐された。事件が起きた時間帯、永瀬丈太郎は検察支部の執務室にいた。初恵は官舎にいて瑠璃がさらわれたという電話を受けている。その他の関係者だが、容疑者として名の挙がった小宮賢一には当日午後六時ごろまでのアリバイがない。この日の夕方、四時前後に天渡渓谷の支道を降りてゆく、小宮の車によく似た乗用車が目撃されている。小宮の車のタイヤからは、その近辺の土壌と同質の泥が発見されたが、本人は数日前に山菜を採りにいったからだと主張している。たしかに小宮が山菜を採ってきたのを、家事の手伝いにきている女が証言している。小宮の車が目撃された一帯は、事件から数日後に大がかりな山狩りが行われた。しかし、そこに何かを隠した、あるいはそこで何かが行われたという形跡は見つからなかった。事件のあった当日、夜半に豪雨となりすぐ上流のダムが放流したので、証拠物も流された可能性はある。これが初期の状況だ」

石神は話しながら人の名前を書き出して囲みをつけたり、線でつないだりしている。

「小宮は犯人ですか」

石神の目をみつめて聞く。

「たぶんね。間違いないだろう。……しかし、起訴はされなかった。公判維持には証拠が不足していたのと、自殺した市議に同情が集まる風潮が出てきてね。検察が二の足を踏んだということも味方した。ある新聞がかなりきつく当局をやり玉に挙げたこともある」

「踏ん切れなかった？」

「まあ、そんなとこだ。さて、釈放後東京に姿をくらましていた小宮は、八年後に女を連れて戻った。三月《み》ほどは知り合いや後援会の連中と、飲み歩いていたらしい。そしてある日、ふっつりと姿を消した。まるで瑠璃ちゃん事件の焼き写しだ。連れの松原という女が捜索願いを出した。警察も、重要事件の容疑者だった人物だから、ひととおりの捜索はしたようだが結局見つからなかった」

「そして迷宮入りになった」

石神はうれしそうに笑って、うなずいた。

「君がほじくり返そうとするまで、わたしも詳しいことは忘れていた」

石神はカップの底に残ったコーヒーをすすると「お代わりくれる」と大きな声を出した。

「さて、時代は飛んで平成だ。永瀬さんは奥さんを亡くしたあと、急に思い立ったように松本からほど近い渓谷をひとりでたずね、足を滑らせて瀕死《ひんし》の重傷を負った。それは後遺症が残るほどひどかったんだね」

「だんだんひどくなって、去年の暮れぐらいから自力では歩けなくなっていました」

「そう」

ボールペンの尻をわたしに向けて、「そうそうそれそれ」という言葉にあわせて振っている。

「そんな思いをしたのに、だ。去年の夏、最後の力を振り絞るようにして、きみのようなうら若き乙女に頼ってまで、また訪れた。しかも花束を持って。何が彼を駆り立てたのか。あの冷静なること鋼のごとき永瀬さんをしてだ。当時の記事では、小宮が目撃された場所がどこだったか特定できる地名は出てこない。だが、前後関係からして今日きみが訪れたという楡の木澤洞門？」

「はい」

「そこだと考えて間違いないと」

「話の内容からしておなじ場所だと思います」

「そう仮定しよう。そしてその場所には『瑠璃鳥』という名のブロンズ像があった」

「はい」

「像が置かれたのは、当然ながら事件の噂が下火になってからだろう。もしかすると十年くらいあとのことかもしれない。今まで気づいた人がいないんだからね。それで、きみはその作者があの竹本多美雄ではないかという」

「戻って証拠を捜します。それと永瀬さんとどういうかかわりがあったのか」

本当は関わりについて、知っていることがあった。石神に話してよいか判断がつかなかった。

「たしかに彼は旧豊科町に住んでいたはずだ。一昨年《おととし》に合併していまは安曇野《あづみの》市になったがね。さて、その渓谷にあるのは鳥の像だけだろうか」

老眼鏡らしい眼鏡をずりさげて、窓の外を見ている。紫色の山脈に視線を向けたまま話を続けた。

「考えられる可能性は狭めることができる。きみはどう思う？」

「瑠璃さんの死体が埋まっていると思います」

すんなりと、その言葉が出た。

「違うな」

視線をわたしに戻した石神が微笑んだ。

「違いますか」

「違うね。違う理由その一。埋めたとしたら事件発生直後に小宮が埋めたのだろう。しかし、何度も言うが一週間もたたないうちに山狩りが行われた。場所があれだけ狭く特定されているんだ。死体を埋めた痕跡《こんせき》があれば、さすがに見落としはしないさ。理由その二。きみの話を聞いていると、永瀬さんは何があったのか知っていたのだと思う。もちろん、瑠璃ちゃんがどうなったのかも含めて。何かの理由で今さら事実関係をあばきたてることはやめたのだろう。しかし、いくらなんでもそんな河原に遺骨があるなら、回収しているさ。超のつく現実主義者の永瀬さんでも、幼くして非業の死をとげた娘の死体を、そんなさびしいところに野ざらしにはしておかないだろう」

石神の説明に反論はできなかった。初めからおわりまでそのとおりだと思った。

「それじゃ、どうしてですか。あそこには何があるんですか」

しばらく沈黙したあと、石神が言った。

「さっきの渓谷の写真、もう一度見せてくれる?」

わたしは、薫さんに借りたデジタルカメラをバッグから取り出した。電源を入れてディスプレイを石神に向ける。石神はそれを受け取り、自分で操作していた。石神は、わたしの存在を忘れたように、しばらくのあいだ画面に見入っていた。

「永瀬さんはそんなに冷徹な人だったでしょうか」

「え?」

なんだまだいたのか、という表情で石神がわたしの顔を見た。

「たしかにいつもむずかしい顔をして、理屈っぽいことばっかり言ってました。でも……」

わたしは、水を飲むふりをして深呼吸した。

「お別れの手紙を残してくれたんです。そこに『もしも死後の世界があるなら、瑠璃に会って美緒さんという友達のことを話したい』って書いてありました。合理主義に徹していたのは、仕事の世界だけじゃないでしょうか」

石神がおしぼりで顔をぬぐいながら頷《うなず》いていた。

「それそれ。きっとそれだよ、答えは」

「答え？」

「あの渓谷で何があったのか。……死体もないのに、永瀬さんがあの場所にこだわった理由。それは、瑠璃ちゃんが息を引き取った場所だからじゃないだろうか。さらわれた瑠璃ちゃんは、あそこに連れてこられてあそこで殺された。初恵さんが死に際にどんなことを言ったか、だいたい想像はつくだろう。それこそ『天国で瑠璃に会えるのが楽しみだ』きっとそう言ったに違いない。自分は魂なんてものは信じていなくても、初恵さんが信じていたなら、二人が再会できるように最善をつくしてやろうと思ったに違いない」

石神は山に視線を向けてしばらく考えていた。

「さて、それでも謎は残る。それじゃ、瑠璃ちゃんの死体はいったいどこに連れて行かれたのか。その夜の六時少し前から、小宮は昔なじみの悪友と酒を飲みはじめた、これは複数の証人がいて、真実らしい。四時にはまだ雪が残る渓谷の支道にいたんだ。この短いあいだに、やつが死体を別な場所に葬ったとは考えにくい。しかもいまだに見つからないほど巧妙に。これは、第二の人物がいたと考えるほうがすっきりする。そもそも、犯行時刻のアリバイ工作をしなかったのは上出来だ。本当のアリバイでなかったら、正直に『ない』と言うのが実は一番安全なんだ。真実のアリバイだけを主張しろ、と入れ知恵したやつがいたんじゃないだろうか。そいつはもしかすると、瑠璃ちゃんを運び出す手伝いをしたのかもしれない。暴れた芦川が服毒自殺した件にも、からんでいるかもしれない。そしてきみは——、名のある画家が関係しているんじゃないかと、そう考えてるんだね」

「まだ想像です」

石神はゆっくり何度もうなずきながら、考えていた。

「あのとき、もっとつっこんで探っておけばよかった。まさか、そんな人間がかかわっているとは思わなかった。親父は名士だったし」

石神が天井を見上げながらため息をついた。

「会って話を聞くにはどうしたらいいでしょうか」

「竹本にかね」

「はい」

問いには答えず、石神は腕を組んで考えている。待ちきれずに言った。

「手紙を書きます」

「まあ、無理だね」

石神が腕をほどいて、頭をかきむしった。そのまま独り言をつぶやいている。

「何かうまい手はないだろうか。ウチの取材に便乗するのはむずかしいだろうなあ。文化部長は、昔酔って殴ったことがあるからな。社会部じゃ納得いく理由がむずかしい。攻め口を変えるか。将を射んと欲せば……。そうだ」

石神がぴたりと貼りつけた人差し指と中指でテーブルをとんとんと叩《たた》いた。

「その手があるかもしれない」

わたしの目をのぞき込むようにして微笑んだ。

「少し回り道になるが、ほかにいい手が見つからないならしかたがない」

6

上機嫌で計画を説明していた石神だったが、わたしが夕方の特急で帰るつもりだと告げたとたん不機嫌がぶりかえした。

「そりゃ薄情だよ、冷たいよ。一杯ご馳走《ちそう》しようと思ったのに」

いい宿を紹介するし、なんだったらうちに泊まっていけ、カミさんに連絡するから、そもそもこの前の貸しはどうなった、と口説く石神を振りきって予定通りの特急に乗ることにした。

「また、近いうち必ず来なよ」

改札まで見送ってくれた石神が、軽く手を振って別れの挨拶《あいさつ》をする。わたしは深く頭を下げた。

車窓を、赤く焼けた信州の山脈がゆっくりと流れていく。わたしの目はぼんやりと遠くの山をながめていたが、頭の中はほとんど竹本多美雄のことでいっぱいだった。初恵さんの書斎に隠してあった写真については石神に話せなかった。

甲高い踏み切りの音が近づいてきて、すぐに間の抜けた音をさせて遠ざかって行く。窓の外はほとんど日も落ち、ガラスには自分の顔が映っている。

あの写真はおそらくもう見ることができないだろう。火事後のどさくさにいつしか部屋の中は片づけられ、ライティングデスクも本も処分されてしまったのを見て知っていた。


家にも寄らず、薫さんのマンションに直行した。パソコンを借りてインターネットをするためだ。竹本多美雄に関する情報を可能なかぎり集めようと考えた。

『ローズ』の扉を開けてのぞくと、薫さんはカウンターにほおづえをつき、三人いる客のうちひとりと話していた。わたしに気づいて「ああ、いらっしゃい」とぼんやりした声を出した。まだ、薫さんはもとの元気をとり戻していない。「道でたまたま常連さんに会ったら、『空気の抜けた自転車のタイヤみたいだ』っていわれた」と元気なく笑っていた。

パソコンを借りたいと言ったが、「勝手に使って」とこれも気の抜けた返事だった。

薫さんの部屋に置いてあるノートパソコンは、最近ではわたしの使用頻度のほうが高いかもしれない。スイッチを入れ、起動するあいだに簡易式ドリップコーヒーを淹《い》れた。

早速『竹本多美雄』で検索する。十五万件近くヒットした。さっと、目を通しながら参考になりそうなページを『お気に入り』に追加していく。最後にもとどおりにしておけば薫さんは何も気にしない。

同時に図書館のホームページにアクセスし、蔵書の中から竹本多美雄に関するものをピックアップした。借りられる冊数に限度があるため、人物像に詳しそうな本を選んで予約した。貸し出し中のものがなかったため、明日にはすべて入手できるはずだ。

とりあえず、インターネットでわかる情報を閲覧してゆく。

――竹本多美雄。本名、民夫。

昭和十九年、終戦の前年に長野県で生まれた。父親は洋画家の重鎮、竹本巌《いわお》。十八歳のとき、T美術大学に入学するため上京。五年間籍をおいたが卒業することなく中退。二十五歳まで都内に下宿していたらしいが、この期間の動向や作品については不詳。画家としてはまったく芽が出ないといっていい時期だった。

二十五歳のとき、生家でもあり父巌のアトリエでもある長野県豊科町（現安曇野市）に帰郷。ほとんど居候の生活を送る。反抗的だった十代とは一転、みずから父親の七光りを利用しようとしていたふしもある。あまりメジャーでない賞に入選しはじめる。三十歳のときに『氷河湖』でN展新人賞を受賞。以後、水のある風景や水そのものをモチーフにした斬新な画法で注目を集めはじめる。受賞二年後に、長野に転居してきた女流作家碓氷あや女《め》と同棲《どうせい》する。なぜか五年も経ってから突然結婚し、わずか三年で離婚。その後別な女性と二度の結婚と離婚を繰り返す。S賞、K賞など多数受賞。

絵画以外にも陶芸、彫刻で活躍。

現在日本美術学会理事。

要約すればそんなところだ。

彼の描いた絵も何点か見ることができた。初恵さんの部屋で見た画集とおなじように、どの絵も全体が青いフィルターを通したような色遣いだ。たとえば『水曲《みわた》』という作品は、ただ水面の一部を切り取って描いただけだが、その青黒い水紋に焦燥感、閉塞《へいそく》感、抑圧された不機嫌としか表現しようのない緊張感が漂う。

今までに丈太郎から小出しに聞いていた永瀬家の歴史と、とりあえず入手した多美雄に関する経歴をもとに簡単な年表をつくってみる。

事件は昭和四十七年四月に起きた。

瑠璃《るり》さんは、六月の五歳の誕生日を迎えることができなかった。丈太郎が三十歳のときに生まれた子供だから事件当時は三十五歳。初恵さんは五歳下の三十歳。

一方多美雄がN展新人賞を受賞したのが、三十歳、昭和四十九年のことだ。多美雄は二十五歳から実家に身を寄せている。旧豊科町は当時の松本市の北西に位置し隣接している。つまり瑠璃さん事件が起きたとき、多美雄は永瀬一家のごく近くに住んでいた。当然、あの渓谷にも近い。

初恵さんとのあいだに何があったのか。瑠璃さんの事件にどんなかかわりを持ったのか。多美雄本人に話を聞くのが一番早い。そして、相手は日本美術界の大物だった。一面識もない小娘が、ある日突然面会を求めたところで会ってもらえる可能性は少ない。石神がお膳立《ぜんだ》てしてくれると言った好意に甘えることにした。

息子の真は文化部にいる関係で、出版局と顔見知りが多い。新日本新聞出版局は純文学系に強いので、おそらく碓氷あや女専属の編集者がいるはずだ。多美雄と深く関わりのあった彼女を紹介してくれるよう頼んでみる、と提案した。

そんな他力に頼った方法をあてにしていいのか、とたずねたわたしに「取材なんてそんなもんだよ」とまじめな顔で答えた。計画どおりにいきそうなら、連絡が来ることになっている。

考えごとをしながら、窓からいつもと変わらない夜の景色をながめていると、玄関のドアがごつんと鳴った。誰かが蹴飛《けと》ばしたような大きな音は一度で止んだ。しばらく沈黙があって、さきほどより弱々しいどんどんという音が聞こえる。

わたしは耳を塞《ふさ》ぎたかった。永遠に聞こえないふりができればどんなにいいかと思った。充のことを考えた。弟が今ここにいたら何をしただろうと考えた。呼吸が速くなった。とんとんという音が間欠的に聞こえてくる。しびれるような痛みに気づいた。指先を噛《か》んでいた。

わたしは深呼吸をして立ち上がった。

ゆっくり玄関に向かい、ドアを開ける。

ドアの外にある重い物体が邪魔をして、数センチしか開かない。わたしは肩をあて、寄りかかるようにして押し開けた。半分ほど開いたところで体をすりぬけさせた。

足もとに人間が転がっていた。普段は母と呼んでいるその塊は、全身からアルコールの匂いをまき散らしながら、意味のわからないことをぶつぶつとつぶやいていた。わたしは二、三度肩をゆすってから、電話をかけるために部屋に戻った。

7

一一九と押しかけた指を止めた。

救急車を呼びつけることにも救急隊員の世話になることにも抵抗があった。たとえそのために手遅れになることがあっても、彼女の身勝手が招いたことだ。そしてわたしは彼女と同居している唯一の家族だった。

わたしは、タクシー会社に電話をかけ、番地を告げた。母を玄関先におきざりにしたまま、古びた蛍光灯がまたたく階段を下りた。植え込みを抜け、建物の脇に立って待った。十分ほどで、迎車と表示の出たタクシーが脇の道路に到着した。

病人なので手を貸してください、と告げると運転手はやや緊張した顔つきでうなずいた。しかし、ドアの前に丸まっているアルコール臭い母を見て、その表情が強《こわ》ばった。

「車を汚されると、ちょっと……」

腰のひけた運転手になんども頭をさげて、ようやく乗せてもらうことになった。二人で肩をだいて階段を下りる。一階から通路に出ると、すでに気配を察した近所の住人が何人かでようすをうかがっていた。いかにも部屋着のままといった住人たちを無視したまま、母を後部座席に押し込んだ。

「西桜丘病院へお願いします」

行き先をもう一度告げた。何度も入院したことのある、アルコール依存症の患者を受け入れてくれる病院だ。平均して年に二度ほど、こんなことを何年もくりかえしている。

車の中で母はときおりうめき声を上げるだけで、シートを汚すことはなかった。

「大丈夫ですか。救急車呼んだほうがよかったんじゃないの」

ルームミラー越しにちらちら視線を向けながら、運転手が心配そうに声をかける。

「たぶん、死なないと思います」

わたしの淡々とした答えを聞くうち、母に対して同情が湧いたのかもしれない。

病院に着いても、相変わらずぐったりしている母を抱きかかえるようにして、運転手が待合いの長椅子まで運んでくれた。礼を言うわたしに「大丈夫？　お母さんの面倒見てあげるんだよ」と言い残して帰って行った。

ストレッチャーに乗せられて運ばれていく母を脇に見ながら、窓口で手続きをした。

「あなた、娘さん？」

三十代ほどに見える看護師が話しかけてきた。

「はい」

「この病院初めて？」

「いえ、もうなんどか」

それでも念のために、といって、注意事項を説明しはじめた。当座用意するものなどの説明を受けて、病院をあとにした。

ひとけのないバス停に着いた。時刻表を見ると終バスが出たあとだった。病院に戻ってタクシーを呼ぶか、最寄りの駅まで十五分ほど歩くしかない。わたしは駅の方角をめざして歩きはじめた。

歩道にのびた影を見ながら、本で得た知識を呼び起こす。アルコール依存症の最も大きな特徴のひとつが、完全に抜け出すことが困難であるという点だ。自分の意思だけでは一日もやめられない人がいる。周囲の協力と本人の努力で十年間近く一滴も飲まなかったのに、ブランデー入りの洋菓子を食べたばかりにそのまま入院するまで飲み続けてしまった人もいる。一年や二年の断酒ではほんのささいなきっかけで再発すると、どの本にも書いてある。

母が飲まずにいられない原因について考え、充のことについて考えた。自分のことに思いがいきかけたとき、右の人差し指を見た。

初めて見た人は必ず驚く傷だらけの指が、街灯の下で白く冷たい生き物のように見えた。

月曜は普通に出勤した。

水谷社長がやってきて、蕎麦《そば》はどうだった、にごり酒はどうだったと楽しそうに聞いた。職場のありさまを見ると週末出ずっぱりだったことは間違いなさそうだったが、社長はおくびにも出さなかった。

「時間がなくて、どっちもだめでした。食べたのはドライブインのカレーだけです」

「温泉は？」

頭を横に振るわたしを見て、社長は肩をすくめながら行ってしまった。ドアを出て行くまで、その背中を見ていた。

土日を犠牲にした何人かのおかげで、夕方に入稿を終えることができた。残業がなかったので、わたしは永瀬家の焼け跡に寄った。入院した母のところへ替えの下着を持っていく役目は、いつもながら薫さんが引き受けてくれた。頭では間違っているとわかっている。言葉では薫さんに申しわけないと謝る。しかし、どうにもならない。

「いいよ、気にしないで。美緒ちゃんの気持ちはわかっているから」

薫さんはスーパーへ行くついでに買い物をするような気軽さで笑った。

門の前に黒塗りの車が停まっていた。走り出しかけた車が、わたしの姿を認めてエンジンを切ったように感じた。視線の隅でとらえながら、門のところに立った。

ばたんとドアの閉じる音がした。首を向ける。初老の男が立っていた。黒っぽいスーツを着ている。運転席の人物に手のひらを向けて、何かを制しているようすだった。

「失礼ですが、杉原さん？　杉原美緒さんじゃないですか」

男はゆっくりわたしに近づきながら聞いた。わたしはとっさに数少ない知人親戚《しんせき》を頭に浮かべた。思い当たる人物はいない。

「はい。そうですけど」

「失礼。わたしは永瀬丈太郎の義理の弟で、宇佐見亮二《りょうじ》というものです」

男が差し出した名刺を見る。宇佐見ホールディングス会長、と肩書きがついている。今では全国に支店があり、家具や生活雑貨を売る大きな会社だと薫さんに聞いたことがあった。

男に視線を戻すと、何が楽しいのかわたしを見て笑った。

「つまり永瀬さんの妻がわたしの姉です。姉夫婦が東京に戻ってからはたまに永瀬さんと話す機会もありました。あなたのことも聞きました」

「わたしの？」

「ずいぶん若い友人ができた、と笑っていました。葬儀に出られなかったのは残念でした」

仕事の都合で海外に行っており、どうしても戻れないと聞いた。

「この家のことも残念でした」

宇佐見氏は、焼け落ちた二階のあったあたりに視線を向けて嘆息した。

「姉と永瀬さんはとても気に入ってくれていたようだ。正直に白状すると、わたしは寒いのが苦手だから、住みたくなかったけれども」

またわたしを見ていたずらっぽくわらった。

「建物をまるごと資料館に寄付しようかという話もあった。築後七十年も経ったわりに程度がよかったし、古い家具なんかもけっこう残っていた。好事家から見れば惜しいことをしたのかな。……しかし、それでよかったのかもしれない。姉の人生の大半を過ごした家は、姉が愛した人の最期を限りに消滅すべきだったのかもしれない」

「原因はわかったんですか」

屋敷跡をながめている宇佐見氏に聞いた。

「ああ、原因ね。警察もあまり詳しくは教えてくれないけれども、放火の疑いがあるらしいね」

「放火？　やっぱり松原賢太ですか」

「ほう」

おどろいたような表情でわたしを見た。

「あの男をご存じか？」

眉《まゆ》の根元に深い皺《しわ》が寄った。ふっと太く短い息を吐き出した。

「あの男が家に火をつけた可能性が強いと、わたしは思っています。しかし、永瀬さんに目立った外傷はなかった。松原のアパートから、やつが持ち去ったらしい青い石が発見されたこと以外、あの火事に結びつける証拠はない。警察も真剣に捜査しそうな雰囲気ではない。このまま謎で終わるかもしれません。松原に近しい遺族でもあれば訴訟を起こしたい気持ちです」

「このまま終わる……」

どこからかしのびこんだ猫が、二人に気づいてぴたりと動きを止めた。じっと目をみつめていると、ひと声鳴いてからどこかへ去っていった。

「リビングのカーテンが火元らしい。しかし、発火の原因になりそうな物は見つかってない。いわば、直接ライターでカーテンに火をつけたとしか思えないそうだ。永瀬さんが自分でやったのなら、ライターなり着火器具が落ちているはずだ。別な人間が火をつけた可能性が高い。しかし、永瀬さんには頭を打った跡もないし、首を絞められたようすもない。肺の奥まで熱気が通っている。つまり火事のときに意識はしっかりしていたということだ。誰かが火をつけたとしても、なぜ這《は》ってでも逃げなかったんだろう」

「逃げなかった──」

思わずつぶやいていた。

「そう。意識があったはずなのに、首や頭の一部が焼けている。普通、もっとも炎からかばおうとする部分です。それ以外には大きな外傷が見あたらない。だからもしかすると……」

宇佐見氏の言いよどんだ内容が思い当たった。別な質問をした。

「どうして永瀬さんが、小宮の息子とつきあいがあったのか、ご存じですか」

車のドアが閉まる音がして、黒い制帽をかぶった運転手が降りてきた。「会長、そろそろお時間……」と声をかけた。宇佐見氏は右手を挙げて「わかっている」と答えた。

「あまり時間がないので」

わたしのほうに向き直った。

「永瀬さんは小宮賢一の息子のことを、一時期気にしていたことがありました。母親が女手ひとつで育てたんですが、彼が高校一年のときに母親があっけなく病死してしまったらしい。永瀬さんは仕送りをしていた。そんな義理はないと忠告したんですがね」

急に突風が吹いた。宇佐見氏が手にしていたハンカチがそれに乗って飛んだ。わたしは荒れ地のような庭に入っていって拾ってやった。

「やあ、ありがとう」

軽く泥を落として、口元をぬぐった。

「身寄りがなくなって親戚にあずけられたらしいが、それからぐれたみたいです。永瀬さんが、そのあともつきあいを続けたのかどうかまではわかりません」

七年前、公園で話し込んでいた二人。金を渡したらしい丈太郎。賢太は、自分に仕送りしてくれた丈太郎の居所を、どうにかして知った。自分に金を払う義務があるのだと勘違いしたのかもしれない。たかる賢太に金を渡した丈太郎。いくつかの事件を起こし、出所した賢太が昔を思い出して丈太郎をたずねることはあり得ると思った。

しかし、なぜ丈太郎は賢太に金をやったのだろう。

ふたたび運転手が呼びに来た。宇佐見氏は片手で応じて、車に向かった。ドアのところでわたしを見た。

「こんな結果になると、まだつきあいがあったのだろうと思うしかない。残念と言わざるを得ない」

去っていく車を見送りながら、丈太郎の気持ちを想像した。何もわからなかった。

宇佐見と話していたため、携帯電話に着信があったことに気づかなかった。相手は父親のほうの石神だった。留守電録音の表示があったので、再生した。

「新日本新聞出版局の前原《まえはら》という編集者に紹介してもらうことになった。日時につき連絡乞《こ》う」

電報を読み上げるような伝言を聞き終えると、石神にかけるためボタンを押した。

8

碓氷あや女の家は、文京区の小石川《こいしかわ》植物園近くにあった。

地図を頼りに、最寄りの地下鉄の駅から歩いた。

築年数は経っていそうだが、風変わりな家だった。初恵さんの蔵書の中には家屋を中心とした建築物の写真集もあった。その中で見かけたような気がする。もしかすると有名な建築家の作品なのかもしれない。

階段の踊り場らしき円形の窓以外は、急傾斜の屋根や大胆に突き出した庇《ひさし》など直線的なイメージの強いデザインだ。あや女の趣味で建てさせたのだろうか、買い取ったのだろうか。

玄関で案内を乞《こ》うと、背の高い痩《や》せた女性が現れた。初め、あや女本人かと思ったが、写真で見た顔と違った。だとすれば、一緒に暮らすという妹だろうか。年齢をあてるのがむずかしそうな外見だ。妹ならば六十歳近いはずだが、美容には気を遣っているに違いない。四十代でも通りそうだ。

わたしなどには値踏みのできない、値の張りそうな服を無造作に着こなしている。昔は相当美人だったと思わせる派手な顔のつくりをしていた。

「初めまして。杉原と申します」

彼女はどこか冷ややかな光を帯びた目をわたしに向け、口もとにかすかに笑みを浮かべた。

「さ、どうぞあがってください」

靴を脱ぎ、ひやりとした廊下に足を踏み出す。彼女が差し出してくれたスリッパに足を通す。白いしっくいの壁に手すりが渡してある。どことなく、丈太郎の家を連想させるつくりだった。さすがに築年代はあれよりは新しそうだが、柱や床材はおなじように黒光りしている。

「さ、こちら」

通された部屋が応接間なのだろう。十二畳ほどの部屋の真ん中あたりに、布張りのソファからなる応接セットがある。その中心には小さな一枚板のテーブルが置いてあった。

「お座りになって、少しお待ちください」

わたしにソファを示しておいて、彼女は階段を二階に上がっていった。

残されたわたしは部屋の観察を続ける。部屋に入った瞬間に抱いた、違和感の理由がわかった。天井に古いシャンデリア型の電灯。そしてこのソファとテーブル以外に、調度品が見あたらない。しっくいむき出しの壁には、絵の一枚も掛かっていない。生活臭が感じられない。その一方で、壁に嵌《は》め込みになったリビングボードの棚には、ガラス製の器がすき間もないほどに並んでいた。

「先生、おみえです」

階段の空間を伝って、先ほどの女性の声が聞こえた。それに対する返事は聞こえない。

やがて、ドアの閉まる音、床の鳴る気配がして二人の女性が階段を降りてきた。先ほどの女性が先に立ち、あとに続く女性が肩に手を乗せている。もう片方の手は階段の手すりに沿ってすべらせている。顔を見れば家の中だというのに真っ黒なサングラスをかけている。目が不自由なのだろうか。

「こちら、碓氷あや女です。杉原さん、ね」

最初の女性が紹介をかねてもう一度確認した。やはりあとから登場したサングラスの女があや女だった。案内してくれた女が自分も名乗った。

「わたしは、妹の光子《みつこ》。光の子と書くの。ちなみに姉の本名は文章の子と書いて文子《あやこ》。物書きになる運命だったのかもね」

「どうでもいいじゃないそんなこと。つっ立ってないで、座りましょうよ」

あや女が初めに腰を降ろした。

「それじゃ、何か飲み物でも。先生はビール？」

光子は姉を先生と呼んだ。

「そうね。今日のノルマも一段落したところだし。あなたもどう？」

さきほどから楕円《だえん》形の真っ黒なサングラスをわたしの顔に向けたままだ。凸面の闇に歪《ゆが》んだわたしの顔が映っている。

「わたしは結構です。あの、おかまいなく」

「堅いのね」

笑った拍子に、サングラスが天井のライトを反射した。むき出しの瞳《ひとみ》でにらまれるより、息苦しかった。

「おどろいたでしょ。わたし、全盲なの。十年前から。前原さんに聞かなかった？」

ふふん、と笑った。年相応に口のはしにシワが寄ったが、それもかえって艶《つや》っぽい。今年六十四歳のはずだ。酒のせいですっかりくすんで艶を失ったわたしの母より、生命の潤いを感じた。

「目がご不自由だとは」

「特別公表もしてないし、人前にも出ないようにしてるから、意外にみんな知らないのよね」

　玄関で光子を見かけたときに抱いた、もやもやとした気分がますます大きくなった。写真で見たときには感じなかったが、あや女にもどこかで会った気がする。

　気分よさそうに話し続けるあや女のサングラスを見ながら考えたが、いつ、どこでだったかどうしても思い出せなかった。

「さっき光《み》っちゃんが言ってたけど本名は文子なの。つまんないから今のペンネームにしたんだけど。どう思う？」

「素敵です」

「お愛想はいらないわ。わたし、十年ほど前に——やだ、さっき言ったわね。言ったわよね光っちゃん。そう……、目の病気、正確にいうと開放隅角緑内障《ぐうかくりょくないしょう》にかかってね、放っておいたの。だって目玉にメス入れるなんて想像できる？　そしたら、本当に見えなくなってきたので、しかたなく手術しようかと思ったら手遅れだって。それで失明したの。あのヤブ医者のいうこと当たってたわね」

　小さなグラスに満ちたビールをひと息であおった。すぐにとなりの妹が瓶を上げてグラスを満たす。

「当たってたんなら、ヤブじゃないでしょ」

　ふふん、と笑ってまたグラスを干した。白い喉《のど》がこくんと動いた。テーブルに置いたグラスの内を泡がゆっくり伝っていく。光子がすぐに注ぐ。

「ああ、おいしい。仕事が一段落して飲むビールは最高ね。あなた、ええと杉原さん」

「はい」

「わたしの最新作はいつ出たかご存じ」

「今年の二月に『ベルベットな……』」

　わたしの言葉を、あや女が遮った。

「目が見えなくてどうやって小説書いてるのかと思うでしょ。べつにたいしたことじゃないの。口述筆記よ。わたしが、言葉で録音する。光っちゃんがキーボードで文字に変える。編集者にテキストデータを送る。それでおしまい。だから正確には合作なのね」

「わたしはただ、文字にするだけよ」

　妹はアイスコーヒーのストローをすすっている。

「わたしはそれほどばかじゃない。わたしのしゃべった下らない恋愛話が、活字になったときは浦島太郎の後日談に変わってても、わたしにはわからない」

「また。それぱっかり。それなら編集者に……」

「それで、たしか竹本のことだって？」

「はい」

　人の話の腰を折るのが得意なのだろう。気に留めないことにした。あや女は、あはん、と一度喉を鳴らして、もう一杯ビールを仰いだ。

「前原さんとはどういう関係？」

「知り合いの知り合いです」

「寝たの？」

「……いえ、そんな」

ふふふ、と笑った。

「このくらいにしておこうかな。話が面白くなりそうだしね。アイスコーヒー、わたしにも頂戴《ちょうだい》」

光子がすっと立って、キッチンに向かった。

「どうして竹本のことを調べてるの？」

「大学の卒論に取り上げようと思っています」

「竹本の何が知りたいの？」

「まずは……」

「こっちにも条件がある」

「条件？」

「そんな顔しないで。ふふ、それぐらいは見えなくたってわかるわよ。あなたみたいな若い人から金品をとろうとは思わない。初めにわたしの質問に答えて」

「質問ですか」

「多少答えづらいことも聞くけど、正直に答えて。……ありがと」

光子が大きめのマグカップに入ったアイスコーヒーを置いた。あや女の細く白い指先が迷わずにミルクポットを摑《つか》み、こぼすことなくカップに適量を注いだ。わたしは自分のグラスに右手をのばしかけたまま見とれていた。

「ほんとはね」カップをこぼすことなくテーブルに置く。「ブラックが好みなの。相手が驚くのが楽しくて、ミルクを入れて見せるの」

薫さんもぽんぽんと話すタイプだが、あや女の発散するエネルギーははるかに密度が濃い。

「それで、さっきの話だけど、了解ね」

「あの、質問というのは……」

「嘘をついてるなと感じたら、そこで打ち切り。お帰り願います」

「わかりました」

「録音するけどいい？」

了解するしかない。

「次々質問するから、必ずなんらかの答えを戻すように。質問では返さないこと」

「はい」

「遅くとも五秒以内に答えること」

「はい」

すぐに浮かんだが、考えているふりをした。

「一番憎い人は誰」

「遅い」

「母親です」

「理由は」

「わかりません。いえ、簡単には説明できません」

「具体的にひとつ」

「……一番は、家族を壊した」

「壊れたのはすべて母親のせいか」

「わかりません」

「わからない理由で憎むのか」

「母はアルコール依存症です。父が家を出た原因のひとつだと思います」

「家族を捨てた父親は憎むか」

「憎んだこともありましたが、今は他人だと思って考えないようにしています」

「誰にも見つからないなら母親を殺すか」

「それは……」

「罪に問われず、実行可能なら母親を殺すか」

「わかりません」

「性行為で感じたことはあるか」

「まだ……経験がありません」

「機会にめぐまれなかったのか、拒んだのか」

「男性と、ある程度以上深い関係になることに抵抗があります」

「機会はなかったのか」

「二度……、三度くらい。最後にわたしがどうしても……」

「もしも強姦《ごうかん》されたとき、手元にナイフがあれば相手を殺すか」

「わかりません……もしかすると」

「相手を殺すか」

「殺す可能性はあります」

「今、もっとも愛しているのは誰か」

丈太郎のしかめ面が浮かんだ。振りはらうと、社長の笑い声が聞こえた。あや女は正直に答えろと言った。

「つい最近、死にました」

「恋人か、家族か」

「家族ではありません。恋人でもありません」

「もう少し詳しく」

「七十歳の男の人です。とても孤独で強い人でした」

「死因は」

「火事で」

「火事？」

「火事で煙を吸って」

突然、あや女が見えないはずの目で妹の光子を見た。

光子も驚いたような表情でわたしを見ている。

質問が途絶えた。

「あの」

「その男性の名前は」

「永瀬さんといいます」

あや女と光子から、見えない電流のようなものがほとばしるのを感じた。

あや女が左手をそっとのばす。さきほどミルクポットを摑んだときのきびきびした感じはなかった。脇に座っていた妹がその手をにぎりかえした。姉妹はしばらく、無言で手をつないでいた。

「永瀬丈太郎、ご存じなのですか」

永瀬という苗字《みょうじ》くらいは知っているだろうと思っていた。初恵さんが松本にいたころ、碓氷姉妹も松本に住んでいた。やがてあや女と多美雄は結婚する。多美雄と親交のあった初恵さんのことを知っていても不思議はない。しかし、丈太郎本人と交流があったとは思えない。

「永瀬さんがなにか」

くりかえしたずねたわたしの言葉は、あや女の耳に届いただろうか。形のいい唇をわずかに開いたまま、サングラスは遠くを向いている。光子が人差し指を自分の唇にあてた。静かに、というジェスチャーだ。わたしはあや女の気分が落ち着くまで待つことにした。

突然、あはははとあや女が笑い出した。

「光っちゃん、ビールちょうだい。新しいのね」

「はい」

妹が冷蔵庫から新しい瓶を出して栓を抜いた。最初の瓶にも三分の一ほど残っているが放ってある。

「ああ、おいしい。しゃべりすぎてのどが渇いたわ。あなたどう？」

ほんのり赤みの差した顔をこちらに向ける。

「結構です。それよりこんどはわたしの質問にもお答えください」

ふたたび白いのどを見せてあはははと笑う。

「今日は楽しい日だった。この歳になると、もうなんにも楽しいことなんてないと思ったけど、生きてるとこんなことがあるのね。こんな小娘にたばかられるなんて」

「たばかるなんて」

「だって、そうでしょ」

二杯目をすーっと流し込む。

「うっぷ。あ、はしたないわね。ごめんなさい」

謝るそばからさらに大きなおくびをした。

「わたしと竹本の関係を知りたいなんて言って。前原さんまで担ぎ出して。本当は竹本と永瀬の妻とのことを知りたいんじゃない」

理解してくれたのであれば、それでもよかった。

「そうです。瑠璃さんの事件があったころの話を……」

「嫌ね」

三杯目も一気に消えた。

「だって、約束していただいたじゃ……」

「あなただって嘘ついたんだから、おあいこでしょ」

「そんな」

わたしは救いを求めるように光子を見た。感情を押し隠した瞳《ひとみ》で、あや女が置いたビアグラスを見ている。白い泡がゆっくりと下って行く。

引き下がるわけにはいかなかった。あや女ははっきりと不快感を表した。瑠璃のことを何か知っているかもしれない。

「どうかお願いです」

「光っちゃん。少し眠るわね。午後は誰も通さないで」

あや女は四杯目もひと口であけると、すっと立った。すかさず光子が手を差し出す。あや女はすでに背中を向けて階段に向かっている。

「あの」

背中にかけたわたしの声に光子がふりむいた。

〈そこで待ってて〉

彼女の口がそう動いた。

五分ほどで二階から降りてきた光子は小声で「寝ちゃったわ」と笑った。

「最近、ビールを飲むとすぐ寝るの」

「あのう、なにかお話が」

光子は少しのあいだわたしの目を見ていた。あや女が残したグラスにビールを注ぐと一気に飲み干した。

「姉はね、寝たふりも得意なのよ。そして地獄耳。とくに自分に関することはね」

二杯目もひと口で飲み干した。少し濁りが増した目で微笑んだ。

「あとで連絡します。今日はお引き取りください」

丁寧に頭を下げた。

さらに言葉をかさねようとしたが、結局やめた。

9

　土曜日の午後三時に、新宿東口にある有名なパーラーの前にわたしはいた。

　薫さんの橋渡しで、かつて父と呼んでいた男と待ち合わせることになった。一年ほど前に、あのアパートをたずねたことがあった。表札は別な一家のものに替わっていた。わたしはいつも困ったときそうするように、薫さんを頼った。引っ越し先を知らないか、と。初めのうちは知らないと言い張ったが、どうしても話したいことがあると頼み続け、ようやく仲介してくれることになった。

「由佳ちゃんには、会ったこと言っちゃだめだよ」

　わたしはわかったと答えた。

「どこか、喫茶店あたりで話すだけなら」会ってもいいと返事が来た。ただし、今の連絡先は教えないという条件で。わたしに会うことをあの男がどうして了解したのか、自分で言い出しておきながら不思議に思った。

　約束より三十分も早く着いてしまったので、意味もなく新宿通りを歩き回って時間をつぶした。何往復かして、時計を見るとようやく十分前になっていた。

　店に入る。それでもわたしが先に着いたようだ。案内されたテーブルでミルクティーを注文して待つ。五分ほどして父が現れた。

あらかじめ聞いていた服装で確認しなくとも、すぐにわかった。少し顔がふくよかになって、髪が薄くなってはいるが、わたしの記憶の中にある父とあまり変わらなかった。

「元気そうだな」

第一声がそれだった。記憶にある声よりもわずかに低い気がした。

「そちらはどうですか」

つい丁寧な言葉づかいになった。

「ぼちぼち……でもないか」

「どこか悪いんですか」

多少顔色が青ざめて見える。

「去年、膵臓《すいぞう》の病気をしてね。酒が飲めなくなった」

歯を見せてわらった。差し歯なのか、妙に白くて揃っていた。

「お母さんはどうだい」

店員を呼び止めてコーヒーを頼んだ。膵臓が悪いと言っているのに、刺激物をとって大丈夫なのかと考える。

「だいたい年に二回くらい入院騒ぎを起こします」

「酒か」

うなずいて、紅茶をすすった。母はこの男と結婚しなければ酒に溺《おぼ》れなかっただろうか。

薫さんに父の現状はだいたい聞いていた。運転手仲間とはじめた運送会社がそこそこに順調らしい。自分は社長に納まって運転はしていないそうだ。アルコールにむしばまれた元妻と残してきた子供は、今さら目の前にあらわれて欲しくない記憶かもしれない。

「お母さんが飲む理由に心当たりありますか？」

久しぶりに会ったというのに、世間話などまったくせず本題に入った。話題がそれれば、家族の話に及ぶかもしれない。父が新しく築いたという家庭が、幸福であっても不幸であっても心穏やかにはいられないだろう。ならば初めから聞きたくない。

「どんなときに飲むんだ？」

「はっきりしたきっかけはわかりません。日が決まっているわけでもないみたいです」

彼はコーヒーに視線を落としたまま、しばらくだまっていた。わたしは、断酒期間が終わり母がしだいに酒の匂いをさせるようになっていくようすを説明した。

「わからない。おれには彼女の心がわからないな。……まあ、だから離婚したんだろう」

それを合図のようにわたしはバッグから薄汚れた紐《ひも》を出した。

「なんだかわかりますか」

彼はテーブルの上で両腕を組んだ姿勢のまま、顔を近づけた。十秒ほどみつめて、結局顔を横に振った。

「いや。わからない。なにかの紐か」

こんどはわたしが横に振った。

「毛糸です。ほつれて、ぼろぼろになったけど」

「毛糸？」

わたしが何を言い出すのか、とっさに計算している目になった。わたしは彼に時間を与えないで答えを口にした。

「もとは手袋だった毛糸です。もう忘れたかもしれないけど、昔、あなたが家を出て行く前の晩に、気まぐれで買ってくれた赤い手袋です」

昔父だった男は唇をわずかに開いて、もう一度テーブルに視線を落とした。さっきよりも長い時間観察してから、ようやく納得がいったというようにうなずいた。

「思い出した」

思い出したことが自慢であるかのように、何度もうなずいている。

「しばらく顔を見られなくなると思ったら、なんだか寂しくなって買いたくなったんだ」

「小学生のころ、あなたの家をたずねて行ったことがあります」

「家に？」

暗算するような顔つきになった。

「というと、八王子のアパートか」

うなずく。

「新しい奥さんと子供に会いました。偶然だったけど、奥さんとは話もしました」

「そうか。しかし、美嘉はおれの子供じゃない。……いや、つまり、その遺伝子的に、という意味だ。わかるだろう」

父がしどろもどろになった。どうして簡潔に、相手の連れ子だったと言わないのだろう。わたしにとって特別に意味のない言葉だった。

「洋平くんていう、二歳くらいの赤ん坊がいました」

「あれは、つまり……」

「べつにそんなことを恨んではいません」

話を進めるために嘘をついた。

「それより、今日は聞きたいことがあって来ました」

「え、ああ。そう聞いてる」

ほっとしたように顔を上げた。

「どんなことだい」

「ベビーベッドのことです。穣《みのる》の」

穣、という名前が出た途端、ふたたび彼の表情は強《こわ》ばった。

「穣？」

「はい。今でもあのころのことが断片的に記憶に残っていて、よく夢に見ます。穣がまだ生きていて、ベビーベッドに寝ている。その脇で充がちょっかいを出している。その光景です」

彼はなにか言いかけて、テーブルに置かれたグラスを口にあてた。水と一緒にそれを飲み込んだ。

「夢は大きく分けると二とおりあります。ひとつは、充が背伸びをして、穣の頭をたたいています。……穣はちょうど当時のわたしの胸くらいの高さに寝ていて、背のびした充が指先で穣のおでこのあたりを叩《たた》いています。それを見てわたしは息が苦しくなって目が覚めます。もうひとつの夢――わたしが家に帰ったら救急車が来て、穣を運び出していく場面です。主のいなくなったベビーベッドを見るととても胸が苦しくなって、やっぱりうなされて目が覚めます。ただ、不思議なのは、その場面ではなぜかベッドの位置は床につくくらい下にあります。夢というよりも、記憶の断片です」

彼の表情をうかがった。わたしを見てはいなかった。テーブルの何かをじっとみつめ、舌先で唇を湿していた。

「質問を言います。あの日、あなたが見たこと知っていることを教えてください」

抵抗するような視線をちらと向けたが、答えてしまったほうが早く解放されると考えたらしかった。その表情を見て、今日会うことに同意した理由も想像できた。縁を切る機会を待っていたのかもしれない。

「あの日はたしか土曜日だった。おれは仕事が休みで家にいた。おまえは、なにか理由は忘れたが学校に行っていた。おれは由佳里が買い物に出ているあいだ、充と穣の面倒を見ていた。充が穣にいたずらしたから、注意した記憶がある。そのあと、由佳里が帰ってきたのでおれはパチンコに出かけた。その日も朝からあいつと喧嘩《けんか》してたから口もききたくなかったけど、金を借りようとした。無愛想に金がないとかいうから財布から金をむしりとった。うしろでなんだかわめいていたけど、あとのことはわからない。駅前のパチンコ屋にいたら顔見知りの男が『おたくに救急車来てたよ。赤ん坊みたいだよ』って教えてくれた。それであわてて家に帰ると、もう運ばれたあとだった。由佳里もいなくて、充だけが近所の奥さんに手をひかれて立っていた。お前もちょうどそのころ、いやひと足先だったな、救急車に運び込まれるところを見たって言ってたな。それなら、あとのことは知っているだろう」

「それじゃあ、出かけるとき、ベッドはどうなっていました？」

「ベッド？」

「ベッドの床の高さ」

「さあ、気にもしなかったし考えたこともなかったけど、普段とおなじだったと思う。どうして」

父の目にさぐるような色が浮いた。

「大切なことのような気がするからです。寝床の高さは充が背のびして届くくらいだったですか？」

わたしは床から五十センチあたりの空間に手を置いて見せた。

「そうだったと思う。背のびしてちょっかい出してたからな」

父も慎重に答えた。

「さっきも言ったけど、わたしが部屋に入ったとき、ベッドの床は一番下まで降ろしてありました。たぶんなにかの記憶違いだろうと思って、あまり気にしたことはありませんでした。だけど、二年ほど前に偶然知りました。ベビーベッドは、寝る位置の高さが自由に変えられるんですね。それもわりと簡単に」

　彼の顔を見ながら返事を待った。ゆっくり言葉を選ぶように答えた。

「そうか、それはおれも気がつかなかった。というか考えたこともなかった。だいたい、ベッドの床が動くなんておれだって知らない。もしかするとおれの勘違いで初めから床に降りていたかもしれない」

　父があわててコーヒーをすすった。

「充がほんとうにやったと思いますか？」

　父だった男は親指の爪を嚙《か》んでいた。わたしの記憶にはなかった癖だった。

「どういう意味だ？」

「聞いたとおりの意味です」

「おれは現場を見ていない。だけど、由佳里が見たっていうし、充も頭を叩いたって自分で言ってたしな」

「それで納得できたんですか」

「起きたことはしかたがないだろう。だいたい、誰も傷ついたわけじゃない。充だって罰せられたわけじゃないし」

「充じゃないかもしれないって、考えたことありますか」

「乳幼児に起きやすい突然死か？　充がはたく前に死んでたかもしれないか。まあ、ものすごく低い確率だろうが、絶対ないとは言えないかもな」

「わたしが言いたいのは、そんなことじゃありません」

「っていうと？」

父だった男がわたしの顔をのぞき込んだ。息苦しさの我慢が限界になった。

わたしは話題を変えることにした。

「もしかすると、母が誰かと浮気《うわき》してうまれた子供が、わたしなのかもしれないと思っていました。よく夫婦喧嘩《げんか》でそんなことが話題になっていた覚えがあります。何年たっても、想像するたびに胸が苦しくなって、気づいたときにはよく指を噛んでいました」

傷だらけの指を見せた。彼はちらと見てすぐに視線を背けた。

「誰かに違うと言って欲しかった。でも、今はその逆です」

うつむいていた彼が顔を上げた。目が充血したように赤かった。

「そんなことはない。おまえは正真正銘おれの娘だ」

「この毛糸は」

汚れた紐《ひも》のかたまりを押し出した。

「あなたの家族が住むアパートをたずねたとき、一度どぶに捨てました。でも、そのときは、また拾ってしまいました。ここでお返ししますから、こんどこそあなたが捨ててください」

ぼんやり毛糸をみつめている男を残して、店を出た。

10

何か考えごとをするときには、永瀬邸——今ではただの殺風景な庭——に足を運ぶ習慣になっていた。

父だった人物と会った帰り道も、『ローズ』の前で少し迷ってからその場所を訪れた。

使用頻度が落ちて、きしむ音を立てるようになった鉄の門を開ける。とっくに建物の残《ざん》骸《がい》は綺麗《きれい》になくなっているし、数本の樹木をのぞいて庭木も抜かれてしまった。見慣れた紅葉や百日紅《さるすべり》には買い手がついたらしいと、薫さんが言っていた。

殺風景になってしまった庭を歩く。

引っ越しの忘れ物のように、一台の木製ベンチがぽつんとあった。焦げ跡はほとんどない。わたしが中学生のころ、丈太郎と合作した手づくりのベンチだ。木材を買ってきて、設計図から取り組んでつくった。ペンキではなく、素材の風合いを生かす塗料を塗った。

「買ってきたようにしか見えないよ」

初めて見たとき、薫さんは座ったりなでたりしながら興奮していた。

「なかなかのものだね」

丈太郎もめずらしくうれしそうだった。

このベンチで丈太郎の話に耳を傾けた。春や秋の気候のよい季節には、簡単なランチを食べるようになった。

ベンチに座って食事をする、という習慣がなかった彼を、説得するのは時間がかかった。わたしがつくったサンドイッチで、初めてのランチ会を強行したときは、ずっと渋い顔をしていた。道路からのぞいている知り合いはいないかとしきりに気にし、自分の取り分はどれかと聞いてから、さっさと終わりにしようといっぺんにほおばっていた。わたしは、ほおを膨らませ喉《のど》をつまらせている丈太郎を見て笑った。

昼食会は、三度、四度と回を重ねるうちに、丈太郎のほうが楽しみにするようになっていった。

「美緒さん。明日《あした》は晴れるらしいね」

もしもわたしの休日前に丈太郎がそんなことを言ったら、それは催促しているのだった。

「じゃあ、お弁当つくって来るね」

「いや、催促したわけじゃない」

少し気まずそうな顔をして本に目を落とす。

「今のは催促じゃないの？」

「そうとは思えない」

わたしも意地になって、丈太郎に問いただす。

「今後のために聞いていいですか。それじゃ、催促のときはなんて言うんですか」

「そうだな、ただの予測ではだめだ。願望が含まれていることが客観的に明確でないと、意思表示の証拠として採用できない」

「だから、なんて」

丈太郎の顔にわずかに赤みが差した気がした。

「だから、たとえば、……明日は晴れたらいいだろうね、とか」

丈太郎が冗談を口にするのはほとんど聞いたことがなかったが、大まじめな丈太郎には何度も笑わされた。

このベンチは、初恵さんの弟が引き取って庭に置くために、残してあるのだと聞いた。


気がつくとすっかり日が落ちて、暗い庭にひとり座っていた。夜風が肌寒い。わたしはベンチに別れを告げ、永瀬邸の門を出た。

一台のコンパクトカーが停まっているのが見えた。このあたりは自治会の見回りが厳しくて、路上駐車は少ない。そのめずらしさに運転席を見ると人が座っていた。

その人物がわたしに向かって手を振った。暗闇のスモークガラス越しにのぞき込む。ようやく人相がわかった。碓氷あや女の妹、光子だった。

「今、お時間ある？」

ウィンドウを下げて光子が聞いた。

「大丈夫です」

「じゃあ、乗って」

わたしは助手席側に回って、シートに腰を下ろした。

「どのくらい前からいらしてたんです」

「なんとなく、永瀬さんの家を見たくなって。何年ぶりかしら。七、八年前に通りすがりに庭をのぞいたことがあったきりね」

光子は慣れた手つきで車を発進させた。あまり乗用車に乗せてもらう機会には恵まれないが、この年代の女性にしては上手《うま》いほうではないだろうか。

「わたしで知っていることならお話しするわよ」

「本当ですか」

「姉が約束を破ったからつぐないに。あの人、いつもそうなのよ。約束を守ったことがないの」

光子の横顔に目をやる。口調は淡々としている。あや女のトレードマークを奪ったかのような濃いサングラスをしていて、目の表情がうかがえない。

「ところで、知りたいのは多美雄さんと姉とのこと？　それとも永瀬さんとのかかわり？」

「……永瀬さんというのは、丈太郎さんのことですか」

光子はふふんと鼻を鳴らした。

「もちろん、初恵さんに決まってるじゃない。多美雄と初恵さんの関係についてよ」

わたしは、喫茶店にでもと誘ったのだが、光子が他人のいる場所を嫌がった。結局、拡張工事中の道路際で駐車のできる場所を探し、車に乗ったまま話を聞くことになった。ＣＤをかけているのだろうか、さっきからタイトルも知らないシャンソンの曲が静かに流れている。

「あのう、条例で、停車中はエンジンを切らないといけないんじゃ……」

光子はエンジンを切るどころか、ときどき空ぶかししながらエアコンの調整をしている。

「あなた」顔だけこちらに向けた。

「そんなことを考えるために、毎日飲食して排泄《はいせつ》してるの。それこそ無駄もいいところね」

「無駄、ですか」

「つまらない人生はアイドリングどころの無駄じゃないでしょ。わたしも人のことは言えないけど」

もしかすると、あや女以上に特異な感覚の持ち主なのかもしれない、最近では事実上妹が小説を書いている、というのはまんざら冗談ではないのかもしれない、と思った。

「今ごろ姉と初恵さんと多美雄の三角関係をどっかから探し出してきて、のこのこ聞きにくるなんて面白い子だと思ったけど、眼鏡違いかしら」

わたしはどう答えてよいのかわからず、右の指先を見つめていた。

「ま、いいわ。せっかく来たんだから。なんでも聞いて。そうね」

腕時計を見た。年齢と腕の細さに似合わないごつい時計をしていた。

「三十分」

突然なのでわたしはあわてた。もう何代目かになる布製のトートバッグからノートとボールペンをとり出す。

「それじゃ、わたしも質問形式にさせていただきます。五秒以内とは申しませんので、でもなるべく早めで」

「やっぱり面白い子ね。アシスタントに来てくれないかしら。わたし、そろそろあきてきちゃった」

「口述筆記ですか」

「ばかね。あたしが書いてるの」

「え」

「姉は光を失ったときに才能も枯れたの。それ以前からわたしが清書していたから、文体には慣れている。成りすますのにあまり苦労はしなかったわね。そもそもここ二十年は、おなじことを繰り返しているだけだし。どうしてみんな、あんなものをお金出して読むのかしら」

サングラスをずらして、いたずらっぽい目でわたしを見た。

「今のはオフレコ。さ、それじゃどうぞ」

「あや女さんと竹本さんが、知り合われたいきさつは？」

「どうせ、どこかの汚いバーあたりでしょ。でも出会った場所なんてあまり意味がないわね。あの当時、東京のボロアパートに、よく言えば芸術家の卵、実体はただのごくつぶしみたいな若い連中の集まりがあったの。あとから、わたしも加わったけどね。姉も彼もその一味だった。安酒飲んで、どっかで仕入れてきた芸術論をぶちかまして、吐いてゴロ寝して終わり。そんな感じかな。ただ、竹本はその中でもなんだかぎらぎらしてたわね。男前だったし」

「女の人にもてたんですか」

うふふと笑った声が、気のせいかなまめかしく感じた。

「あれほど女にもてた男は、ほかに見たことないわね。なんていうんだろう。顔はもちろんハンサムなんだけど、危険な感じっていうのかしらね。あなた、日本刀見たことある？」

「いえ、本物は」

「あなたが何ものかになろうとしているなら、なんにせよ本物に触れないとだめよ。それは忠告しておく。本物かどうかが大切。建前なんてずうっと下。……でなんだっけ、そうそう、日本刀ね。あれは魅入られるわよ。触れれば切れそうな怪しい光を発してるの。わたし本物を持ったことがあるけど、あれで人を斬ってみたい、自分の身体を傷つけてみたいっていう衝動を抑えるのに苦労したわね」

「自分の身体ですか」

「あなたたしかバージンだったわね」

「それは……」

「別に恥ずかしいことじゃないわ」

「恥ずかしいとは思いませんが……」

「やっぱり変な子ね。ま、いいわ……さ、つぎにいきましょう」


光子の話は、脱線しながら結局一時間ほども続いた。

男女あわせて十人程度のそのグループの核は、竹本ともうひとり作家志望の男だった。そちらの人物は、わたしも知っている有名な作家だった。あや女は初め彼についてグループに参加したが、すぐに多美雄に乗り換えた。光子が大学に入り、グループに加わったときには、姉と多美雄はもう男女の関係だった。

ただ、恋愛と呼ぶには醒《さ》めていたという。

「なんていうか、腹が減ったから食べる、酔いたいから飲む、っていう感覚の延長ね。抱きあいたいからそうする」

ただ、あや女のほうはドライを装っていても、やはり恋愛感情を持っていたのではないか、と言った。

「わたしとも関係があったのよ」

聞き返した。

「多美雄さんと光子さんがですか」

「自分じゃ大人のつもりでも、二十歳《はたち》前の娘を手玉にとるのは簡単だったでしょうね」

「あや女さんはそのことを……」

「口には出さないけど、たぶん知ってた」

多美雄が貧乏生活に耐えられなくなって、親元に逃げ帰ったのを機会に、しばらく二人の縁が切れた。数年後、多美雄の名が売れはじめ、ほとんど時期をおなじくしてあや女も派手に小説家デビューすることになった。多美雄が上京したおりに知人を通じて再会し、ふたたびよりを戻すことになった。あや女が「この街はうるさくて嫌い」と突然言い出し、多美雄の近くに移り住んだ。光子も同行した。

わたしは多美雄と初恵さんの関係に話題を移した。

二人の出会いがどこだったのか、彼女も知らないと答えた。わたしが初恵さんの書斎で見つけた古い写真のことを話すと「じゃあ、誰かの紹介で個展にでも行ったのかしらね」と納得していた。

「あのあたりは、わりと昔から芸術家が住んだり逗留《とうりゅう》したりしているから、美術展なんかもけっこうあったわよ。多美雄が主賓《しゅひん》で招かれた関係者の内覧会で、初恵さんの姿を見かけるようになった。そう、まだ、姉と結婚する前のことだった。でも、これはカンでわかるけど、二人はできていなかったわね。あなた知らないでしょうけど。多美雄にしては奇跡的に珍しいことなのよ。初恵さんは、純粋に絵を見るのがたのしいようだった。姉は二人の関係に関心なさそうにしてたけど、本心はどうかわからない」

妹の自分が言うのもなんだが、美人さではあや女のほうが勝っている。それに、当時すでにあや女は売れっ子の作家だ。地味な主婦でしかない初恵さんの、どこに多美雄がひかれたのか。手も出さずに鼻の下をのばしている多美雄の姿は、いまだに信じられない、と光子は笑った。

「週に一回はわたしと寝てたくせに」

「長野に越されてからもですか」

「そうよ、もちろん」

「それもあや女さんは……」

「知ってたでしょうね。そして、初恵さんが東京に去って寂しくなったのか、多美雄は急に姉に求婚した。姉がどうして受けたのかわからない。結局三年で離婚したけど」

彼女たちの恋愛観について、納得のいくまで説明を受けることはできないと思った。

「瑠璃さんの事件はご存じですか」

光子がふっとため息をついたように感じた。

「瑠璃ちゃんの事件のことはくわしく知らない。興味もなかったし。ただ、竹本が酔っぱらったときに、なんだか初恵さんに同情するようなことを言ってた覚えがある。元気づけてやりたいとかね。半人前のくせに」

「半人前？」

「彼の絵、見たことある？」

車の中だというのに、光子は声をひそめてわたしの耳元にささやいた。

「いくつかは」

「人物画が全然ないでしょ」

調べた限りでは風景画しか見たことがなかったので、そう言った。

「あいつね、モデルが画けないの」

「うまく画けないという意味ですか」

光子はハンドルを軽く指先で叩《たた》いている。違うのよ、と鼻先で笑った。

「小手先は器用だから、描けばそこそこなんでしょうね。そうじゃなくてほんとに描けないのよ。意味わかる？　モデルを前にすると、手が動かなくなるの」

「動かない？」

意味するところがわからなくて、言葉をただ繰り返した。

「一度だけ、どうしても人物画を描かざるを得ないことがあって、アトリエにモデルを呼んだことがあったの。姉から聞いた話なんだけど、アトリエに入る前の多美雄は、ぷんぷん臭《にお》ってたそうよ。もちろんお酒が。そしてしばらくしたら、多美雄の怒鳴り声とモデルの悲鳴が聞こえて、血相を変えてモデルが帰っていった。すぐにお手伝いさんがアトリエに呼ばれて、あわてて出てきたと思ったらすぐにバケツと雑巾《ぞうきん》を持って戻って行った。彼女にももちろんきつく口止めはしたし、あとでそのモデルにも新車が一台買えるくらいのお手当を払ったらしいわ」

光子はまたふっと口を閉じてしまった。わたしは何が起きたのか想像した。

「原因はなんですか」

「さあね。さんざん悪いことしてきたから、天罰じゃないの。あんな男がいい目ばっかり見てたら、誰も神や仏を信じないでしょ」

うふふと含み笑いをして、ふたたびハンドルを叩きはじめた。

「あの、お願いがあるんですが……。だめならあきらめますので」

「何？」

「竹本さんに是非お会いしたいと思っているんですけど、紹介していただけないでしょうか。光子さんもおっしゃってましたけど、最近あまり表に出られないようで、面会を申し込んでも会っていただけるか不安なもので」

光子は、今ではサングラスをはずしてしまって、指先でもてあそんでいた。

「ねえ、あなた指を嚙《か》むのがくせなの？」

「どうしてそれを」

今日、彼女に会ってから嚙んだ覚えはなかった。

「さっきから、口もとまで持っていっては、あわてて下ろしてるでしょ。それにこの前のとき、姉が失礼な態度とったあとで、あなたしきりに嚙んでたわよ」

意識していなかった。うつむいたわたしの右手を光子が取った。わたしは逆らわなかった。

「あら、ずいぶん傷だらけね」

「自分で嚙みました」

「嚙んだ。この傷全部？」

「はい」

「悲しいとき、指を嚙んでこらえたってこと？」

「少し違います」

しばらく何かを考えているようすだったが、ふっと息を吐いた。

「変わった子ね。先が丸まっているのも嚙みきったの？」

「いえこれは……」

「ま、いいわ」

彼女はふいにわたしの手を放り出した。

「あの……」

「いいわよ」

「え」

「紹介してあげる。長野にいたあいだは、たぶんわたしとの関係のほうが多かったでしょうね。あの二人は、自分の作品のためにお互いを利用してた。多美雄にとってはわたしのほうが気が楽だったはず。やすらぎなんてものじゃない。肉欲のはけ口だけど、それが彼には必要だった。だから、わたしの頼みなら断らないと思う。二度や三度生まれ変わっても返せない貸しがあるからね。あなた生まれ変わり信じる？」

「いいえ」

「あとで紹介状を郵送してあげる。永瀬さんに対する香典の代わり。それであなたとの縁はおしまい。さ、降りてちょうだい」

あまり話題が急に変わるので、必要なことを聞いたのか、ちゃんと頼むことができたのか、すぐには思い浮かばなかった。

わたしは早く早くとせかされ、礼もそこそこに車を降りた。

ドアの閉まる音を聞いたときには、車は走り出していた。

11

車窓からは、妙にまぶしい秋の日差しを受けた光景が見えている。

薫さんにも本当の行き先を告げずに来た。

理由も説明せずに、入院中の母を頼んだわたしは薄情だろうかと考える。丈太郎に相談したならなんと言っただろうかと考えて、考えることをやめた。

竹本多美雄の住む屋敷は、安曇野市のほぼ南端にある。電車で行くならば松本から大糸《おおいと》線に乗り換えるのだが、松本駅からタクシーを拾った。運転手に竹本の名を出すと、番地を告げる前にすんなり走り出した。地元ではやはり有名なのかもしれない。

市街地はすぐに果て、緑が多くなった。十五分ほど景色のいい道を揺られて、着いた場所は別荘地を思わせる佇《たたず》まいだった。別荘といっても『アース』で扱った旅行パンフレットで、軽井沢の写真を見たことがあっただけだが。

標識の出ていた公道を折れて、二百メートルほど進んだところでタクシーは停まった。

「あの建物がそうだと思いますよ」

運転手が半分ふりかえってうなずく。礼を言って料金を支払った。タクシーが去ったあとは車の影はない。道の両脇に並ぶポプラの葉を風が鳴らしてゆく。耳をすませば、自分の吐息さえ聞こえそうなほどの静けさだ。

森の中にぽつり、ぽつりと、まるでペンションのような別荘が、お互いの干渉を拒むように佇《たたず》んでいる。

ここに鍵《かぎ》はあるのだろうか――。

蔦《つた》の這《は》う煉瓦《れんが》造りの塀。おなじく煉瓦でできた、門柱にかかる表札を確かめる。竹本。間違いない。鬱蒼《うっそう》とした庭木の奥に、教会か美術館を思わせる煉瓦造りの尖塔《せんとう》が見える。

インターフォンを鳴らす。

「はい」

少し甲高い女性の声が響いた。多美雄はひとり暮らしのはずだ。賄いのお手伝いさんかもしれない。

「本日お会いする約束をさせていただいた、杉原と申します」

「少々お待ちください――」

一分ほど待たされて、玄関から割烹着《かっぽうぎ》を着た小柄な中年の女性が出てきた。

「杉原さんですね。先生がお待ちです。さ、どうぞ」

彼女が出てきた玄関の方角ではなく、右手に続く小径《こみち》に誘導された。天然の岩を埋め込んだ飛び石を踏みしめてあとを追う。周囲とは塀で仕切られているが、庭の中まで森の延長のように樹木が生い茂っている。

「直接アトリエに回ってください、ということでしたので」

女が息をわずかに切らせて説明する。あたりには辛夷《こぶし》や馬酔木《あせび》などの大木や、丸く刈り込んだ柘植《つげ》や紫陽花《あじさい》がバランスよく配されている。そのほかの、シャラ、コナラ、イチイ、と樹木の名を言い当ててみる。初恵さんのライブラリをながめるうちに覚えてしまった。奥まったところにハルニレの木が一本あることに気づいた。

「さ、ここから上がってください。上までは土足のままで大丈夫ですよ」

庭にウッドデッキがせり出している。塗装もはげ、ところどころ腐食しているが、それがかえって趣なのかもしれない。脇についたステップを上るように言われた。デッキの向こう側は一面ガラス張りの部屋だ。二十畳ほどあるだろうか、陽光を反射して中はよく見えない。目をこらすと、ようやく洋間に画材が散らばっているのが見えた。

あやうく声を上げそうになった。ロッキングチェアに座った初老の男がわたしのほうをじっと見ている。まったく動かないので気づかなかった。男の目もとに笑みが浮かんだ。

「いらっしゃい」

ガラス戸が三十センチほど開いていて、中からはっきりと声が聞こえた。

「碓氷さんに紹介いただきました杉原美緒と申します。お忙しいところ時間を割いていただいてありがとうございます」

「ま、どうぞ。そこで靴を脱いで、スリッパに履き替えてください。あ、大野《おおの》さん、……お飲み物はどうします」

案内してきた女性が指示を待っている。

「コーヒー？　紅茶？」

「それじゃコーヒーをお願いします」

竹本は自慢のコレクションを誉められたような顔をした。

「コーヒーにはちょっと凝ってましてね」

わずかに身を乗り出した。

「お好みの銘柄はありますか？　エルサルバドルのプレミアムでも、ケニアのAAトップでも。毎週飲む分だけ取り寄せるんです。そうだ、ちょうど幻のコーヒーとか言われてる銘柄が入ったけど、あれなんかどうかな。これがね……」

「では、もしあればキリマンジャロを」

興奮気味に話していた竹本が、腰を折られてやや興ざめしたような表情を浮かべた。

「……まあ、いいでしょう。キリマンもオークションクラスのを仕入れてます。それじゃ、大野さん。おなじの二つお願いします」

多美雄が指を二本立てた。割烹着の女性は「すぐお持ちします」と言い残して消えた。

「ま、お座りください」

多美雄がわたしを木製の椅子に座るよううながし、自分も向かいに移った。あいだには直径五十センチもない小さな丸テーブルがある。窓は開けたまま。この気候なら冷房は不要だ。

「東京からでしたね」

「はい。家は世田谷です」

「世田谷、そうですか。光子さんとはどういうご関係で？」

「お話しするととても長くなるんですが、知り合いの知り合いのそのまた知り合いのかたの息子さんの知り合いの編集者に、あや女さんを紹介していただいて話しているうちに光子さんと懇意にさせていただきました」

多美雄の目は窓の外に向いている。たしか今年で六十三になるはずだが、その横顔はきれいな線を描いている。昔、碓氷姉妹ばかりか初恵さんまでも引きつけたかもしれない、美貌《びぼう》の面影が残っている。

「そらまたずいぶん長いですね。グリム童話みたいだ」

こちらを見た。

「わたしもね、ずっと昔に一時東京に住んだことがありますよ」

「存じてます。ちょうど四十年前です」

多美雄、本名民夫の目が光ったような気がした。

「ほう、さすがにわたしの研究をされているというだけあって、お詳しい。本人でも正確に何年前かなんて、忘れてました。なんだか照れますね」

「素敵なお庭ですね」

わたしは話題を逸《そ》らした。ほどなく、さっきの大野という女性がコーヒーを持ってくる。本題の腰を折ってほしくない。逃げるきっかけを与えたくない。あたりさわりのない話題に集中した。

「あまり手入れもせず、ぼうぼうです」

「そんな。ほったらかしに見えるようで、実はかなりお手入れされているんじゃないですか」

多美雄の目が細くなった。

「ほう、ますます面白い。僕もなんだか、あなたに興味が湧いてきました。たしか、光子さんの話では美大で洋画を専攻されているとか」

はいともいいえとも答えず「好きな絵描きは」と切り出して、事前に調べておいた画家の名をいくつか挙げた。

「ほう」さらに多美雄の目が光った。

「ずいぶん渋い好みですな。ますます興味が湧く。……しかし、こう言ってはなんだが、彼らと比べられてはわたしも肩身が狭い」

ははは、と笑った。ちょうどそこへ、先ほどの女性がコーヒーのセットを持ってあらわれた。

「ミルクと砂糖はお好みでどうぞ」

「ありがとうございます」

大野という女性は「何かあったらお呼びください」と出て行った。

「それで」多美雄が左手にカップを持った。「わたしのどんなことを調べたいんです?」

「申しわけありません。光子さんには嘘を書いていただきました」

いきなり白状した。

「嘘?」口もとまで持っていったカップがそこで止まった。わずかに目が大きくなった。

「嘘とは」

「はい、大学で美術を専攻しているというのは嘘です。そもそも、大学生でもありません。高校での美術の授業以来、絵を描いたことはありません」

「それはまた、どうして……」

「竹本多美雄さんを卒論にしたいという理由にすれば、そして光子さんの紹介なら、会っていただけるのではないかと思ったからです」

「だからなぜ。どうして、嘘をついてまで。光子さんもご存じなのかな」

「あのかたを責めないでください。わたしが頼んだことです。本当の理由を言えば会っていただけないからです。どうせ嘘をつくならより確実な嘘がいいと思ったからです」

「本当の理由とは？」

多美雄がようやくコーヒーをひと口すすった。

「永瀬丈太郎さんのことです。正確には瑠璃さんを含めた永瀬一家についてご存じのことを」

何も聞こえなかったかのように、ゆっくりもうひと口すすってテーブルに戻した。

「永瀬さん一家のこと？」

「はい」

「おっしゃる意味がよくわからない」

ほとんど感情を押し殺した表情でわたしを見返す。何を考えているのか推察することは難しかった。

「わたし、ちょっとした縁がありまして、永瀬丈太郎さんと知り合いになりました。そして、瑠璃さんの悲劇を知りました。瑠璃さんがどうなったかわからずじまいで、思いを残しながら初恵さんが亡くなったことも」

初恵さんの名が出たとき、初めて多美雄の瞳《ひとみ》が曇った。数秒目を伏せてからまたわたしをみつめた。

「あの人に頼まれてきたのか」

あの人、というのは丈太郎のことを指しているのだろうと思った。丈太郎が死んだことは知らないらしい。

「永瀬さんに頼まれたのではありません。あの人から、竹本先生の存在すら聞いた覚えがありません。自分でいろいろと調べて碓氷さんにお話も聞いて、結論を出しました」

「で、結局何が言いたいんだね」

「真実です。瑠璃さん事件の犯人がどうなったとか、罪をつぐなったとか、そういうことを聞きたいのではありません。永瀬さんが何を知っているのか、そのことです」

多美雄はふいにたち上がり、窓のそばにおかれたロッキングチェアに座った。さっきたずねてきたときに揺られていた椅子だ。

緊張していて気づかなかったが、耳をすまさなければわからないほどかすかにBGMが流れていた。クラシック音楽だ。耳に覚えがあって、しばらく曲を追っていた。

「それを聞いてどうする」

「知りたい理由については個人的な事情がからみますが、こちらからお願いしていることなのでお話しします。わたしが育った家庭はあまり愛情に恵まれているとはいえませんでした。母親に殺意を抱いたことも何度かあります。この先、わたしは何を我慢して、何を許して生きていけばいいのか、わからなくなりました。永瀬さんがもしも瑠璃さんの事件の真相を知って、それでも犯人を許したのなら、どうしてそうできたのか知りたいんです。

もしかするとわたしも母を許せるかもしれないからです」

多美雄はふたたびコーヒーを口に含んだ。目を閉じ、チェアに揺られ何もしゃべらない。

「多少はわたしなりに想像もしました。でも、全容が大きすぎてわかりません。お願いです。竹本さんがご存じのことを教えてください」

一旦《いったん》言葉を切って竹本を見た。目を閉じたまま反応はない。わたしは勝手に先を続けた。

「瑠璃さんを誘拐した小宮賢一には当日の六時以降アリバイがあります。瑠璃さんが楡《にれ》の木澤洞門近くの河原で殺されたあと、小宮に代わって瑠璃さんの死体を処理した人物がいます。ひとつ目の具体的に知りたいことは、それはいったい誰なのか」

「ちょっと待ってくれ、まあどんな妄想を働かせようときみの勝手だが、あまりに短絡でひどいこじつけがある。瑠璃ちゃんが河原で殺されたとは何を証拠に言うのだ」

「永瀬さんが残り少ない命と引き替えにしてでも、あの河原に花束を捧《ささ》げにいこうとしたからです」

「残り少ないだと……。ご病気なのか」

「末期癌でした」

「でした、ということは、すでに？」

わたしはうなずいた。

「火事にあって家は半焼。永瀬さんは片手が炭化するほど焦げ、気管支も焼けて自力で呼吸ができず、一酸化炭素中毒で意識も戻らないまま、亡くなりました。あんなに気高かった永瀬さんがです」

「火事？」

多美雄のうめきに、ゆっくりうなずきかえす。

「放火です。これも今のところ状況証拠しかありませんが、火をつけた男の名は、松原賢太」

魅力的だと思っていた大きな瞳が、ぎょろりとわたしをにらんだ。

「なんだって」

「松原賢太。小宮賢一の息子です」

おお、といううめきが聞こえた。多美雄は前屈《かが》みになり、両肘《ひじ》を太股《ふともも》におき、手のひらに顔をあてた。

「小宮だと。小宮の倅《せがれ》に殺されただと。なんという柵《しがらみ》だ」

指のあいだからくぐもった声が漏れた。

「二つ目の知りたいことは……」もう、仮定で話すことはやめた。顔を覆ったままの多美雄に向かって続けた。「あなたが、瑠璃さんの遺体をどこに埋めたのか、ということです」

わたしはようやく、ぬるくなったコーヒーに口をつけた。丈太郎の薫《かお》りが口腔《こうこう》に広がった。

会話が途絶えたまま、しばらくときが流れた。

姿は見えないが庭先で鳥が鳴いている。

空を見上げる。抜けるような青い空だ。ここからは道を行く車のエンジン音も聞こえない。森の中にこの空間だけがすっぽりはまってしまった錯覚を覚える。

多美雄は無言のまま立ち上がり、部屋を出ていった。

ごく自然な動作だったので、わたしは声をかけそこなった。ドアの向こうには別な部屋があるらしく、ドアのすき間からがたんごとんという物音がしていた。

五分ほど経っただろうか。多美雄が大きな包みを持ってあらわれた。梱包《こんぽう》された絵画のようだ。何号というサイズはわからないが、両手でかかえないと持てないほどの大きさだ。

彼は包みを床におき、丁寧に紐《ひも》をほどきはじめた。窓から差し込む光線を受けて埃《ほこり》がキラキラと光った。多美雄は、何重にも包まれた茶色の紙をはがしていった。とうとう中からキャンバスがあらわれた。額にはめ込んでいないむき出しの絵だ。彼は両手に持ってそれをそっと立てた。

その絵を見た瞬間、わたしは悲鳴をあげていた。初めは自分の悲鳴だと気づかなかった。やけに耳障りな音がすると思うと、それは自分の喉《のど》から出ていた。

身体をゆする感覚がある。

「だいじょうぶ？　しっかりして」

ふりむいた。さっきの大野という女性だった。

「だいじょうぶですか」

彼女の抱きしめる力が強かったので、わたしは我に返った。

「だいじょうぶです。おさわがせしました」

握られた手をほどく。多美雄にうながされて彼女は出ていった。わたしはあらためてその絵を見た。

絵の中の少女は白い服を着ていた。静かな波紋の広がる水面に横たわっている。眠るように安らかな横顔だが、その頰は青に近いほどに白い。彼女を照らすのは天空にある月のみ。深い青の夜に彼女は永遠に横たわっている。

そして、指でおせばどこまでもめり込みそうな白い首に、一条の赤い筋があった。紐で絞められた痕《あと》だ。

「瑠璃さん」

絵のすぐそばまで這《は》っていき、なめるほどに顔を近づけた。

「瑠璃さん」

初めて見る瑠璃さんの横顔だった。

そしてそれはあまりにわたしに似ていた。

12

わたしが絵に見入っているあいだに、多美雄はまた部屋を出て行ったようだ。

戻ってきたときには両手で小さな盆を持っていた。

盆の上には陶製のポットとカップが二つ載っている。

「さっきのようすでは、君はブラックだね」

無言のままうなずく。

「さっきも言ったけど、これは幻のコーヒーと呼ばれている、モンキーコーヒーだよ。製造方法は極秘と言われている」

そういいながら、ポットからカップに注いだ。どこか別な場所で淹《い》れてきたのだろう。わたしは注がれたコーヒーカップを両手の指で持ち、二、三度吹いてから口をつけた。酸味の少ない、こくのある薫《かお》りが口の中から鼻に抜けた。『ローズ』で数え切れないほどレギュラーコーヒーを飲ませてもらったわたしにも初めての味だった。

「なかなかいけるだろう」

さきほどの苦悶《くもん》が嘘のように機嫌がよさそうだ。

「あのころのおれは、ものすごく何かに渇いていた」

多美雄はふっきれたように、唐突にしゃべり出した。

「もがいていたといったほうがいいかもしれない。結局、あれだけ反発した親の世話にならなければ生きていけない現実を、忘れたがっていた。昔から憂さばらしといえば、飲む打つ買うと相場が決まっている。おれの場合、女に不自由したことはなかったから、ギャンブルがはけ口だった。東京じゃ一文なしでも、松本近辺じゃ親父の傘の下でツケがけっこうきいた。ところが、ギャンブルの借金が、さすがにごまかしのきかないところまできた。返済に困っているおれのところに、ある日川添から連絡が来た。事件のことを調べたなら知っているだろう。川添土建の社長だ。汚職疑惑の中心人物だよ。みんなやつに踊らされた。親父のパトロンをしていたこともあるので、おれも顔は知っていた。川添の用件は『おまえの借金を肩代わりしてやるから荷物を処分してくれ』ということだった。川添は行くべき場所だけを教えた。『そこにある荷物を絶対にみつからない場所に始末してくれ』。場所も方法もおれは聞きたくない。すべてまかせる』それだけだ。荷物が何かは聞いても教えてくれなかった。『行けばわかる』とね」

多美雄はカップに口をあて、中身を一気に飲み干した。立ち上がってサイドボードから洋酒のボトルを出した。

「その『荷物』というのが……」

多美雄はわずかに力をこめてキャップをはずし、茶色の中身をカップに注いだ。乱暴にボトルをテーブルに載せ、カップをあおった。

「くう」

口元を歪《ゆが》めて酒を飲み下す。

「うう」

多美雄のうめきが聞こえる。もう一度、こんどは先ほどより多く口に含んだようだった。ふくれた頬がしぼみ、ふたたび顔をしかめた。

「当時、赤い吊《つ》り橋はまだなかった。急カーブの手前にある楡《にれ》の木澤洞門とだけ聞いて行ったが、すぐにわかった。今では切り倒されてしまったが、駐車スペースのあたりに楡の巨木があったのでいい目印になった。おれが支道を降りていくと、河原にもう一本楡の木があって、その根元あたりの石の上に、汚い毛布をかぶせた物がおいてあった。盛り上がった毛布の形でおれは想像がついた。毛布の下から出てきたのは、真っ白な顔をした少女だった。そう、それが瑠璃だった。眠るように死んでいた。口を切ったのか、彼女の口元からは血がひと筋流れていた。おれが許せなかったのは、誰かがうす汚い毛布をかぶせておいたので、こまかいゴミが死に顔にこびりついたことだった。おれは月明かりの中、川まで運んでいき顔を洗ってやった。当時はもちろん、その少女がどこの誰かなんてまったくわからなかった。

顔を洗い終えておれはそこに彼女を横たえた。月光を浴びて濡《ぬ》れた横顔から雫をしたたらせている瑠璃は、この世のものとは思えないほど美しかった。それこそ天使か天女がまどろんでいるように見えた。犯罪らしきものの片棒を担がされているなんてことは、すっかり頭から消えていた。おれはずいぶん長い時間そうしていた。

やがて雨が降り出した。雨粒が勢いよく瑠璃の顔をたたくと、まるで彼女が瞬きしているように見えた。おれはその姿をどうしても絵に残したくなり、彼女を家に連れ帰った。

もちろんこの家さ」

多美雄は手に持ったカップでくるりと家の中を示した。

「親父はグルメでね、地下にワインセラーがあった。幸いなことに当時親父は上京していた。一週間くらいは戻らない予定だった。おれは死体をワインセラーに横たえて、絵を描いた。一心不乱とはあのことだな。飯も食わなかった。あれほど集中して絵を描いたことはあとにも先にもない。みなが探し回っているころ、あの子はここの地下室にいたのさ」

ごくりと酒を飲み下す音。

「さらって殺したのは、小宮だよ。間違いない。しかし、やつは不起訴になった。証拠がそろわなかったせいもある。しかし、幸運が重なっただけじゃない。おれも駒のひとつだった。やつにはうしろだてがあって、あれこれ手配したらしい。誰も全容がわからないように分担させてね。芦川という男をひっぱり出してきたのも、病院に見舞って死の薬を飲ませたのもおれじゃない。おれの果たした役割は既に死んでいた人間を始末しただけだ。正直、罪悪感なんてなかった。おれがどうやったって、瑠璃が生き返るものでもないしな。むしろ、この絵を描かせるために天が与えた僥倖《ぎょうこう》だと思ったさ。……ただ、その後偶然知り合った初恵さんの痛ましい姿を見るのはつらかった。さっき罪悪感はないといったが、初恵さんにだけは、すまない気持ちでいっぱいだ。女にとって子供というものがあれほど大切なものだとは思わなかった……」

もう何杯目だろうか、カップに酒を注ぐ。

「おれは絵が完成したあと、庭にあった涸《か》れ井戸に彼女を降ろし、土を被《かぶ》せた。彼女が横たわっていた場所とおなじように植木屋から楡の木を買って植えてもらった。あそこに見える……」

庭の一隅を指さした。庭を通ってきたときに見かけたハルニレだった。

「あの木が彼女の墓標だ」

やはり河原ではなかった——。

瑠璃さんの遺体はこんなところに埋められていたのだ。そして恐らくは丈太郎もそれを知っていた。

「見せていただいていいですか」

「お好きに」

多美雄のろれつが少し怪しくなっていた。わたしは開放されたガラス戸を抜け、デッキを横切り、靴を履いた。

庭一面、森の中のように樹木が茂っている。道のないところは踏み入ることさえむつかしそうだった。わたしは蛇行する遊歩道のような小道を、楡の木に向かって歩いた。近づいてみると、楡の木は道から少し奥まったところに生えていた。わたしは下草をふみしめ、木に近づく。すぐにその根元に何か人工物があるのに気づいた。覆い被さった草をむしる。石板のようだった。指で触れる。つるつるした指の感触だ。おそらく御影石《みかげいし》というものだろう。表にレリーフが彫ってあった。

あの鳥、瑠璃鳥《るりちょう》だった。

わたしは彫られた鳥を、指先でなぞった。一筆書きのようになぞり終えると、こんどは逆回りにたどった。

「永瀬さんもそれを見た。おなじように触った」

いつのまにか多美雄がすぐうしろに立っていた。

「そして娘がその下に眠っていることも伝えた」

「永瀬さんはなんて？」

「『やはりそうだったか』とかつぶやいていたな」

「掘り返そうとしなかったんですか」

「掘り返してどうする」

「ちゃんとお墓に埋めないと」

「永瀬さんはお骨に魂が宿っているなどとは思っていなかった。それよりも初恵さんがすべてを知ってしまうことをおそれた」

嘘だ――。

口に出しかけた言葉を飲んだ。

すべてとはどういう意味だろう。

「自分でいうのもなんだが、おれと知り合い、絵を描く機会を得たことで、彼女の人間性は回復した。あのままだと、もっとはやく衰弱して病に倒れたかもしれない。まあ、そのことはじっくり時間をかけて説明すれば、どうにかなったかもしれない。しかし、どれだけ時間がたとうと消えない罪もあった」

「誰の罪ですか」

「おれだ」

「瑠璃さんの死体を隠したのよりも重い罪ですか」

多美雄は、まだカップを手にしていた。もう、飲み下すときに苦そうな顔をしなかった。

「小宮賢一が行方不明になったのを知っているか」

「知っています」

「あいつがどこへ行ったか知りたいかね」

「はい」

多美雄の目は、わずかに赤みを帯びて粘りけのある光を宿していた。

「あれは、事件から七、八年経っていただろうな。やつはひょっこり女連れで戻ってきた。少し羽振りのよくなったおれの噂を聞いたのか、立場もわきまえず逆にゆすりに来やがった。初めて会ったときからおれはやつが嫌いだった。おれが嫌うもののすべてを、あいつは身にまとっていたからな。あいつの顔を見ると虫酸が走った。そしてある日……」

庭のどこかでふたたび鳥が鳴いた。鳥についても図鑑で調べたが、鳴き声までは詳しくわからない。瑠璃鳥の鳴き声を聞いてみたいと思った。

「やつをこの屋敷に呼んだ。好きなだけ飲み食いさせてやった。東京で食い詰めたあいつは、上等の酒と料理に機嫌がよかった。そして気持ちよさそうに眠っちまった。ちょっとくらいゆすっても起きないくらいにな。ふふん。もしかすると食い物に何か入っていたのかもしれん。……ところで、おれの親父は焼き物にも手を出していて、裏の山に土地を借りて造った専用の窯《かま》があった。あんた、焼成用の窯を見たことがあるかね？」

「たしか、テレビで一度」

多美雄がまたふふん、と鼻を鳴らした。グラスをゆすり中身を口に含んだ。ごくりと喉《のど》ぼとけが上下した。

「裏山にまだ残っているから、興味があれば見せてやってもいいが、捨て間もある、穴窯《あながま》としちゃ大きめの窯だ。そしておれも少し焼き物のまねごとをやった。初恵さんもやってみたいと言っていた。小宮を呼んだのは火入れをする前の晩だった。おれは夜中にせっせと作品を詰めた。初恵さんがつくった小物や陶芸仲間のぶんもね。……さっき言った捨て間っていうのはだね」

多美雄は鼻の頭をかきながら、くすくす笑いはじめた。

「焼き物を入れる部屋とは別に、熱伝導のためにその名のとおり空っぽのままにしておく空間のことだ。たまに薪《まき》をくべたりもするがね。だけどな、あの晩のおれを見たやつがいたらきっと驚いただろうな。だってさ」

くすくす笑いで言葉が途切れる。

「捨て間の狭い取り込み口から、なんだかぐるぐる巻きにしたゴザをうんうん言いながら押し込んでるんだからさ。そりゃいったいなんですかって聞かれただろうよ」

多美雄はとうとうこらえきれなくなったように、声をたてて笑いはじめた。わたしはその笑い声が止むまで、差し込んだ光がつくった庭の陰影をながめていた。

「もちろん焼成室には本物の作品をびっしり詰めたさ。煉瓦《れんが》でしっかり閉じてから初恵さんを呼んだ。そして彼女に火入れさせてやった」

庭に置かれた餌台につがいの小鳥が降りた。向かいあうようにして首をかしげながら餌をついばんでいる。

「充分火がまわるころをみはからって、陶芸仲間を呼んだ。君は焼きかたを知っているか。少なくとも三日三晩は赤松の薪を燃やし続けるんだ。火勢を弱めないよう、何人も交替で寝ずの番をするのさ。そうやって中の温度を千三百度あたりまで上げてやる。だから窯の脇にはいつも食い物や飲み物が用意してある。その日は焼きはじめるなり、おれはバーベキューをはじめた。先に火入れしちまったんで、不服そうな連中もいたが、極上の牛肉と冷えたビールですぐに機嫌を直した。あんた、どうしてすぐにバーベキューなんかはじめたか、もちろん想像つくだろうな」

自分から小宮のことを聞かせてくれと言った。耳を塞《ふさ》ぐわけにはいかなかった。胃のあたりに湧いた不快感を冷めたコーヒーでごまかした。

「あと始末はどうなったんですか」

「それが、皮肉なことにいい焼け具合だった」

「そうではなくて」

「ふん。あの男のことか」

わたしに目を据えた多美雄の頭がふらふらと揺れている。

「そこらの火葬場よりも熱い炎で、三日も焼かれたんだ。万が一残骸《ざんがい》があったとしても、もとが人だったのか獣だったのかもわからなかっただろうさ」

「初恵さんは、初恵さんはどうしました？」

多美雄がグラスを持ったままゆっくり立ち上がった。顔からうすら笑いが消えていた。窓際まで歩いてゆき、空いた手をポケットに入れたまま庭をながめた。

「初恵さんは、焚《た》き火すらしたことがなかったそうだ。物めずらしそうに火が燃えるのを見ていた。こわごわ薪をくべていたよ。人間は本能的に炎に魅入られる。彼女は自分でも知らないまま、今まさに復讐《ふくしゅう》を遂げる炎をみつめていた。ほんの数メートル向こうで、猿ぐつわをされた娘の仇《かたき》が焼かれているとも知らずにな。……炎に照らされた初恵さんは、美しかった」

こくりとカップの酒を飲み下す音がした。わたしのほうにふりむいた。

「おれにとっては、小宮を焼き殺したことなんてどうでもいい。一秒も良心が痛んだこともない。相手の女に何枚か絵も送ってやったしな。ただ、初恵さんの手を汚させたことだけが、償いようのない罪だ。あの人にそんなことをさせるべきじゃなかった。おれの驕慢《きょうまん》が招いたことだ」

「永瀬さんはどこまで知っていたんですか」

「全部だ」多美雄がおおげさにうなずく。「なにもかも話した。もっとも小宮の件は話す前から想像していたようだ。いいことを教えてやろうか。あの一件の後始末の段取りを指示したのはおれの親父さ。当時東京にいた親父のところに川添が泣きついて、知恵を貸したんだ。永瀬検事はそれも感づいていた。たいした男だよ」

青白い顔に目元だけがほんのり赤い。頭がふらふら揺れているが、意識ははっきりしているように見えた。

「初恵さんには本当のことを伝えずにおこう。二人でそう約束した。……いいか、彼は初恵さんのために検事の立場を捨てて、おれを見逃したんだ。そのとき、おれはさっきの絵を見せた。永瀬さんはしばらくながめていた。そして、絵の頬にふれて呼びかけていたよ。『瑠璃』ってね。……その日のうちに彼から大きな花束が届いた。瑠璃の眠る場所に供えてやって欲しい、と書いてあった」

丈太郎はどんな気持ちであの絵を見たのか。

「だがね、やっぱり初恵さんは知っていた」

ろれつがあやしくなっている。

「知っていた？」

「ああ。感づいていた、と言ったほうが正確かもしれん。生きたまま焼かれたのか、死体を始末しただけなのかまではわからなかっただろうが、あのとき小宮に復讐を遂げたと、感づいていたようだ。彼女を見るおれの表情から察したのかもしれん。何度か焼き物をつきあったが、あるとき突然『もうやりたくない』と言い出した」

「やりたくない。陶芸をですか?」

「陶器の匂いが嫌だと言っていた。おれにはわからん。それに、彼女が感づいていたとしても、あんな虫けらのために心を痛める必要なんてなかったんだ」

「もうひとつ、教えて下さい。瑠璃さんは、どうして殺されなければならなかったのですか?」

「聞きはしなかった。当時おれは、理由なんてものに興味がなかったからな。ただ、想像はつく。おそらく、川添の一味が『警察関係者にゆさぶりをかけて、捜査を攪乱《かくらん》させようか』とでも企《たくら》んだのだろう。はんぱものの小宮賢一がそれを知り、いいところを見せようとでも思って、その気になった。誘拐とか脅迫とか、馬鹿の考えることは単純だ。あいつの性癖だから、標的にするなら瑠璃がいいと思ったことだろう。そこへ親父が自殺して、逆上した。後先のことなどどうでもよくなって、瑠璃をさらった。そして怖くなり、殺した。終わってから、川添に泣きついた」

「そんな、そんな理由で殺されたんですか」

やり場のない怒りを、多美雄にぶつけた。多美雄は、鼻先で笑っただけだった。

「何度も言うが、生きることにも死ぬことにも、特別な理由なんてない」

「ふざけないで。あなた、それでも芸術家、いえ人間ですか」

「ふん。おれはとっくに罰を受けているぞ。瑠璃を描いてから、おれはただのひとりとして人間の女を描いたことはない。いや、描けなくなっちまった。描こうとすると猛烈な吐き気に襲われる。酒を飲んでいようがいまいが。どうだお笑いぐさだろう」

言いたいことを終えたのか、多美雄はぶつぶつつぶやきながら、どこかへ去っていった。


わたしはそのあと、どういう経緯であの家を辞したのか憶《おぼ》えていない。気づいたときには新宿行きの特急に乗っていた。行きに朝日をあびて輝いていた景色が、西に傾きかけた太陽を背にしてあえいでいるように見えた。

場合によっては、多美雄の過去を石神親子のどちらかに話そうかと考えていた。告白を聞き終えたあと、その考えは消えていた。

丈太郎が賢太に金を渡していたのは、初恵さんに代わっての贖罪《しょくざい》だったのだろうか。いまとなっては、わからない。丈太郎の言うように、過去を引きずり続けることは何も生産しないばかりでなく、新たな悲劇を次々に産み続ける。

その理屈から言えば、竹本多美雄をたずねてから三週間後におきたことも、悲劇の連鎖なのかもしれない。

テレビのニュースでは見逃したのだが、夕刊に小さな記事が載っていた。

《長野在住の画家、竹本多美雄氏死去》

――常用していた睡眠剤の多量摂取によるものと思われる。体内から、アルコールも検出された。また、この三週間ほど、昼間から泥酔状態でいることが多かったとの証言もあり、警察は事故と自殺の両面から調べている。

そしてそれだけだった。

インターネットでは多美雄の過去のスキャンダルを暴き、中傷する意見が掲載されていたが、今さら読む気にはなれない。あや女にインタビューを試みたマスコミもあった。回答の文章を読んだが、意味が理解できなかった。

わたしは多美雄という人間には同感できなかった。しかし、わたしに理解できない形の愛情を、初恵さん母子へ抱き続けたことはひとつの真実だ。

もしも——。

竹本の死が自殺だったとすれば、間接的とはいえわたしが殺したことになる。とうとう自分の問題と向きあうときが来たのかもしれないと思った。

13

「竹本多美雄が死んだね」

ダイニングテーブルに座りミルクティーを飲みながら薫さんがつぶやいた。

「うん」

わたしはひさしぶりに薫さんのマンションに顔を出した。

多美雄と会って帰宅したわたしは、すぐに薫さんをたずねて、彼に聞いたことのほとんどを話そうとした。しかし、瑠璃さんが河原で殺されたと聞いてからは、その先は何も耳に届いていないようだった。小宮を焼いたのは、多美雄ひとりの犯行にした。わたしは、丈太郎が抱いたまま死んだ秘密を、誰にも話すつもりはない。それでも薫さんはショックが尾を引いて、しばらくわたしにも会おうとしなかった。わたし自身も、多美雄の死と自分の行動の関係について考え続けていた。

「コーヒー飲みに来ない？」

いつもとおなじ明るい声で、突然誘いが来た。ちょうどわたしも仕事が忙しかったこの二週間で、彼女なりに心の整理をつけたのかもしれない。

「それよりさ、その幻のコーヒーってどんなのだった？」

「ああ、ごちそうになったやつね。詳しくは覚えてないけど、すごくコクがある感じだった」

「名前は？」

「なんだか、動物の名前だった」

「動物？」

薫さんは思い当たることがある、という顔をした。

「たとえばジャコウネコ。それか、タヌキ、サル」

「あ、それ。たしかモンキーコーヒーとかいった」

「へえ、すごいじゃない」

「薫さんは飲んだことある？」

ふふんと笑って、話題を変えようとした。

「聞いたなら、ちゃんと教えてよ。それ、何？」

「まあ、美味《おい》しかったなら、そのままの思い出にしておいたほうがいいかもね」

しつこくたずねるわたしに、薫さんが根負けした。

「お猿さんのは知らない。あたしが飲んだことのあるのはジャコウネコのコーヒー。……簡単に由来を説明するとね、あるときジャコウネコがコーヒー園に忍び込んで、完熟したコーヒーの実だけを盗み食いしたの。そして糞《ふん》の中に、未消化のまま出てきた豆が混じってた。最初に試した人は、もったいないって思ったのかもね。この豆をよく洗ってから焙《ばい》煎《せん》して淹《い》れてみたら、あらびっくり。これがとても美味しかった。つまりグルメなジャコウネコは、ほんとうに完熟した豆だけをつまみぐいしてたのね。で、その製法に忠実につくられたのが、ジャコウネココーヒーってわけ。たしかにコクがあって美味しかった。モンキーはその猿バージョンでしょ」

「それじゃあ、つまり、サルの糞」

「その中から取り出す」

「あいつ」

「まあ、話に聞く竹本多美雄らしいじゃない。最後まで人をくってた」

薫さんは笑いながらグラスを磨いている。わたしの訪問で時期が早まったことはあるかもしれないが、多美雄はいずれおなじ道を辿《たど》ったはずだ。

「ねえ、薫さん」

「なに」

「あのとき――去年の夏、ケンジさんはどうしてあの場所に、わたしを連れて行ったんだろう。なんの役にも立たないのに。いざというときとか言ってたけど、危険なことはしなかったし、全部運転手さんに頼んでた」

「永瀬さんが美緒ちゃんを連れて行った本当の理由はわからないし、ひとつじゃないかもしれない。……でもね、一番の理由は逆だと思うな」

「逆？」

「助けてもらうっていう口実の逆。美緒ちゃんはまだ高校生だったでしょ。永瀬さんから見たら、赤ん坊みたいなものよ。守らないといけない存在。美緒ちゃんを連れて行ったら、きちんと連れ帰らないといけない。それが理由じゃないかな」

「じゃあ、ただのお荷物だった」

「そう。お荷物があったから、初恵さんと瑠璃ちゃんのところに行かずに済んだんじゃない。美緒ちゃんは発作的に飛び降りたくなるのを防止する、安全装置みたいなものだったのよ、きっと」

　帽子を風に吹き飛ばされ、よろめいていた丈太郎を思い出す。

「昔、どうしてお店に『ローズ』っていう名前をつけたのか、理由を聞かれたことがあったよね」

ふいに薫さんが切り出した。

「うん」

「あのとき、誰かに話の腰を折られてそれっきりになってたけど、まだ知りたい？」

「知りたい」

ローズという名の店なのに、店内のどこにも薔薇《ばら》をイメージさせる装飾はない。薫さんが薔薇の花を飾っているのを見たことがない。

「青い薔薇って聞いたことある？」

ある、と答えた。

「今までないっていわれてたけど、たしか、最近になってようやく開発できた」

「あら、よく知ってるわね」

「この前、花屋さんですごく綺麗《きれい》な青い薔薇を見たよ」

薫さんが笑いながら首を振る。

「ふふ、残念でした。自分で言い出しておいて、ごめんね。……美緒ちゃんが見たその鮮やかな青い薔薇は、たぶん染料で染めた花だよ」

「染めた？」

「そう、染料を吸わせてね。だから薔薇本来の色じゃない、人工の色なのよ。染めてない改良品種もたしかに青っぽくはなってきたけど、瑠璃色《るりいろ》ほどに青い薔薇はまだまだない」

「まだ、ないんだ」

薫さんの言葉をただ繰り返していることに気づいた。

「そう、どこにもない。今はどこにもないけど、いつか咲くかもしれない瑠璃色の薔薇。それが咲いたら、お店じゅうを青い薔薇の花で飾る。それまでは何も飾らないで待ってる、そう決めてるの」

14

退院する母を、初めて自分で迎えに行った。

「いつもごめんね」

退院のそのときだけはしおらしい態度をとる母に代わって、手続きを済ませた。昨日のうちに、薫さんが大きな荷物は車で運んでくれていた。ボストンバッグをひとつ、わたしが提げてバス停まで歩いた。

母はバスの窓ガラスに頭をあずけて、ぼんやりと外の景色を見ている。退院祝いと気晴らしに途中で外食でもしたらどうかと薫さんが勧めてくれたが、メニューやサンプルにアルコールがあふれていることを思い出してやめた。

最寄りの駅から二駅だけ電車に乗り、見慣れた商店街を歩く。脇道に折れて裏から回ることもできたが、そのまま進んだ。相変わらず狭い通りに人が行き交っている。

「あら、杉原さん、今日はお嬢さんと？」

顔見知りの主婦が声をかけてきた。母はあいまいな返事をして、歪《ゆが》んだ笑顔を返した。わたしはだまって頭を下げた。

団地のわが家にたどりつき、いつもそうであるように入院前より生気のなくなった母がのろのろと荷を解くのを手伝った。

その夜はどこへも行かず、わたしがつくったシチューを食べた。食事のあいだ、母は視線をわたしに向けかけては、テーブルに落とすことを繰り返した。わたしからあたりさわりのない話題を出すことはなかった。

「テレビつけてもいい？」

少量の食事を終え、することのなくなった母が、テレビのリモコンを握る。

「どうぞ」

わたしは背を向けて、片づけ物をはじめる。その話をいつ切り出そうかと、病院を出たときから考えていた。もう約束をしてある。今さら引き返すわけにいかない。この皿を洗い終えたら言おうと決めた。

「お母さん」

シンクに腰を預けて、母に声をかける。床に敷かれたカーペットに座って、テレビに見入っていた母がこちらを見る。

「明日《あした》、一緒に薫さんのマンションまで行って」

明日は土曜日で、薫さんに部屋を使わせて欲しいと頼んであった。母が不審そうな目でわたしを見る。

「なにしに行くの？」

「ちょっと話したいことがあるから」

「話なら、うちですればいいじゃない」

視線が落ち着かない。理由がわからないまま警戒している。目の前にアルコールがあったら手を出しているかもしれない。

「見せたいものもあるから」

「薫ちゃんも一緒なの？」

「いない。明日はどこかに出かけているはず」

母はそれ以上の質問はせず、あいまいにうなずいてふたたびテレビに顔を向けた。若い芸人が何かのゲームで、辛い大福を食べさせられるシーンが映っていた。母の顔には笑みが浮いていた。

鍋《なべ》のふちに汚れがこびりつき、半分以上残ったシチューを見ながら、あや女の質問を思い出していた。

もしも、絶対に証拠の残らない毒物があったなら、この鍋に入れただろうか——。

母のくすくす笑う声が聞こえてきたので、考えることをやめて風呂《ふろ》のお湯を替えることにした。

翌日午前十時十分前、まだぐずぐずと嫌がる母を強引に連れ出した。

団地の中の遊歩道を抜けて、商店街に出る。ホーム脇の地下道を抜け、南口に出れば、薫さんのマンションはすぐだった。

オートロックも解除し、ほとんど自分の家のように出入りしているドアを開けて、薫さんの部屋に母を招き入れる。母を先に行かせ、わたしはシューズボックスをあけた。すでに中はいっぱいだったので、そのまま閉めた。

ダイニングテーブルに母を座らせた。お茶もコーヒーもいらない。この部屋に着いたら、いきなり本題に入ろうと決めていた。

「わたし、何度も充と穣の夢を見た」

家を出てからずっとおどおどしていた母の瞳《ひとみ》に、怒りが浮かんだ。「今さらそんなこと」とはっきり表情に出ていた。それでも怒りは一瞬で消え、あとにはふたたび不安な色が広がった。テーブルに視線を落として、何もしゃべろうとしない。

わたしは先を続けた。

「夢の中に出てくる充は、背のびしてベビーベッドの柵《さく》のあいだから、赤ん坊の頭をたたいてる。その光景は何度か目撃したし、やめなさいって注意したこともある。すぐあとに穣が死んだから、よけいに強く記憶に残っているのかもしれない。でも、たたくって言ったって、五歳の子供が背のびして指先で触っているだけだから、たいしたことはないと思う」

母は相変わらず、さぐるような視線をわたしに向けている。わたしはもう少しで「ただそれだけ」と話を終わりにしてしまいそうになった。わたしには先を続ける義務があった。父だった人物に話したことを繰り返す。

「でもね、わたしが見る夢にはもう一種類ある。そっちではベッドの床が下まで降りていて、柵のあいだから手を入れた充が穣の頭を上から押しつけようとしている。いくら五歳の子供でも、力を込めれば赤ん坊は窒息してしまうかもしれない。いつも、穣がどうにかなる前に心臓が苦しくなって目が覚めるけど……。最近になって、そのことに違和感を抱くようになった。わたしは背のびして、軽く叩《たた》いている充しか見た記憶がない。頭を押しつけている場面は一度も見たことない。なのにどうしてそんな夢を見てうなされるんだろう」

母が立ち上がって食器棚からグラスをとり、蛇口から水を注いだ。そのまま口元にあてて一気に三分の二ほど空にした。「ああ」という満足そうな小さなため息が聞こえた。生ぬるいに違いないその水がとても美味《おい》しそうに思えた。

「今まではその理由をあまり深く考えたことはなかった。充が殺したことをあとから聞いて、叩いている記憶と結びつけて夢に見るんだと思ってた。だけど、やっぱり納得がいかない。その理由がわかった」

母をじっと見た。母も無感動な瞳でわたしをみつめかえした。

「わたしが学校から帰ると、救急車で穣が運ばれて行くところだった。そのとき、ベビーベッドの寝床は下まで降りていた。わたしは床が下まで降りていたのを見たのは、あのときが初めてだった」

「救急車の人が降ろしたんじゃないの」

母は視線を窓の外に向けた。

「今、死にかけている赤ん坊がいるのに、そんなことする？　それに、だったら死んだ瞬間に、充の手が指先ぐらいしか届かなかったことに変わりはないよね」

わたしは深呼吸して息を整えた。キッチンまで行き、干してあったグラスに水道水を満たした。母のまねをして、一気にあおった。思ったとおり生ぬるく、そして美味しかった。

飲み終えたわたしを見て母が口をとがらせる。

「床を下まで降ろしたことはほかにもあったわよ。あなたは小さかったから覚えていないだけ」

「あの日お母さんがはいてたスカートは茶のチェックだった。もっと前のことも覚えている。わたしの指を踏んだときのハイヒールは黒。床に這《は》っていたわたしの指を、あわてていたあなたは靴を脱がずに踏みつぶした。そのときの床の色も、つぶれて割れた爪の先からはみ出した肉の色も覚えてる。それに……」

「やめて」

母が耳を塞《ふさ》いで顔を振った。髪がひたいにかかった。

「あの日、運ばれていく穣につきそって救急車に乗るとき、お母さんはお酒の匂いがした」

「だからなんだっていうのよ。お酒を飲んだから穣が死んだっていうの？」

「どうして充が押しつけている夢なんか見るかといえば、わたしにそう教えた人がいるから。このベッドで充がぐいぐい押しつけているところを見た、ってみんなに言った人がいたから」

母の目に宿った光はかえって強くなっていた。ほんの少し前に商店街を歩いていたときの廃人のようなうつろな視線ではなかった。

「なにばかなこと言ってるの。なついてたあのおじいさんが死んだから、少し情緒不安定なんじゃない？　だいたい、警察が来たとき、ちゃんと充の手がとどくところにベッドの床があったから警察も納得したんでしょ。警察も充がやったと思ってるわよ。充だって自分で押したって言ったし」

「充には何度もそう言って思いこませたんでしょ。叩いたことと押したことを混同させたのよ。ベッドの位置は穣がぐったりしたあとで、充に罪を着せようとして位置を下げたのよ。お父さんの記憶もそうだった。もちろん今さら証拠はない。下げたのが救急車を呼ぶ前だったのかあとだったのかもわからない。わたし、乳児の突然死についてはずいぶん調べた。指の跡でも残っていない限り、どうして死んだのか解剖してもわからない。だから、親に心当たりがないって言われれば、警察も詳しく調べない。ふつう、親なら自分の子供をかばって、心当たりがないっていうんじゃないの？　それをあなたは自分から『充がやりました』って教えた。だけど、五歳の子供が犯人じゃあ、逮捕も補導もできない。警察は適当に処理した。世間はだんだん忘れてくれたけど、我が家ではますます夫婦喧嘩《げんか》が増えた。『充が赤ん坊を……』っていう言葉を何回も聞いた。半年後にお父さんは家を出た。あなたは毎日酒を飲んだ」

母にわかりやすくするために、久しぶりに『お父さん』という言葉を何度も吐いた。口にするたび、左胸の奥がちくりと痛んだ。

「あんたやっぱりおかしいね。どこの世界に、赤ん坊が病死したのにわざわざ自分の子供を殺人犯にしたてあげる母親がいるのよ」

「突然死じゃないのをあなたが知っていたから」

「どういう意味？」

眉《まゆ》をひそめてわたしを見返す母をにらんだ。

「充以外の誰かが殺したから」

母の目が見たこともないほどに開いた。

口を半分ほどあけて、昔充が飼った金魚のように口をぱくぱくとさせていた。

「お父さんは、『充がいたずらしたので叱った。由佳里が帰ってきたから入れ替わりにパチンコに行った』って言ってる。何日か前に会って、あの人に直接聞いたから間違いない」

「会ったの？」

母の声がややうわずって聞こえた。

「薫さんにとりもってもらった。でも、薫さんを恨まないでね。まさか、こんな裏があるとは知らないんだから。……お母さんは警察が来たときに『夫は朝からパチンコに行って家にはいなかった』って証言した。どっちかが嘘をついてる」

「そんなの嘘っていうより勘違いでしょ」

「勘違いじゃないよ。お父さんは帰ってきたあなたと喧嘩して、無理矢理お金を奪っていった。それが本当なら、直後にそんな勘違いするわけがない」

ふたたび母の口がぱくぱくと動いたが、意味のわかる声は出なかった。

「もしもお父さんの言うことが嘘だとしたら、目的はお母さんに罪を着せるためでしょ。『由佳里が帰ってきたときはまだ生きていた』って言ってるわけだから。でもそんな嘘はかならず反論されるし、すぐばれる。だからお父さんに嘘をつく理由がない。逆に、もしもお母さんが嘘をついているなら、お父さんをかばっていることになる。何かの理由でとっさに『あの人は朝からいませんでした』って言ってしまった」

母は二度またたきをしたが、表情はもとに戻りかけていた。黒い瞳のつやが消えたように感じた。

「嘘をついたのはお母さんだよね。だけど……」

母のうつろな瞳《ひとみ》をのぞいた。話を聞いているのを確認して、ゆっくり言った。

「穣を殺したのはお父さんだね」

母の反応をうかがう。テーブルあたりにゆっくり視線を泳がせていた。聞いていることはわかったので、先を続けた。

「たぶん、こういうことだと思う。あなたが家に帰ってきたら、お父さんが財布からお金をもぎとって飛び出して行った。ベッドを見ると穣が死んでた。お父さんの雰囲気と穣を見て、すぐにあの人が殺したってわかった。それで、とっさに朝からいなかったなんて嘘ついたんでしょう？　かばうために。騒ぎを聞いてこわごわ帰ってきたお父さんは、近所の人に話を聞いてみると、充がやったらしいことになっているので、安心してつい本当のことを言った。二人で口裏を合わせる暇がなかったから。そうでしょう？」

ぼんやりした表情の母から、ようやく言葉が漏れた。

「そんなこと、ずっと考えてたの。あんたって子は」

髪をかき上げ、もう一度注いだ水を飲み干した。母が少しかすれた声で話しはじめた。

「だけどね、あの日、帰ってきたら充が穣のあたまを叩いていたのは本当だよ。『やめなさい』って叱ってから穣を抱き上げたら、ぐったりしてる。『どうしたの？』って充に聞いたらさ、穣の頭をなでるしぐさをしながら『お父さんがいいこいいこしてた』って言った。わたしはすぐにわかった。あの人は一度も穣をなでたことなんかないからね。それは『いいこいいこ』じゃなくて、頭を押さえつけたに違いないって。救急車を呼んだけど穣はもう息をしてなかった。わたしはとっさにいろんなことを考えた。乳児の突然死は病院で詳しく調べないなんて、そのときは知らなかった。きっと警察がしつこく調べると思った。でも、死んだ赤ん坊はしかたないけど、あの人を失いたくないと思った。好きとか嫌いとかじゃなくて、逮捕されたら生活ができなくなるからね。それで充のせいにした。『おまえがぺんぺんしたから穣が死んだよ』って言ったら、本気にしてた。警官に聞かれたときもはっきり『ぺんぺんした』って答えてたからね。本当は、あの子は頭がいいのは知ってるよ。充が憎かったわけじゃない、しかたがなかったんだよ」

母の視線が落ちつきなくテーブルからサイドボード、そしてシンクまわりへと移った。無意識にアルコールを探しているのかもしれない。ほかのいいわけを探しているのかもしれない。

「じゃあなんで、そのあともずっといじめ続けたの？」

「さあね。自分でもよくわからないけど、うしろめたい気持ちをごまかすために、逆につらくあたったんだと思う」

「もうひとつ。どうしてお父さんは穣を殺したの」

母の瞳がさらに忙しく動く。

「あの人だって、殺すつもりはなかったと思うよ。少し憎かったんでしょ」

「だから、どうして憎んだのよ」

「充が生まれたあとくらいに、あの男の浮気《うわき》がわかった。あんまり大騒ぎに揉《も》めた記憶はない。だけど、わたしはお酒に逃げた。覚えてるでしょ。あんたに充の面倒みさせて、夜よく出かけたのを。昔勤めていたパート先の社員に誘われて飲みに行ったこともある。お父さんはいつもねちねちとわたしを責めた。子供たちのできが悪いのは、妊娠しているときにお酒を飲んだからだとか、本当はどれもおれの子供じゃないんだろうとか言ってさ。それでも、穣を妊娠した。不思議かもしれないけど、夫婦なんてそんなもんなんだよ。わたしは絶対に浮気してないけど、あの人は疑っていた。自分の母親に『穣はおまえに似てない』って言われたらしい。根が小心だから、疑い出したらどうにも腹におさめておけないんだね。可哀相な男なんだ」

わたしは母ににじり寄った。母はわずかに身をそらせてわたしの顔を見た。

「充は小さいときから『おまえが弟を殺した』って教え続けられて、心が歪《ゆが》んだ。そんなこと言われ続けたら、大人だって心が変になる。あの子はすごく神経質だけど本当はやさしい子なんだ。自分の中にあるかもしれない残虐さをどうしていいかわからないから、虫を殺したりしたんだ。わたしはあの子が長生きしたら、みんなが不幸になると思って……、思って」

母の冷たい目がわたしを見ている。ためらい続けた言葉を口から出すふんぎりがついた。

「何度も充を殺そうとした」

母に摑《つか》みかかった。

「あんたのせいで、弟を殺そうとしたんだよ」

母の肩を摑んでゆすった。頭が力なくがくがくと揺れた。

「どうして、充のせいになんかしたのさ」

母の手がわたしの腕を摑んで払った。

「いい加減にしなさいよ。さもないと……」

「さもないと、こんどはわたしを殺す？　そしてやけ酒でも飲むの」

母の胸を押した。母は椅子の背もたれにぶつかって、首をのけぞらせた。しばらく言葉が出なかった。ジェット機がかすかに窓を震わせて頭上を通り過ぎて行った。彼はどんな気持ちで待っているか考えた。

「これで全部わかったでしょ。もう出てきていいよ」

寝室に向かって声をかけ、ドアを開けた。

ベッドに腰かけた充が、袖《そで》を目にあてて、しゃくりあげていた。

15

母は血の気を失った顔に驚愕《きょうがく》の表情を浮かべていた。

弁解することに夢中で、となりの気配に気づいたようすがないのは、わかっていた。

「そんな。だって……、寮は、学校はどうしたの」

「薫さんにお願いして、外泊の手続きをとってもらった」

母は口を開いたり閉じたりしたが、言葉は出なかった。

充は腕を目にあてがったまま、しゃくりあげている。

「小学六年生の夏、わたしには希望なんてなかった。アルコール依存症で入院を繰り返す母親。家族を見捨てて新しい家庭をつくった父親。そのすべての原因をつくったらしい弟」

母親をにらんだ。

「さっき言ったのは本当なんだよ。わたしは充を殺して自分も死のうと思った」

母親は蒼白《そうはく》な顔のまま、うつむいている。アルコールが飲みたくてしかたがないのかもしれない。

「でも、やっぱりできなかった。だからわたしは自分だけ川に飛び込んだ。そしたら、わたしを助けようとして充も落ちた」

大量に飲み込んだ泥くさい水の味が蘇《よみがえ》った。

「覚えてるでしょう？　わたしたちが小学生のころ、川に落ちて助けられたことがあったよね。あれはね、事故なんかじゃない。通りかかった大人が助けてくれなければ、わたしたちはあのまま死んでた」

母は口を半開きにしたまま、わたしを見上げていた。

「あなたは、いつも充に向かって頭が悪いって言ってた。そのほうが都合がいいからだ。充はあのときもう五歳だった。何が起きたのかわかっていたかもしれない。だから充があの事件のことを考えるのが怖かったんだ。それで頭が悪いとかひねくれてるとか言って、何も考えようとしない人間をつくりあげようとした。うちの事情を知ったケンジさんが助けてくれなかったら、わたしはまた充を殺そうとしたかもしれない」

　一気に吐き出して息を整えた。すねたような視線を向けている母に向かって言った。

「このままうやむやじゃ、穣も充も可哀相すぎる」

「ぼくはもういいよ」

　充のしゃくりあげる声を無視した。

「あいつに自首させてよ」

　母親ににじり寄る。

「自首？」

　皺《しわ》の寄っていた眉間《みけん》がゆるくなった。

「穣を殺したのなら、まだ時効になってないでしょ。警察に『あの男が殺しました』って告発してよ。でなければ自首させて」

「そんなばかなこと」

「何がばかなの？」

「だってみんなもう忘れてるのに、警察だって表向きは病死で処理してくれたのに、どうして今さら……」

「わたしは忘れてない。あなたも忘れてない。あの男も忘れてない。それに、いちばん傷ついた充の傷は消えていない」

　母は握りしめたこぶしで自分の膝《ひざ》を叩《たた》いた。すすり泣きともうめき声ともわからない声が漏れてきた。

「きちんと裁判を受けて罪を償わせて。わたしが通報してもいいけど、あなたが自首させて」

母はうなだれて、なんとも返事をしなかった。

「今言ったことはわたしの気持ち」

結局、丈太郎の行為を知っても、わたしは両親を許すことができなかった。

「……ただ、充は賛成してくれない」

しばらく母の震える肩をながめていたわたしは、充に向き直った。

「行こう、充。あなたまだケンジさんの家の跡を見に行ってないでしょ」

「お墓まいりじゃないの？」

「たしかに公営墓地に永瀬さんのお骨はある。だけど、あそこにケンジさんの思い出なんてない」

鍵《かぎ》をテーブルに置く。

「帰るときはドアの郵便受けから落としておいて」

母の返事は聞こえなかった。わたしは、顔をくしゃくしゃにして洟《はな》をかんだ充をつれて部屋を出た。

充は、更地になってしまった永瀬邸にずいぶん長い時間たたずんでいた。ようやく洟をかむのをやめた。鼻先が、すっかり赤くなっている。

「ずっと聞きたいと思っていたことがあったんだ」

ポケットに両手を入れ、つまさきで地面を軽くつつきながら、充が切り出した。

「なに？」

「クワガタの木」

「え、なに？」

とっさに意味がわからなかった。

「クワガタの木だよ。川に落ちたとき、クワガタの木に行く途中だっただろう。あの木は本当にあったの？」

川に落ちた瞬間のことは昨日のように覚えていた。褐色の水が渦を巻く濁流。顔にあたって白くはじけるしぶき。目を閉じればすぐに浮かぶ。ただ、充を誘った口実についてはすっかり忘れていた。

「思い出した。川向こうの林にあるって言ったクワガタの木ね」

「それそれ」

サッカー部の練習で焼けた肌から白い歯がのぞいた。

「あれはね、うそ」

「やっぱりうそか」

充が笑って枯れ枝を拾い、軽く投げた。

「ずっと気になってたんだ。あの事件のあと、ぼくは全寮制のフリースクールに入ったでしょう。たまの外泊のときも薫さんのところに泊まって、あんまり外へは出なかったから。クワガタの木がどうなったのか心配だった。裕二に盗《と》られるんじゃないかって「ごめんね。あのときとっさに思いついた嘘」

いいよ、と充が笑った。

「これでやっと安心した」

わたしの背を追い抜いた充の、やわらかい髪を風が逆立てた。

「お葬式、来られなくて残念だったね」

充は小さく首を横に振った。

「しょうがないよ」

レギュラーになって初めての公式試合に出られることを楽しみにしている充のために、薫さんは連絡せずにいた。

――先生なら、そうするでしょ。

わたしも同意した。薫さんが無理に考えた理屈だとすぐにわかった。

「告白ついでに言うけど、つい最近まで確信がなかった。充がやったのかもしれないって思ってた。たぶん薫さんはその気持ちがわかって連絡しなかったんだと思う」

充は風で乱れる髪を押さえてただ聞いている。

「軽蔑《けいべつ》してもいいよ。弟を信じられなくて、殺そうとした姉だから」

ふたたび充は首を横に振った。

「もういいよ。忘れようよ」

「忘れる?」

わたしを見る充の目は、いつもより充血しているように見えた。

「別に、かっこつけて言うわけじゃないよ。だけどさ、あのころのことを思い出すと、胸が苦しくて息ができなくなる。……だから、もうみんな忘れようよ」

目の前が滲《にじ》んだ。わたしは赤土の上にジーンズの膝を落とし、爪の先を地面に突き立てた。えぐりとるように握る。爪のあいだに土がつまった。わたしは手の中にある土を何ない土地めがけて思い切り投げた。

16

中学一年生の夏休み。

本を読みながらいつのまにかうとうとしていたわたしは、かさりという物音に目をさました。

「あ、起こしてしまったかな、もうしわけない」

丈太郎と出会ってほぼ一年が過ぎ、そのころは休日のほとんどを丈太郎のところですごすようになっていた。丈太郎と薫さんの働きで、充が全寮制のフリースクールに転校してしまったので、家で母と二人でいるのが気詰まりなこともあった。

一度死ぬことに失敗し充をまきぞえにしてからは、もう一度死のうという気力もわかず、ただ一日ぼんやり本を読んで過ごすことが多くなった。ぬれぎぬかもしれないことにはまだ気づいていなかったが、充に対する殺意も薄くなった。あらゆることに無感動になっていた。

寝起きのぼんやりとした目をこすって、テーブルに置かれた小振りな紙袋を見た。さっき、音をたてたのはこれだった。赤いリボンがまかれ、有名なデパートのロゴがデザインされている。

「誕生日おめでとう」

向かいで丈太郎がコーヒーをすすっている。その二日後が、わたしの十三回目の誕生日だった。わたしは自分から言い出すつもりはなかったし、丈太郎からもお祝いをしようという申し出はなかった。いつもの休日とおなじように訪れて、いつものように借りた本を読んでいた。

わたしは紙袋を手にとった。思ったよりも軽くてかさかさと音をたてた。破かないように丁寧にテープをはがす。

「これ……」

「季節外れでもうしわけない。七月になってからでは手に入らないと思って冬のあいだに買っておいたのだよ。薫さんにこっそりサイズを調べてもらってね」

丈太郎が照れたように笑う。わたしの顔にもしばらくぶりに笑みが浮いたのを感じた。

「でも、どうして？」

丈太郎はコーヒーを飲み下してもう一度はにかんだように笑った。

「美緒さんがよく散歩につきあってくれただろう。とくに冬は足もとが危ないと、手を引いてくれたね。ある日、わたしはきみがすれちがう人の、何かをじっとみつめていることに気づいた。対象が子供だということはすぐにわかった。ただ、まったく興味を示さないときと、視線が貼りついたようにいつまでも見ているときがある。その違いはどこにあるのか、興味を持った。美緒さんに気づかれないように観察して、とうとうわかった。殺人事件の犯人を、百人見つけたよりもうれしかった」

少し自慢げにふふと笑った。

「きみがみつめていたのは、赤い毛糸の手袋だった」

顔が火照るのを感じた。袋の中から現れたのは赤い毛糸の手袋だった。すぐにはめてみた。ちょうどよかった。

「気に入ってもらえたかな」

ゆがみそうになる顔を伏せて、こくりとうなずいた。

紙袋をたたもうとして、まだ何か入っていることに気づいた。のぞいてみる。カードが入っている。手袋をしたまま取り出した。それが何か確かめる前に丈太郎が説明した。

「バースデーカード代わりなんだ。どうせ季節はずれの中身だと思って、クリスマスカードを入れてみた」

もう一度静かに笑う。

わたしはカードを裏返した。鳥の絵だった。夜明けの雪原を、地平めざして羽ばたく青い鳥が描かれていた。

「初恵がクリスチャンだったことは話したと思う。毎年クリスマスには親しい友人に手描きのクリスマスカードを送っていた。その一枚だけは、まだ未完成だったのかあるいはよほど気に入って手放したくなかったのか、誰にも出さずにレターケースの一番上に入っていた。美緒さんがもらってくれれば、初恵もよろこぶと思う」

「そんな大切なもの……」

「大切なものだからこそもらって欲しい」

「どうも、ありがとう」

カードの隅に、おそらく初恵さんの直筆で文字が書いてあった。

われらに罪をなすものを、われらがゆるすごとく
われらの罪をもゆるしたまえ

「新約聖書」マタイ伝六章十二節

そこに書いてある文字を小さく声に出してみた。

「我々に害を与えた者を許しますから、我々の罪もお許しください、というような意味かな」

丈太郎が解説してくれた。

口もとに手袋を押し当てて、いつまでもぶつぶつとつぶやいているわたしに、テーブルの向こうから丈太郎が静かに声をかけた。

「それじゃ、そろそろ出かけよう。もうじき車がくる。きみの好きな洋食のおいしい店を探しておいた」

＊＊＊＊

許す、ということを考えているうちに、昔のことを思い出した。しかしあのときはまだ、カードに込められた初恵さんの苦悩までは、想像もつかなかった。

携帯が震えて、回想を破った。

「永瀬さんの家が売れたんだって」

電話口で薫さんが唐突に言った。

水滴で曇った窓ガラスをときおりこすりながら、ぼんやり外の景色をながめていたわたしは、その意味について考えた。あの場所はもともと丈太郎の名義ではなかったはずだし、そもそも『家』など破片も残っていなかったが、薫さんにとっては永遠に『永瀬さんの家』なのだろう。寂しそうな口ぶりに、わたしはただ「うん」とだけ答えた。

薫さんと待ち合わせして、あの場所へ向かった。火事からすでに三ヵ月以上が経つ。近所には、クリスマスに向けてライトアップの飾りつけをした家が何軒もあった。

「ね、見てみて、あれすごいね」

薫さんがわたしの腕を引いて道路際の家を指差す。二階の高さほどもある針葉樹にびっしりと青いランプがまきつけられていた。まだ、昼間だというのにちかちかと瞬いている。

「あさってはイブだもんね」

丈太郎が住んでいた場所は、今では塀も取り壊され、周囲は、乱暴に打ち付けた木の杭《くい》に、もうしわけ程度の貧弱な針金が渡してある。土だけになった庭に、どこからか舞ってきた落ち葉と、ところどころに回収しそこねた石が転がっている。

乾いた冷たい風が吹き抜ける。

「うひゃあ、寒いね。あたし寒いの苦手。暑いのも苦手だけど」

薫さんがわたしのコートのポケットに手を入れる。

「マフラー貸してよ。忘れてきちゃった」

わたしは自分の首にまいていたマフラーをほどいて渡す。薫さんはすぐにぐるぐると巻きつけた。

「ああ、あったかい。ありがとね」

マフラーの中から声が漏れてくる。

「この土地を丸ごと買ってくれる人を探してたらしいんだけど、なかなか見つからなくて、結局不動産会社に買い取ってもらうことにしたんだって。このくらい広いと、今どきの建て売りだと何軒くらい建つのかしらね」

「家が建ったあとでこの場所を見ても、きっとわからないね」

どちらからともなく、針金をまたいで敷地に入った。

「それって不法侵入だよ」

顔の半分を覆っていたマフラーをずりさげて、薫さんが笑った。

「怒られたらあやまればいいよ」

結局わたしも続いた。

「お母さん。元気にしてる？」

さりげなく薫さんが切り出す。

「仕事は休まないで行ってるみたい」

母は結局、警察には行かなかった。父だった男も自首をしなかった。

「ねえ」薫さんが急に明るい声を出して、わたしの腕にしがみついた。昔見上げていた薫さんとほとんど背が変わらないことに気づいた。

「充君、もう冬休みで帰ってきてるんでしょ。うちに泊まるといいよ。休みのあいだずっと」

「充に聞いてみます。うちにはゲームがないから、行きたがるかもしれない」

薫さんは新し物好きで、ゲーム機を二台持っている。ゲームソフトも二つしか持っていない。充が遊び相手になれば、新しいソフトを買いそろえるに違いない。

「あ、あそこ」

薫さんが何かを指さしてかけ寄り、しゃがんだ。

「見て見て」

そばに寄っておなじようにしゃがむ。薫さんが指差す先に十センチほどにのびた植物があった。庭の草木はほとんど取り払われてしまったが、ところどころに小さな緑が生き残っている。

「こんなにちっちゃい薔薇《ばら》だよ」

薫さんが指先でくすぐるように薔薇の葉をはじく。

「こいつ、ちびすけだったおかげで抜かれずに済んだね」

子供用の箸《はし》ほどしかない、弱々しい薔薇の幼木だった。

「じゃーん」

突然、薫さんはショルダーバッグの中から、ビニール袋とスコップを取り出してわたしに見せた。

「どうしたの、それ」

「今日は最後だから、こんなこともあるかと思って持ってきたんだ。いい記念品ができたよ」

「不法侵入と泥棒だよ」

「どうせ、家が建てばつぶされちゃうんだから」

わたしは立ち上がり、スコップで土をほじくり返している薫さんをしばらく見ていた。

空を見上げる。高いところに雲が浮いている。じっと見ているとゆっくり流れていくのがわかる。今日は多美雄の月命日だった。彼の死因が事故死なのか自殺だったのかとうとうはっきりしなかった。もう誰も調べていないだろう。現役から退きかけていた画家に、世間はそれほど長く興味を示さなかった。

――罪とはなんだね。

多美雄がわたしに残した宿題が蘇《よみがえ》る。丈太郎が、検事という立場にありながら、真実を封印したことは罪かもしれない。わたしは、いつも遠くをみつめているような丈太郎の、悲しい目の意味がようやくわかった。彼は真相に気づいて以来、おそらく一日も自分を許したことはないだろう。癌の治療を拒んだ理由もそれだったかもしれない。

多美雄は、わたしと会ったとき、酔ってろれつが怪しくなった口調で、倫理などくそくらえだと言った。そのときは自己弁護の詭弁《きべん》なのだと思ったが、もしかすると初恵さんと、そして丈太郎をかばったのかもしれない。

「お父さんが告白にきて、『自首する』って言ったのを、美緒ちゃんと充君が止めたんだって？」

薫さんが薔薇をビニール袋に収めながら、さりげなく聞いた。わたしは軽くうなずくだけで、言葉にはしなかった。家族内の話し合いや、仕事が急に忙しくなったこともあって、薫さんとそのことについてゆっくり話す機会はなかった。今日、呼び出されたときから、この話題が出ることは覚悟していた。

「ごめんね、こんなこと聞いて。どうしても由佳ちゃんには詳しく聞けなくて。あたしも、興味本位で聞いたりしちゃいけないって、ずっと思ってたんだけど。ただね、それで、二人の気持ちの整理はついたのかが、どうしても気になって。充君は納得できたの？」

予想していた質問だった。わたしはすぐに返事をしなかった。あいまいにうなずいてその場にしゃがみ、落ちていた枯れ枝で地面に意味のない図形を描きはじめた。三角や丸や四角をいくつも重ねた。しだいに何を描いたのかわからなくなった。脇に立ってしばらく見ていた薫さんの、ふふという笑いが聞こえた。

「そんなところ、大人になっても、変わらないわね。あたし、やっぱり娘が欲しくなったなあ」

視線のはしに見えた薫さんは、最後のほうは空を見上げながら言い、照れ隠しなのかマフラーで自分の首を締めた。締めすぎて最後にむせた。

「えっほん、えっほん」

あわててマフラーをほどきながら息を整えている。

「……ああ、苦しかった」

わたしは薫さんの膝《ひざ》のあたりに視線を戻した。

「気持ちの整理なんて、たぶん一生つきません。ごちゃごちゃの気持ちのままで、しょうがないと思います」

丁寧になったわたしの口調を聞いて、薫さんの瞳《ひとみ》が曇った。まだ少し咳《せ》き込みながらとなりに座った。

「自分で聞いといてなんだけど、だいたいのことはわかった。その話はもう終わりにしよう」

わたしはふたたび図形を描いた。薫さんの部屋で母を責めた数日後、穣の事件のことでわたしたち一家が揉《も》めていることを聞いた、薫さんからメールが届いた。

《永瀬さんがコーヒーを飲みながら『なるほど』って言ってくれるような、そんな解決法が見つかるといいね》

わたしは枯れ枝を地面に突き刺した。

「本当を言うと、今日だって偶然電車のホームであの男を見かけたら、とっさに突き飛ばすかもしれません。でも、向こうの子供に罪はないから。今さら、どうにもならないことで悲しむ人を増やしてみてもしかたがない。穣が生き返るわけじゃないし。充もそれは納得してくれました。ていうより……」

ようやく薫さんの目を見返した。潤んでいるように見えた。

「みんなで忘れようって一番強く言い張ったのは充です」

　薫さんがわたしの肩に腕を回した。マフラーは返してくれなかった。ごまかす暇がなかった。気づくと雫がいくつか鼻先から落ちた。

「だから……」

　鼻にかかった声になってしまったことに腹を立てた。

「だから、わたしも我慢することにしました。でも、これは誰にも言わないって決めたことだけど……」

　先が続かないわたしの肩を、薫さんがそっと叩《たた》いた。薫さんのお風呂《ふろ》場にあるリンスの香りがした。

「決めたなら、いいわよ。無理に言わなくて」

　薫さんはそう言ってわたしの背中をさすっていた。手のひらのぬくもりに押し出されるように、言葉がこぼれ出た。

「やっぱり、あの男が死ぬときには、うんと苦しみながら死んで欲しいって、心の中では思ってます。……こんなこと、ケンジさんに報告できない」

　背中をさする手がとまった。しばらくじっとその場を動かなかったが、やがて軽く二度背中を叩いて、離れていった。

「一番つらかったはずの充君が忘れようって言ってるんだから、美緒ちゃんもやってみようよ。人を憎みつづけることは疲れるよ」

ほかの誰にそう言われても、わたしはきっとにらみ返した。わたしは薫さんに抱きついた。

「やってみる」

——なるほど。

丈太郎の口癖が耳もとに蘇った。

薫さんはそれ以上何も言わずに、わたしの背中をさすっていた。しばらくそうしたあと、手にさげたビニール袋を見せた。

「ほら見て」

垂れた前髪をかき上げて、中を見る。

「この薔薇、かわいいね」

中には、土ごと掬《すく》った薔薇の株が入っている。

「青い花が咲くといいなあ」

薫さんの目が輝いている。

薫さんはビニール袋に収めた、ちびすけの薔薇を高く掲げて見せた。わたしはそれを受け取り下からのぞき込む。冬の日に葉脈が透けて見えた。

「ケンジさん」

これがこの場所で丈太郎の名を呼ぶ最後だと思った。

わたしはコートのポケットにしまっておいた赤い手袋をはめた。年月のせいでしなやかさがなくなりサイズも少しきついが、どこもほつれてはいない。

「あら、それってもしかして……」

のぞき込む薫さんに「うん」とうなずく。手袋をはめたままラピスラズリを取り出し、やさしくさすってみる。丈太郎の香りがする。

私は、薫さんにスコップを借りて、小さな穴を掘った。小さな青い石を埋めるために。瑠璃さんの名を持つこの石が、瑠璃さんの命の雫となって、いつかこの庭一面に青い薔薇を咲かせるように。

土を被せ、目を閉じる。六年生のあの日に見た、夏空を背景に毅然《きぜん》と立つ丈太郎の姿が浮かぶ。あのときの彼は何を考え、何をみつめていたのだろうか。

突然、庭を幼い少女が笑いながらかけ抜けた。

「瑠璃」と呼ぶ丈太郎の声が聞こえる。

初恵さんのひくピアノの音が流れてくる。

それにあわせて童謡を歌う幼い声が聞こえる。

愉快な笑い声が交じる。彼がようやく再会した家族と歩く小径《こみち》の脇には、この世界にない青い薔薇《ばら》が咲いているだろうか。

「あははは」——。

どこからか、小さな子供の笑い声が聞こえた。

それは瑠璃さんの声だったかもしれない。生まれ変わった穣の声だったかもしれない。

もしかすると、ここではないどこか別の世界――そう、あのカードにあった夜明けの雪原で、今度こそ仲よく遊ぶ、わたしと充の幼い笑い声だったかもしれない。

解説

宇田川　拓也（ときわ書房本店）

大切な〝なにか〟を喪失してしまった者にもたらされる、真実と希望――。

デビューからの三作で、そんな、読み終えてなお胸の奥に熱を咲かせ続ける物語を真摯《しんし》に紡いできた期待の実力派――伊岡瞬。

本作『瑠璃の雫』（二〇〇八年六月／角川書店『七月のクリスマスカード』を改題）は、第二十五回横溝正史ミステリ大賞とテレビ東京賞をW受賞したデビュー作『いつか、虹の向こうへ』（二〇〇五年五月／角川書店→二〇〇八年五月／角川文庫）、『145gの孤独』（二〇〇六年五月／角川書店→二〇〇九年九月／角川文庫）を合わせた〝初期三作〟の最高傑作である。そして、新境地を開いた注目の連作青春ミステリ『明日の雨は。』（二〇一〇年十月／角川書店）への兆しを感じさせるとともに、この世界でもっとも尊い〝真実〟を示して、読み手に〝希望〟をもたらす感涙のミステリである。

母と弟の三人暮らしの小学六年生――杉原美緒は、年齢の割に大人びた態度を取る少女だったが、それは複雑な家庭環境が大きく影響していた。父親は自分たちを捨てて新たな家族を作り、母親は重度のアルコール依存症で入退院を繰り返してばかり。喫茶店『ローズ』を経営する母の従妹《いとこ》――吉岡薫の支えがなければ、とっくに生活は破綻《はたん》していただろう。

そもそもこの家庭不和の原因は、三歳下の弟――充にあった。三年前、親の目の離れている間に、ベビーベッドで寝ていた生後十カ月の末の弟――穣の頭を押し付けて、窒息死させてしまった悲劇。いまよりもさらに幼かった充にもちろん当時の記憶はなく、いまや自分の犯した罪のことなどなかったかのように振る舞う無邪気さは、ときに殺意を覚えるほどの疎ましさとなって、美緒の心を逆なでた。とはいえ、美緒のなかから完全に家族の情が消えてしまったわけではなく、充がいじめられていると知れば、その相手を見つけて釘《くぎ》を刺すこともあった。

夏休みのある日――。美緒、充、薫の三人が『ローズ』にいると、杖《つえ》をついた初老の常連客――元検事の永瀬丈太郎が現れる。広い屋敷に不自由な身体のひとり住まいで、ペーパークラフトを趣味にしている永瀬に対し、薫は、充にペーパークラフトを教えてあげて欲しいことと、美緒と一緒に屋敷の掃除をすることを申し出る。それから、屋敷に通う日々が続くなかで、美緒は永瀬のひとがらと気遣いによって、頑《かたく》なに閉ざしていた心を少しずつ開いてゆく。ところが、そんなやすらぎに、永瀬に接触してくる不審な若い男の存在が影を差す。そこにはどうやら、かつて永瀬が長野地検松本支部在籍中に起きた、いまだ迷宮入りとなっている、幼いひとり娘――瑠璃の誘拐事件が関係しているらしい。

数年後、成長した美緒は〝ある出来事〟をきっかけに、瑠璃の事件について調べを始める。ついに事件に隠された歪《ゆが》んだ人間関係と衝撃的な真相を突き止めた美緒だったが、さらにそこから、美緒自身の暗い過去に秘められた、あまりにも哀しい真実に立ち向かうことになる——。

物語は、美緒と永瀬の邂逅《かいこう》に触れる第一部、瑠璃の誘拐事件を描く第二部、そして、美緒と永瀬それぞれの抱えていた〝謎〟が明らかになる第三部という構成となっている。少女と初老の男が出逢《であ》ったことから、それぞれの忌まわしい過去が呼応し、驚くべき事実が浮かび上がる重奏的な作りは大変凝っていて、物語の奥行きと読み応《ごた》えは、間違いなく伊岡作品随一といえる。また、エピソードを前後させて読み手を惹《ひ》き付け、場面や台詞《せりふ》の印象をより強くするあたりも大きな効果を挙げているが、もうひとつ特筆すべき点として、巧みな〝違和感〟の使い方を挙げておきたい。第三部において、多くの方は読み進めるうちに、それまで当然のように描かれていたものの〝不在〟に気が付くはずだ。そして、「いったいなにが起きたのだろう?」、「この先で、どんなことが提示されてしまうのだろう?」、「まさか、あの場面のあとに……」と、大いに気を揉《も》みながらページをめくることになるに違いない。この含みを持たせた展開の効果は極めて大きく、それゆえに、ある意味物語のなかでもっとも深い傷を負ったであろう人物の放つ〝赦《ゆる》し〟の言葉が、美緒の激しい怒りと後悔にまみれた心を清め、かつてもらった季節外れのクリスマスカードの記憶を思い出す場面は、だれしも熱い熱い涙があふれるのを禁じ得ないだろう。

演出的な話に続いて、主人公の描き方にも触れておきたい。

『いつか、虹の向こうへ』の元刑事——尾木遼平、『145gの孤独』の元プロ野球投手——倉沢修介、いずれの主人公も事件や事故をきっかけに職を辞し、それぞれに大切なものを喪失してはいるものの、暮らし向きを変えることで、なんとか社会の片隅に生きることはできていた。だが、美緒の境遇は違う。小学六年生の少女には、どれだけ本人が望もうとも、家族から逃げることはもちろん、だれかに依存せずに生きることすら叶《かな》わない。そんな逃げ場のない絶望のなかで、両親に失望し、家庭不和の原因である弟を憎み、それでもなお〝家族の情〟を捨てられない苦しみは、幼い心が背負うにはあまりにも重過ぎる。ゆえに、自らの心の拠《よ》り所が定まらず、ひとへの信頼を抱けない少女の姿は、前述の主人公たち以上に痛々しく、読み手の心に深々と突き刺さる。

それでも、である。美緒は決して弱い存在ではない。

彼女は幼いなりに、自らの足で踏ん張って、大人の偏見や不都合のなかで戦ってみせる。「子どもとは、社会のなかではなにもしていない、なにもできない弱者」として括《くく》りたがるのは、大人の抱きがちな悪癖のひとつだが、伊岡瞬はこうした小さな懸命さを決して見過ごしたりはしない。と書けば、もしもあなたが『明日の雨は。』を読了されているなら、冒頭近くで述べた〝新境地を開いた注目の連作青春ミステリ『明日の雨は。』への兆しを感じさせる〟といった意味を汲《く》み取っていただけるのではないだろうか。

公立小学校で臨時教師として働くことになった二十三歳の青年が、トラブルに巻き込まれながら生徒たちと向かい合い、子どもたちそれぞれなりの懸命な生き方に触れることで、山積みの教育問題の前に呆然《ぼうぜん》としながらも、教師という仕事に希望を持って進んでいく――あの物語に連なる部分が、本作には確実に存在する。未読の方は、ぜひ本作を読み終えたあとにお手に取っていただきたい。ちなみに、この『明日の雨は。』は、まず第一話「ミスファイア」が第六十三回日本推理作家協会賞短編部門候補作に、そして翌年、第六十四回日本推理作家協会賞長編および連作短編集部門の候補作としてノミネートされている。

最後に、本作を単行本『七月のクリスマスカード』でお読みになられた方へ。

じつは今回の文庫化にあたり、いくつか加筆訂正が施されているのだが、その最たる部分として、単行本では詳《つまび》らかにされなかった瑠璃の誘拐事件の〝真相〟が加筆されている点を強調しておきたい。これにより、あの事件に対して「こんなことのために瑠璃は――」という激しい怒りと寒々しさがいっそう強く感じられ、また以前とは違った印象でこの物語を味わうことができるだろう。

（了）

本書は、二〇〇八年六月に小社より刊行された単行本『七月のクリスマスカード』を改題の上、文庫化したものです。

瑠璃《るり》の雫《しずく》

伊岡《いおか》 瞬《しゅん》

平成23年 7月25日 初版発行
令和3年 1月25日 40版発行

発行者●堀内大示

発行●株式会社KADOKAWA
〒102-8177 東京都千代田区富士見2-13-3
電話 0570-002-301(ナビダイヤル)

角川文庫 16923

印刷所●旭印刷株式会社
製本所●株式会社ビルディング・ブックセンター

表紙画●和田三造

ISBN978-4-04-389703-2 C0193

角川文庫発刊に際して

角　川　源　義

第二次世界大戦の敗北は、軍事力の敗北であった以上に、私たちの若い文化力の敗退であった。私たちの文化が戦争に対して如何に無力であり、単なるあだ花に過ぎなかったかを、私たちは身を以て体験し痛感した。西洋近代文化の摂取にとって、明治以後八十年の歳月は決して短かすぎたとは言えない。にもかかわらず、近代文化の伝統を確立し、自由な批判と柔軟な良識に富む文化層として自らを形成することに私たちは失敗して来た。そしてこれは、各層への文化の普及滲透を任務とする出版人の責任でもあった。

一九四五年以来、私たちは再び振出しに戻り、第一歩から踏み出すことを余儀なくされた。これは大きな不幸ではあるが、反面、これまでの混沌・未熟・歪曲の中にあった我が国の文化に秩序と確たる基礎を齎らすためには絶好の機会でもある。角川書店は、このような祖国の文化的危機にあたり、微力をも顧みず再建の礎石たるべき抱負と決意とをもって出発したが、ここに創立以来の念願を果すべく角川文庫を発刊する。これまで刊行されたあらゆる全集叢書文庫類の長所と短所とを検討し、古今東西の不朽の典籍を、良心的編集のもとに、廉価に、そして書架にふさわしい美本として、多くのひとびとに提供しようとする。しかし私たちは徒らに百科全書的な知識のジレッタントを作ることを目的とせず、あくまで祖国の文化に秩序と再建への道を示し、この文庫を角川書店の栄ある事業として、今後永久に継続発展せしめ、学芸と教養との殿堂として大成せんことを期したい。多くの読書子の愛情ある忠言と支持とによって、この希望と抱負とを完遂せしめられんことを願う。

一九四九年五月三日